KIJK NIET MEER OM

Siobhan Hayes

KIJK NIET MEER OM

Uit het Engels vertaald door Tjalling Bos

Van Goor

ISBN 978 90 00 30625 1
NUR 285
© 2013 Van Goor
Uitgeverij Unieboek | Het Spectrum bv, postbus 97, 3990 DB Houten

oorspronkelijke titel *Don't look back. The past will haunt you...*
oorspronkelijke uitgave © 2013 Quercus, Londen

www.van-goor.nl
www.unieboekspectrum.nl
www.facebook.com/youngadultboeken

tekst Siobhan Hayes
vertaling Tjalling Bos
omslagontwerp Marieke Oele
zetwerk binnenwerk Mat-Zet bv, Soest

Proloog

'Een, twee, drie, vier... Kom op, Sinead, ik ben vlakbij.'

'Maar ik zie je nergens, Patrick.'

'Vijf, zes, zeven, acht... Volg mijn voetstappen, zo moeilijk is het niet.' De wind fluistert door de toppen van de bomen alsof honderden stemmen me hun geheimen vertellen. Ik kijk omhoog en zie nachtwolken die langzaam komen aankruipen. De hoge bomen staan dicht op elkaar en ik word duizelig. 'Patrick, het is bijna donker. Ik ben bang. Ik wil niet meer meedoen met je spelletje.'

'Angsthaas. Je bent er bijna... Nog een paar stappen.'

De wind blaast mijn haren in mijn ogen en ik zie niets meer. Onhandig schuifel ik verder en ik probeer zijn stem te volgen, maar de paniek dreunt in mijn oren en overstemt alles. De grond is zacht en moddig. Mijn voet blijft ergens achter hangen en ik val languit tussen de planten. Opeens is de bodem weg en ik glijd omlaag langs een steile helling met wild gras, struiken en stenen. Maar het lukt me om mijn hielen in de grond te drukken en mijn val af te remmen. Ik grijp me vast aan een boom die dwars op de afgrond groeit. Hij buigt mee en schudt, en de takken zwiepen onder het gewicht van mijn doodsangst. Mijn hart gaat zo tekeer dat ik geen lucht krijg. Ik kijk omlaag en zie helemaal niets – alleen een dichte, dreigende duisternis. Ik wil mijn hand uitsteken en het zwart openscheuren om een kier van licht te vinden. Mijn voet glijdt uit en de dunne boom buigt nog verder door. Ik hoor gekraak en gil naar mijn broer om hulp. Hij is groter en sterker dan ik en loopt zo zeker als een berggeit. Hij is ontzettend dapper en weet niet eens wat angst is. In een paar tellen is hij bij me. Ik sla mijn armen om zijn nek en hij sleept me mee, naar waar het veilig is. Er druppelt bloed langs mijn hoofd omlaag, en mijn armen en benen zitten vol schrammen, maar ik merk het amper.

'Dat komt door die stomme aanwijzingen van jou, Patrick,' zeg ik boos. 'Ik ben bijna helemaal naar beneden gevallen en ik kan niet eens zien hoe diep het is.'

'Het is bodemloos,' antwoordt hij.

'Wat bedoel je?'

'Er is geen eind, je zou eeuwig blijven vallen.'

Ik wil weer over de rand kijken, maar dat kan niet omdat de duisternis me zou verslinden. 'Wat is daar beneden?'

'Kun je het niet raden?'

Ik schud mijn hoofd.

Zijn mondhoeken krullen op. 'Herinner je je het verhaal dat mama ons vertelde over de hellepoel waar je naartoe gaat als je een zwarte ziel hebt, en waar je nooit meer uitkomt?'

Ik voel overal vlinders, zelfs in mijn keel. 'Bedankt dat je me hebt gered,' zeg ik verstikt.

Patrick buigt voorover om mijn tranen weg te zoenen en in zijn stem klinkt een vreemde vreugde die ik nog nooit heb gehoord. 'Ik zal er altijd voor je zijn, Sinead. Dat weet je. Maar jij mag nooit ophouden mij te zoeken.'

'Wat? Waar ga je dan naartoe?'

Patrick pakt mijn hand vast. 'Als we ons spelletje doen, rare. Jij zult altijd mijn voetstappen volgen, hè?'

'Goed, hoor.'

Hij pakt me steviger vast en zijn nagels drukken in mijn geschaafde handpalm. De tranen springen in mijn ogen. 'Het is belangrijk, Sinead. Je moet het beloven.'

Ik knik ernstig. 'Ik beloof het, Patrick.'

Hij pakt twee vingers van mij vast en houdt ze in de lucht. Zijn ogen zijn fonkelend blauw, zoals de lucht voor het gaat onweren. Als ik erin kijk, krijg ik weer het gevoel dat ik val.

'Zweer het, Sinead. Zweer het op je leven.'

'Ik zal mijn belofte houden,' antwoord ik gehoorzaam. 'Ik zweer het op mijn eigen leven.'

1

We zaten midden in een hittegolf in juli. De lucht trilde en vonkte, geladen met elektriciteit. Zodra ik onze voordeur binnen ging zag ik dat er iets mis was. De ogen van mijn moeder waren rood omrand, het wit was een netwerk van bloedige haarvaatjes. Ze zag eruit alsof ze de hele dag had gehuild. 'Patrick heeft nog steeds niets van zich laten horen. Het duurt nu al meer dan twee weken.'

Mijn tas plofte op de houten vloer. 'Dat heeft hij al vaker gedaan,' zei ik. 'Waarom ben je deze keer zo ongerust?'

Ze greep naar haar hart. 'Er is iets mis, Sinead. Ik voel het hier.'

'Het komt wel goed, mama.'

Mijn kalmte maakte haar razend. 'Juist jij zou zijn toestand moeten begrijpen – hoe kwetsbaar hij is.'

Ik beet geërgerd op mijn lip. Al sinds ik kon lopen werd er van me verwacht dat ik op Patrick lette, ook al was hij drie jaar ouder dan ik. Het was altijd zo geweest. Patricks problemen waren mijn problemen. En de toestand waar mijn moeder het over had was een giftig mengsel van verslavingen, depressies en dreigementen dat hij zichzelf iets zou aandoen. Ik was eraan gewend de scherven van zijn stukgelopen leven op te rapen.

Mijn moeder perste er nog wat tranen uit en liet haar handen als een radeloze vogel rond haar keel fladderen. 'Ik vind echt dat je naar zijn flat moet.'

Het had geen zin om te zeggen dat ze zelf maar moest gaan. Zoals gewoonlijk kreeg ik het op mijn bord. Nijdig keek ik op mijn horloge. 'Ik heb nu geen tijd. Ik heb een afspraak met Harry.'

'Geen tijd, Sinead? Hoe vaak heb ik die smoes al van je gehoord? Je moet die onredelijke angst onder controle krijgen en aan je broer denken.'

Er is niets onredelijks aan. Tijd is zo kostbaar. Ben ik dan de enige die voelt hoe de tijd me ontglipt? Bij elke hartslag is weer een seconde voorgoed voorbij, alsof een trommel de momenten van je leven aftelt, vooral degene die je ver-prutst.

Ik keek haar recht aan. 'Je weet waarom ik zo ben. Ik kan er niets aan doen.'

Ze sneed met een hand door de lucht en liet haar stem spottend zangerig klinken. 'Je had een astma-aanval toen je klein was, en dacht dat je dood-ging.' Ze schudde met haar hoofd. 'Moet je alles op jezelf betrekken? Het gaat om Patrick. Ga je nou naar zijn flat?'

Het leek of mijn moeder het ergste in me boven bracht. Soms had ik er een pervers plezier in om haar dwars te zitten. 'Morgen,' zei ik.

Ze zweeg even en gooide het over een andere boeg. Vleiend probeerde ze me over te halen. 'Jij bent zo sterk, Sinead. Patrick is heel anders. Hij heeft mij veel harder nodig en ik moet alles doen wat ik kan om hem te bescher-men. Een moeder heeft een heilige band met haar kind.'

En onze band dan? Je hebt mij nooit de kans gegeven om je nodig te hebben. Patrick heeft altijd al je liefde en aandacht opgeslokt. Sinds papa weg is, ben ik onzichtbaar.

Om aan de intense blik van mijn moeder te ontsnappen nam ik het nieu-we interieur in me op. De kamer was pas geschilderd in een lichtgele pastel-tint en er was een nieuw beige kleed gelegd. Het voelde kil en onbewoond aan.

'Patrick is zo gevoelig en intelligent,' ging mijn moeder verder. 'Hij leeft op het scherpst van de snede.' Toen ik nog steeds geen antwoord gaf, speel-de ze haar troefkaart uit. 'Je hebt beloofd dat je altijd voor hem zult zorgen, Sinead.'

Ik knikte met tegenzin. Mijn moeder wist hoe ze me een schuldgevoel moest geven, en diep vanbinnen maakte ik me echt zorgen over Patrick. Ik ging snel mijn sweats aantrekken en pakte mijn fiets. Ik nam de kortste rou-te door het centrum en zocht een weg tussen bussen die zwarte rook uit-braakten, de grote zijspiegels van witte bestelwagens en chauffeurs van suv's die dachten dat de weg van hen was. Het was laat op de middag, de vochtigheid werd steeds erger en de stad leek klaar voor een uitbarsting. Ik raakte algauw buiten adem en kreeg een benauwd gevoel in mijn borst – een overblijfsel van de astma waaraan ik als kind had geleden. Het werd altijd erger als Patrick in de buurt was, alsof zijn aanwezigheid me verstikte. Toen ik bij zijn flat aankwam, waren mijn kleren en haren nat en plakten aan mijn huid. Ik stonk naar uitlaatgassen.

Patrick deed niet open toen ik een paar keer op de bel drukte, maar er had wel iemand gemerkt dat ik daar stond, want achter een raam op de begane grond bewoog een stel groengestreepte gordijnen. Er was een toegangscode voor alle bewoners – niet bepaald een geweldige beveiliging, maar het voorkwam tenminste dat mensen zomaar binnenliepen vanaf de straat. Ik toetste de code in en zette mijn fiets tegen de lambrisering in de hal. Daarna liep ik een houten wenteltrap op. Het gebouw was vroeger een soort kapel geweest, met een van de hoogste torens in de buurt, en het had nog steeds een schimmelige geur van vergeelde gebedsboeken, gewreven vloeren en kaarsvet.

Patricks flat was bovenin. Ook de klokkentoren hoorde erbij, maar daar mocht hij niet komen van de huiseigenaar. Toen ik boven aan de trap kwam, herinnerde ik me ons laatste gesprek. Patrick had me verteld dat hij de klokken in zijn hoofd hoorde beieren, hoewel ze jarenlang niet meer waren geluid. Hij had het niet over de wijzers gehad, maar ik wist dat ze al heel lang vaststonden op de vi. Als ik hier woonde, zou ik een manier zoeken om de klok weer aan de praat te krijgen en hem elk kwartier te horen slaan zodat ik herinnerd werd aan het snelle voorbijgaan van de tijd.

Ik bonsde met twee vuisten op zijn deur en was me er pijnlijk van bewust dat ik het ergste vreesde. Een gevoel in mijn maag zei me dat er iets ernstig mis was en dat Patrick deze keer misschien een van zijn duistere beloften had waargemaakt.

'Op een dag zullen jullie allemaal spijt hebben. Spijt dat jullie niet naar me hebben geluisterd, me niet hebben begrepen en niet méér van me hebben gehouden. Ik zal er niet lang meer zijn en dat zal voor iedereen een les zijn... vooral voor jou, Sinead.'

De deur was van zwaar eikenhout met een gotische boog die was afgesleten door de tijd. De nerf was duidelijk zichtbaar met donkere krullen en knoesten. Minstens vijf minuten leunde ik met mijn oor tegen het warme hout en probeerde moed te verzamelen om naar binnen te gaan. Ik was niet naïef. Mijn vader was arts en had me nooit beschermd tegen de harde werkelijkheid van zijn beroep – en dat leek op dit moment een vloek. Maar ik kon niet terug. Met trillende handen stak ik de reservesleutel in het slot. Een kleine draai, lichte druk op de deurkruk en ik stapte aarzelend naar binnen.

Onzeker schuifelde ik verder, met al mijn zintuigen op scherp. Er waren geen vreemde geuren of ongewone geluiden. Eigenlijk was het angstig stil, ik hoorde zelfs geen straatgeluiden. Mijn blik flitste rond door de woonkamer en ik liep de slaapkamer in. Met de punt van mijn schoen tilde ik het dekbed op om te zien of er iets onder verborgen lag.

Hoewel ik me ertegen verzette, kwamen er steeds verschrikkelijke beelden in me op van wat ik te zien zou krijgen – alles was rood gekleurd alsof ik net in de zon had gekeken. Ik voelde angst, ongerustheid, schuld. Wat Patrick deze keer ook had gedaan, het kwam gedeeltelijk door mij. Ik had mijn moeder zo vaak horen zeggen dat we allemaal gefaald hadden tegenover mijn broer. Ik naderde de badkamer. De tijd stond stil en mijn hart ging wild tekeer. Centimeter voor centimeter bewoog ik naar voren om naar binnen te kijken, alsof dat me kon beschermen tegen wat ik te zien zou krijgen. Maar er waren alleen kale witte tegels met een staalblauw randje. De douche was kurkdroog, er was geen druppeltje meer te zien, dus was hij al een tijd niet gebruikt. De keuken was net zo, alleen drupte de mengkraan, om gek van te worden zo traag.

Met een diepe zucht van opluchting ging ik op de bank zitten en probeerde te slikken. Mijn lippen waren zo droog dat ze aan elkaar plakten. Nu kon ik boos worden.

Je bent een grote egoïst, Patrick, die nooit aan iemand anders denkt. Alles draait om jou. Ik voel me je gevangene. Je maakt me razend. Ik barst bijna van woede.

Ik nam even de tijd om af te koelen en mijn bonzende hart te kalmeren, maar ik kon het niet laten om eraan te denken hoe anders alles had kunnen gaan zonder Patricks donkere schaduw over ons leven. Misschien zouden mijn ouders dan nog bij elkaar zijn en niet uit elkaar gedreven zijn door jarenlang geruzie over het gedrag van hun onhandelbare zoon. Ik kon papa niet kwalijk nemen dat hij was weggegaan. Telkens als hij had voorgesteld om Patrick harder aan te pakken, had mama hem tegengehouden. Patrick had liefde nodig, hield ze vol, verder niets. Vier jaar geleden, toen ik twaalf was, had papa een baan als arts aangenomen bij een hulporganisatie in het buitenland en ik kreeg hem niet vaak meer te zien. Patrick had me zoveel afgepakt, maar het had geen zin om medelijden te hebben met mezelf. Ik had altijd rekening met hem gehouden en zolang hij me nodig had, kon ik hem niet in de steek laten.

Ik stond op en bewoog mijn nek om wat spanning kwijt te raken. Opeens merkte ik wat er raar was aan de kamer, zo raar dat ik helemaal in het rond draaide om alles te zien. Binnen een minuut besefte ik dat ik het aan iemand moest vertellen. Nu meteen.

2

'Kalm aan,' zei Harry. 'Haal diep adem en vertel me wat er is gebeurd.'

Ik blies luidruchtig en probeerde niet te hijgen. 'Patrick heeft al twee weken niets van zich laten horen. Ik ben naar zijn flat gegaan en heb ontdekt dat die helemaal is opgeruimd. Het is eng schoon.'

Harry haalde zijn schouders op. 'Nou, dan heeft hij goede voornemens gemaakt en besloten niet meer in een zwijnenstal te leven.'

Ik schudde ongelovig mijn hoofd. 'Je kent Patrick. Zijn huis lijkt altijd op hem... een puinhoop. Volgens mij is er iets ergs gebeurd. Dat denkt mijn moeder ook.'

Harry tuitte zijn lippen. 'Waarom is je moeder zelf niet gegaan? Het was niet eerlijk om jou alleen te sturen.'

Mijn ogen werden groot. 'Je begrijpt het niet, Harry. Dat wordt van mij verwacht. Ik moet het doen.'

Ik had Harry gevraagd me te ontmoeten bij het plaatselijke politiebureau en hij trok me op het lage muurtje voor het gebouw. Ik keek glimlachend naar zijn verwarde haar, versleten T-shirt en gescheurde jeans – het kon Harry niet schelen hoe hij eruitzag. Hij was mijn beste vriend, maar ik had altijd geprobeerd hem de ellende van Patricks leven te besparen. Ik streek met mijn vingers de rimpels uit mijn voorhoofd. Ik had mijn ogen samengeknepen tegen de laagstaande zon.

'Je hebt me nooit echt uitgelegd wat dat is tussen jullie, Sinead. Waar komt dat enorme plichtsgevoel van jou vandaan?'

'Hij is mijn broer, Harry. Is dat niet genoeg?'

Harry zweeg veelbetekenend. Hij wist het altijd als ik niet eerlijk tegen hem was. Ik staarde in zijn zachte blauwe ogen en vroeg me af waarom iemand die zo zorgeloos en goed aangepast was als hij, omging met iemand zoals ik. Hij zat een klas boven me en had duidelijk laten merken dat hij me graag als vriendin wou, maar ik was niet verliefd op hem. Het leek wel of ik geen tijd had om aan een relatie te denken.

'Oké, er is nog iets,' zei ik met een zucht. 'Patrick deed altijd een spelletje met me, toen we klein waren. "Volg Patricks Voetstappen" noemde hij het. Ik moest beloven dat ik hem altijd zou komen zoeken als hij verdween.'

Harry keek opeens ernstig. 'Ik maak me zorgen over je, Sinead. Je bent zo manisch en zit vol opgekropte woede. Heb je nooit het gevoel dat het tijd wordt om Patrick los te laten en niet meer iedereen te ontvluchten?'

Ik deed of ik dat laatste niet gehoord had. 'Natuurlijk zou ik vrij willen zijn van Patrick... en niet alsmaar zo gespannen... maar familie is ingewikkeld.'

'Help me om het te begrijpen,' zei Harry.

Ik staarde in de verte naar een groepje kinderen die elkaar natspoten met water en gierden van het lachen. 'Weet je... ik voel me op een of andere manier verantwoordelijk. Alles is veranderd toen ik geboren werd. Patricks jaloezie is uit de hand gelopen.'

'Rivaliteit tussen broers en zussen is vrij normaal.'

'Niet zo,' reageerde ik fel. 'Patrick was zo jaloers dat het gevaarlijk was om mij met hem alleen te laten. Mijn moeder was echt bang dat mij iets zou overkomen... tot ze een manier bedacht om hem te kalmeren.'

'Hoe dan?'

Ik slikte moeizaam, want ik had dit nog nooit aan iemand verteld. Maar ik had er behoefte aan om Harry eindelijk duidelijk te maken hoe het voor mij was geweest om met Patrick samen te leven.

'Ik moest helemaal onder een deken gaan liggen. Als niemand me zag of aandacht aan me besteedde, kon het hem niet schelen. Ik weet niet hoe lang dat zo doorging, maar toen ik ouder was vertelde mijn moeder het me alsof het grappig of aandoenlijk was.'

Harry trok een lelijk gezicht. 'Dat is bizar.'

Ik streek met mijn vingers door mijn korte haar. 'Eigenlijk begrijp ik niet waarom mijn moeder een tweede kind heeft genomen. Ze heeft zestien jaar lang haar best gedaan het goed te maken tegenover Patrick.'

Harry legde een hand op die van mij en zijn stem klonk opeens teder. 'Je had er meer over moeten praten. Ik wist wel dat het niet goed ging bij je thuis...' Hij zweeg even en schudde toen kort zijn hoofd. 'Ik zal je helpen om Patrick te zoeken. Misschien snapt hij eindelijk dat hij zo niet kan doorgaan. Voor jou is het een kans om te ontsnappen en een eigen leven te gaan leiden.'

Het is te laat, wilde ik zeggen. *De schade is lang geleden aangericht en ik kan niet terug. Ik herinner me niets van een leven voordat Patricks problemen me opslokten.*

Ik stond op en rekte mijn handen. Voordat we het politiebureau binnen gingen, gaf Harry me zijn vaste advies.

'Niet je geduld verliezen, Sinead. Dat werkt tegen je.'

Ik glimlachte naar hem. Hij probeerde me altijd rustig te houden, ook al lukte het niet vaak. De automatische deuren gingen open en ik liep als eerste naar binnen. De politieman achter het glazen scherm had duidelijk ervaring met intimideren. Terwijl hij naar mijn verhaal over Patrick luisterde, keek hij me kil en vernietigend aan.

'Dus als ik je goed begrijp,' zei hij, 'wil je je broer als vermist opgeven omdat zijn flat zomaar opeens is opgeruimd?'

'Nee, natuurlijk niet,' antwoordde ik. 'Dat is gewoon een van de rare dingen. Ik maak me vooral zorgen omdat hij al meer dan twee weken niets van zich heeft laten horen.'

'Er liggen nergens bierblikjes of wijnflessen,' viel Harry me in de rede. 'Dat is echt gek.'

De politieman trok een berustend gezicht alsof hij dat verhaal nou wel kende. Ik keek Harry van opzij woedend aan. Vanaf het moment dat Patrick begon te ontsporen, was ik erin geoefend om zijn drankprobleem te verbergen en daar was ik zo aan gewend dat ik bloosde toen Harry dat zomaar zei. In één klap had hij het jarenlange doen alsof en de schijn ophouden weggevaagd. Ik kuchte berispend, maar nu hij erover begonnen was, vond ik dat ik het moest uitleggen.

'U begrijpt het niet. Mijn broer heeft een… eh… verslaving en is heel kwetsbaar. Hij is nog nooit vermist geweest.'

'Heeft hij een sociaal werker?'

'Nee, hij heeft een therapeut. Een eigen therapeut.'

Dat had ik beter niet kunnen zeggen. Het klonk elitair en snobistisch. De politieman gaf geen antwoord, maar er verscheen een diepe v tussen zijn wenkbrauwen. Ik kreeg het gevoel dat het hem begon te vervelen.

'U moet het echt laten onderzoeken,' drong ik aan. 'Er is iets mis in de hele flat. Iemand heeft veel moeite gedaan om sporen uit te wissen.'

'Zijn al zijn bezittingen er nog?' vroeg de politieman zonder veel belangstelling.

'Zijn kleren liggen nog in de kast, maar ik kon zijn portemonnee niet vinden.'

'Ben je achttien?' wilde hij weten.

Ik schudde mijn hoofd.

'Dan hadden je ouders zelf moeten komen.'

Ik zuchtte. 'Dat kan niet. Mijn moeder is erg van streek en mijn vader is in het buitenland. Hij werkt voor een hulporganisatie. Hij is arts.'

Er verscheen een collega van de politieman en hij hield een hand tegen het glas terwijl ze een ernstig gesprek voerden, met hun hoofden dicht bij elkaar. Blijkbaar was dat zijn je-zult-moeten-wachten-stoor-me-nietgebaar. Er zuchtte iemand vlak achter me en mijn nekharen kwamen van woede overeind. Ik haatte het als iemand mijn persoonlijke ruimte binnen drong, en dat was nu duidelijk het geval. Door de arrogantie van het geluid nam ik vanzelfsprekend aan dat het een man was. Ik keek langzaam om en zag tot mijn voldoening dat ik gelijk had.

Hij was nog een stuk langer dan ik. Zijn haar was door de zon gebleekt en zijn huid bruinverbrand. Aan de kleur kon ik zien dat het niet van een paar weekjes bakken op een goedkope zonvakantie was. Met zijn witte jack, afgeknipte spijkerbroek en sandalen zag hij eruit alsof hij zo van het strand kwam. Ik kon het zout en de zonnebrandolie bijna ruiken. Hij was gespierd, maar niet overdreven, en hij glimlachte zelfingenomen naar me. Ik had meteen een bloedhekel aan hem.

Onwillekeurig trok ik mijn schouders naar achteren en hief mijn hoofd op zodat onze ogen op dezelfde hoogte waren. Mijn houding was uitdagend: armen over elkaar, voeten uiteen en gezicht ijzig.

'Ja? Is er iets?'

Hij deed een stap achteruit. 'Mijn telefoon is gestolen. Ik kom aangifte doen.'

Zijn accent klonk Australisch.

'Je telefoon is gestolen,' herhaalde ik minachtend alsof hij klaagde dat iemand zijn lolly had afgepakt. 'Mijn broer is vermist en jij moet zo nodig in mijn nek hijgen.'

'Sinead!' zei Harry waarschuwend.

Ik stak mijn kin naar voren, maar deed mijn best om me te beheersen.

'Nou ja, een beetje ruimte zou prettig zijn.'

De strandliefhebber bekeek Harry schattend. Dat verbaasde me omdat Harry altijd een beetje een sul was geweest, maar de laatste tijd was hij erg veranderd. Hij was nu een stuk langer en had bredere schouders gekregen. Zelfs zijn gezicht was niet meer zo rond. Nu was het mijn beurt. Ik voelde een stel lichtbruine ogen van de kruin van mijn korte zwarte haar omlaag glijden naar mijn neusknopje en mijn lange benen. Ik was erg tenger, soms dachten de mensen van achteren dat ik een jongen was. Harry noemde me wel eens Big Bird. Dat hoefden anderen niet te proberen.

'Jij bent het botste meisje dat ik ooit heb ontmoet.'

Ondanks Harry's reactie was ik blij dat ik die jongen had geërgerd. 'Dan kom je niet vaak buiten,' zei ik, en ik wees naar de banken langs de zijmuren. 'Daar kun je wachten.'

Hij scheen het grappig te vinden en grijnsde cynisch. 'Het hele leven bestaat uit wachten,' zei hij lijzig en plofte loom op de bank, met zijn handen achter zijn hoofd en zijn benen languit naar voren.

Om een of andere reden ergerde het me ontzettend. 'Bedankt voor de wijze raad,' riep ik. 'Maar mijn tijd is kostbaar.'

Hij leunde met een ernstig gezicht naar voren en streek met een hand door zijn verwarde haar.

'Die van mij ook. Het is altijd later dan je denkt.'

3

'Zelfingenomen, arrogant, bevooroordeeld, macho...' Ik stopte pas toen ik zo gauw geen beledigingen meer kon bedenken.

Harry keek me hoofdschuddend aan. 'Hij is in een vreemd land, Sinead. Hij weet niet hoe het hier werkt, en dan geef jij hem ervan langs omdat hij achter je staat.'

'Hij kwam te dichtbij en was zo gauw geïrriteerd.'

Harry keek verbijsterd en ik begon langzaam te grijnzen. Ik wist dat ik me zelf ook veel te snel ergerde. Ik streek met mijn vingertoppen over zijn arm.

'Hij begon over tijd. Je weet hoe gevoelig ik daarvoor ben.'

'Ja, natuurlijk,' zei Harry sussend. 'Maar dat is een beetje... vreemde obsessie van je.'

'Ik ben bijna gestorven toen ik klein was, weet je nog? Misschien ben ik daarom nog steeds op de vlucht voor de man met de zeis.'

'Wat ben jij toch een rare,' zei Harry. 'Dat vind ik juist zo leuk.'

Ik keek ongemakkelijk een andere kant op. '*Het is later dan je denkt,*' klaagde ik, nog steeds woedend op de onbekende. 'Alsof ik dat zelf niet weet. Hij klonk alsof hij het eind van de wereld aankondigde.'

Harry's wenkbrauwen schoten omhoog. 'De meeste mensen houden niet voortdurend de tijd in de gaten alsof het hun laatste dag op aarde is.'

'Dat zouden ze wel moeten doen. We zijn drieëndertig minuten op dat politiebureau geweest voor iets wat geen enkele zin had.'

'Je moet eens naar de psychiater, Sinead.'

Ik trok een lelijk gezicht. 'Patrick heeft een psychiater. Mijn moeder vond mij daarvoor niet belangrijk genoeg.'

We kwamen bij Patricks flat en ik toetste ongeduldig de toegangscode in en rende met twee treden tegelijk de trap op. Ik smeet de deur open en staarde naar de witte muren en onberispelijke kamer waar alles op zijn plaats stond.

'Zie je, Harry, ik heb niet overdreven. Het lijkt wel een kloostercel en het bed is opgemaakt als in een ziekenhuis, zo strak dat je er niet in kunt stappen.'

'Ja, het is oogverblindend,' antwoordde hij.

'Ik zei het toch.'

Harry streek afwezig door zijn krullende haren. 'En nu?'

'Er is hier iets vreemd gebeurd,' drong ik aan.

'We moeten het aan Patricks vrienden vragen, voordat we iets anders doen.'

Ik rolde met mijn ogen. 'Die heeft hij niet. Hij is zo onberekenbaar… het ene moment het vrolijke middelpunt, en het volgende agressief, stuurs of depressief. Dat pikken niet veel mensen.'

Harry stak een hand uit om mijn pony uit mijn ogen te strijken en ik deinsde onwillekeurig achteruit. 'Als de politie niets doet, moeten we zelf naar aanwijzingen zoeken in de flat.'

'Ze zeiden dat we hem als vermist kunnen aangeven.'

'Ja, ik zal het tegen mijn moeder zeggen, maar ze is vast niet onder de indruk. Ze verwacht dat er alarm wordt geslagen in het hele land en dat er minstens een enorme zoekactie wordt georganiseerd. Vooruit, help me.'

Harry ging aan het werk met het enthousiasme van een krankzinnige detective; met concentratierimpels in zijn voorhoofd trok hij laden en kasten open en deed ze weer dicht. Volgens mij probeerde hij te doen wat er van hem verwacht werd, zonder te weten waar hij mee bezig was. Op de deurmat lag wat post, met een bankafschrift erbij, dat ik openmaakte. Patrick gaf elke dag ongeveer hetzelfde bedrag uit, vooral in de kroeg en de drankenzaak, maar twee weken geleden waren de transacties opeens gestopt. Voordat ik de ijskast openmaakte wist ik dat die leeg zou zijn. Op het nachtkastje lag een kinderbijbel met een rood leren omslag dat ik herkende. Vroeger had ik er net zo een, maar ik had geen idee waar die van mij was gebleven.

'Sinead!'

Het klonk zo dringend dat ik met een ruk opkeek en mijn hoofd stootte tegen een hangkastje. Harry had een soort aantekenboekje gevonden. Ik liep naar hem toe en pakte het uit zijn hand. Tussen de lege bladzijden lag een zware ijzeren sleutel met een opvallende fleur-de-lisversiering. Ik woog de zware sleutel op mijn hand en probeerde me voor te stellen bij wat voor deur die hoorde. Ik keek snel om me heen en zag dat de deuren in de flat geen sleutelgat hadden.

Ik krabde op mijn hoofd terwijl ik langzaam een vermoeden begon te krijgen. Al die jaren had Patrick sporen voor me uitgezet om te volgen. Speelde hij ons spelletje nu ook? Daar waren we toch te oud voor. Maar het lege aantekenboekje was echt iets voor Patrick en ik wist wat ik moest doen. Ik hield het boekje op dezelfde bladzijde open en liep ermee naar het glas-in-loodraam, waar de hete middagzon door naar binnen scheen. Toen het papier langzaam warm werd, verschenen er twee woorden in kriebelig handschrift: TEMPUS FUGIT.

'Wat… ' stamelde Harry. Hij keek vol ontzag naar de hemel, alsof hij door de bliksem was getroffen.

Ik gaf hem een speelse por. 'Jij bent toch zo'n wetenschapper, Harry! Citroensap wordt bruin als het wordt verwarmd.'

Hij schraapte zijn keel. 'Sorry. Ik verwachtte het niet. Het komt door het gebouw, het is allemaal zo oud en heilig, ik krijg er gewoon rillingen van.'

'Het zijn maar stenen.'

'Toen we binnenkwamen, ging jij ook zachter praten,' zei Harry. 'Heb je dat niet gemerkt?'

'Je hebt gelijk,' zei ik. 'Er hangt een aparte sfeer. Misschien heeft zo'n kapel herinneringen; het jarenlang bidden en liederen zingen is in de muren getrokken.'

'Zoiets, ja.'

Er scheen een lichtstraal door een ruitje, die een kring verlichtte op de vloer. Ik staarde naar het dwarrelende stof. 'Mijn moeder dacht dat het Patrick zou beschermen. We hebben een heleboel flats bekeken, maar ze wilde beslist deze, ook al was die duurder. Ze hoopte dat het zijn redding zou worden. Volgens mij verwachtte ze dat hij hier minstens een epifanie zou krijgen.'

Harry keek niet-begrijpend. 'Dat is een soort openbaring,' zei ik. 'Een verblindende flits van zelfbewustzijn.'

'O,' zei hij vaag.

Ik ging met een plof op het strakke witte beddenlaken zitten en bestudeerde aandachtig de letters. 'Ik denk dat dit bij Patricks spelletje hoort. Hij laat aanwijzingen voor me achter die ik moet ontcijferen om zijn spoor te volgen. Dit is beslist zijn handschrift.'

Harry tuurde over mijn schouder. 'Is het Latijn?' vroeg hij.

'Ja,' mompelde ik. 'Patrick is naar een chique school geweest waar ze dode talen leerden.'

Harry keek me vragend aan. 'Weet jij wat het betekent?'

'De tijd vliegt,' antwoordde ik. 'Het komt uit een gedicht van Vergilius.' Ik besloot hem nadere uitleg te geven, of hij het wilde of niet. 'Het gezegde wordt soms gebruikt op klokken of zonnewijzers. Het was heel populair in de victoriaanse tijd, omdat ze mensen er toen graag aan herinnerden hoe vergankelijk het leven is en dat je tijd die voorbij is nooit meer terugkrijgt.'

'Jij hebt toch geen Latijn gehad, Sinead?'

'Nee, maar het gaat over tijd, Harry,' zei ik nadrukkelijk. 'Ik ken het hele citaat uit mijn hoofd.'

'Waarom staat het daar, behalve om jou uit te dagen?'

Mijn maag maakte een salto en mijn handen vlogen naar mijn gezicht. Ik had het meteen moeten begrijpen. De aanwijzing was zo duidelijk. Patrick stuurde me naar de klokkentoren. Angstig keek ik naar een kleine deur in een hoek van de flat. Vlak ernaast stond een boekenkast, zodat de deur bijna niet te zien was. Met bonzend hart stond ik langzaam op en wees zwijgend. Harry begreep het meteen en sprong op om als eerste te gaan. Maar ik schudde mijn hoofd. Patrick was mijn broer, ik moest dit doen.

De deur klemde of was uitgezet door de warmte; ik moest hem met twee handen opentrekken. Ik rook onmiddellijk frisse lucht en voelde een lichte tocht. Ik verstijfde toen ik een scharrelend geluid hoorde, maar er volgde een geruststellend gekoer – het waren gewoon duiven. Patrick had verteld dat ze nestelden op de richel onder de wijzerplaat. Veel mensen zouden geklaagd hebben, maar hij zei dat hij graag naar ze luisterde omdat ze zo tevreden en vrij klonken.

Harry kwam vlak achter me aan, met zijn handpalm tegen mijn onderrug. Ik kreeg het gevoel dat ik naar de galg werd geleid. Ik vertelde hem niet dat er voetstappen zichtbaar waren in het stof op de treden: er was hier kortgeleden iemand geweest. Diep in me kronkelde de vrees. Boven aan de trap kwamen we in een kleine ronde ruimte, met alleen een laagje stof en gruis, een paar veren en wat spaanders van een kapot krukje. Ik was zo opgelucht dat mijn knieën knikten, en zocht steun bij de muur. Er waren kleine openingen tussen de bakstenen, niet meer dan spleten die blootgesteld waren aan de elementen, en sommige delen van de houten vloer waren bijna zwart van ouderdom. Harry wees omhoog langs een nog smaller trapje dat naar de klokkenstoel leidde, maar daar kon niemand zich verbergen, al waren de klokken onzichtbaar achter een houten schot.

'Goddank is de toren leeg,' zei ik. De knagende pijn in mijn maag werd langzaam minder.

Harry knikte.

'Waarom probeert niemand het uurwerk te maken?' zei ik. 'Het ziet er niet erg ingewikkeld uit. Ik weet er niets van, maar het is niet bepaald Big Ben.'

Harry keek met een hand boven zijn ogen als een toerist over de stad. 'Wat een schitterend uitzicht. Patrick boft. Maar je zei dat hij eigenlijk niet uit huis wilde?'

'Het was een voorwaarde van mijn vader. Hij wilde Patrick alleen nog geld geven als hij op eigen benen stond.' Afwezig schreef ik mijn naam in het stof. 'Mijn vader wilde hem weg hebben van mijn moeder. Ze houdt te veel van hem.'

Harry keek me droevig aan. 'Ik wist niet dat het mogelijk was om te veel van iemand te houden.'

Ik was nijdig op mezelf omdat ik eigenlijk had willen zeggen: 'Ze is veel te lief voor hem.' Maar ongewild had ik de waarheid gesproken. 'Soms is liefde niet zo gezond,' was de enige verklaring die ik wist te geven.

Opeens schoot me iets te binnen waardoor ik ontzettend verdrietig werd. Patrick had me verteld dat hij een plek had gevonden waar het lawaai in zijn hoofd ophield. Ik wist zeker dat hij hier boven in de klokkentoren bedoelde. Ik kon me makkelijk voorstellen hoe hij hier 's nachts naar de sterren keek en nadacht over wat hem zo ongelukkig maakte – zo ongeveer alles. Hij moest zich de eenzaamste mens op aarde hebben gevoeld.

Harry legde een hand op mijn schouder. 'Kom, laten we hier weggaan. Je mag koffie voor me zetten.'

Ik keek nog even naar het binnenwerk van de onbeweeglijke klok en wenste dat ik de tijd net zo makkelijk kon stilzetten. Opeens zag ik iets wits. Ik hoorde Harry al de trap aflopen en onderdrukte de neiging om hem terug te roepen. De wijzerplaat was doorzichtig zodat ik de cijfers in spiegelbeeld zag, maar aan de achterkant bij de as zat een stukje papier. Het was me alleen opgevallen doordat een paar duiven fladderend opvlogen zodat het papier bewoog. En nu ik het gezien had, kon ik het niet negeren.

Er zat een gat van minstens een meter tussen het houten hekje en de wijzerplaat. Ooit moest er een vloer geweest zijn om erbij te kunnen, maar nu was er alleen een gapende diepte. Ik werd duizelig toen ik omlaag keek. Het papier was niet vergeeld en zat er dus pas kort – zou Patrick het hebben achtergelaten? Ik leunde naar voren over het gat, terwijl ik me vasthield aan een haak in de muur. Het houten hekje drukte in mijn vlees en ik probeerde te voelen hoe stevig het was. Er klonk even gekraak, maar ik was sterk en had eindelijk een keer voordeel van mijn lange armen. Ik kon er bijna bij, het was zo verleidelijk, het scheelde maar een paar millimeter. Het hout kraakte weer, nog wat dreigender, maar het hield en ik kreeg meer vertrouwen en greep naar het papier.

Ik verloor mijn evenwicht en de vloer onder me verdween. Mijn armen graaiden door de lucht, wanhopig op zoek naar iets om vast te grijpen. Ik kreeg nog net de onderste lat van het hekje te pakken en daar hing ik dan, met gevoelloze vingers en armen die uit de kom werden getrokken. De tijd vertraagde. Mijn geest ging zijn eigen gang en er kwam van alles op in mijn bewustzijn, dat in mijn hoofd rondcirkelde als de planeten van het zonnestelsel. Iemand die klein en lenig was had misschien zijn benen weer op de vloer kunnen zwaaien, maar ik was te slungelig om goed te zijn in turnen. Ik kon niet schreeuwen – het leek wel of ik verlamd was en ik wist dat het me van mijn laatste krachten zou beroven.

Wie zou me missen? Echt missen bedoel ik. Nu er geen school was in de zomer, had zelfs mijn beste vriendin Sara haar belangstelling verloren. Ik wist niet eens waarom. We hadden geen ruzie gehad, maar ik voelde steeds meer spanning tussen ons en begreep er niets van. Het was zo jammer dat ik niet verliefd kon worden op Harry; hij verdiende het om echt samen te zijn met iemand. Misschien zou mijn moeder eindelijk beseffen dat haar dochter haar nodig had, maar nu was het te laat. Ik zou nooit mijn examencijfers te horen krijgen, verliefd worden, een tattoo laten zetten, het Empire State Building beklimmen, of over de Chinese Muur lopen. Even dacht ik aan de jongen op het politiebureau. Had hij me willen waarschuwen dat dit de dag was, de dag waarvoor ik altijd op de loop was geweest? Ik had niet zo hard tegen hem moeten zijn. Een jongen met door de zon gebleekte haren en een knap gezicht had me proberen te vertellen dat ik binnen een paar uur zou sterven, en ik had hem uitgekafferd. *Het is later dan je denkt.*

Ik had een moment van grote helderheid waarin ik de val vooruit beleefde en mijn verwondingen al zag aankomen, zoals gebroken benen, een bekkenfractuur, inwendige kneuzingen en een schedelbreuk – ik had geen schijn van kans. Patrick had gelijk gehad over het geluid: in mijn oren klonk opeens muziek van duizend klokken. Ik hoorde Harry niet eens tot hij boven me stond. Hij had een raar vertrokken gezicht en zijn mond ging telkens open en dicht. Het leek wel of ik tv-keek met het geluid uit en ik moest bijna lachen, maar het deed te veel pijn.

Harry probeerde mijn polsen te pakken, maar ze waren glibberig van het zweet. Even keken we elkaar aan en ik zag wanhoop in zijn ogen. Hij kon mijn gewicht onmogelijk tillen en er was weinig tijd meer. Mijn armen waren zo gevoelloos dat ze niet meer verbonden leken met de rest van mijn lichaam. Harry verdween uit zicht en mijn ogen gingen dicht terwijl ik mijn lichaam leek te verlaten. Over een paar seconden zou het voorbij zijn. Maar Harry was blijkbaar teruggekomen, want ik hoorde dichtbij een stem. Ik kreeg een vreemd kalm gevoel. Mijn vingers, vol blaren en splinters van het hout dat erin sneed, lieten langzaam los en ik begon te glijden.

Eindelijk, met een laatste zucht, viel ik achterover in het niets en wachtte op het gevoel van het vallen. Maar dat kwam niet. Ik bewoog omhoog, terwijl een paar sterke armen mijn lichaam steunden, me bijna pletten, en een hartslag zo luid als die van mezelf tegen mijn borst drukte. Het leek onmogelijk, maar ik werd op een vaste ondergrond getild, zonder dat ik iets kon doen om te helpen. Ik bleef in foetushouding liggen, met mijn bloedende handen tegen mijn gezicht gedrukt, en was niet in staat me te bewegen. Ergens dichtbij klonk Harry's zware ademhaling, maar ik wist niet waar ik was, en de wereld draaide nog in het rond. In mijn hoofd weerklonk een akelige echo uit het verleden: *Ik zal mijn belofte houden, Patrick. Ik zweer het op mijn eigen leven.*

4

Harry probeerde te glimlachen, maar hij was te erg geschokt en kon zijn mondhoeken amper omhoog krijgen. 'Het is maar goed dat je zo mager bent,' zei hij.

Ik gaf geen antwoord, maar stak een hand uit om door hem te laten vasthouden. Mijn ogen stelden langzaam scherp en ik verbaasde me over wat ik zag. Harry had een stuk touw aan zijn riem en het andere eind zat vast aan de haak in de muur.

Hij knikte in de richting van de klokken. 'Een van de touwen was losgeraakt. Dat was boffen.'

'Je hebt mijn leven gered,' zei ik met krakende stem.

'Dat weet ik,' zei hij. 'Maar je hoeft me niet te bedanken.'

Hij wist dat dankbaarheid niet mijn sterkste punt was, en kon er nog een grapje van maken. Ik deed mijn best om regelmatig in en uit te ademen. Dat ik nog leefde, was me bijna te veel. Na een paar minuten hees Harry me overeind en hielp me de trap af. Mijn handen trilden van de shock en de uitputting. Ik waste ze zorgvuldig onder de keukenkraan en verbaasde me erover dat ik nog in staat was me een ongelooflijke stommeling te voelen. Ik liep naar Harry in de woonkamer en ging met gekruiste benen bij hem op het vloerkleed zitten. Ik begon de splinters uit mijn handen te pulken, omdat ik er een wanhopige behoefte aan had om me op iets te concentreren.

'We moeten je handen verbinden,' zei Harry bezorgd.

'Het gaat wel.'

'Ze zien er beroerd uit, en je moet thee met veel suiker drinken tegen de shock.'

Harry was heel zorgzaam, maar ik wuifde het weg. Ik kon maar aan één ding denken. 'Heb je het briefje?'

Met tegenzin gaf Harry me het gevouwen velletje lijntjespapier dat ik had losgetrokken en dat als een papieren vliegtuigje elegant omlaag was gezweefd. Met trillende vingers vouwde ik het open. Er stonden vier regels Latijn op geschreven in een handschrift met veel krullen.

'Heb je daar je leven voor gewaagd?' vroeg hij ongelovig terwijl hij over mijn schouder keek. 'Nog meer Latijn?'

Ik knikte grimmig. 'Ik weet zeker dat het weer een boodschap is van Patrick, deze keer in zijn mooiste handschrift.'

'Waarom doet hij al die moeite?'

Ik haalde mijn schouders op en sprong overeind, met nog steeds een blikkerig geluid in mijn oren. Of het nu door de shock kwam, de adrenaline of het bloed dat in razende vaart door mijn aderen werd gepompt, ik was ongelooflijk opgewonden. Ik zwierf door de flat en mijn brein kon het bijna niet bevatten: Patricks verdwijning, de brandschone flat, de geheime boodschap in het aantekenboekje, de sleutel, en nu dit velletje papier dat vastzat aan de klok.

'Patrick is briljant,' zei ik meer tegen mezelf dan tegen Harry. 'Ondanks al zijn pogingen om zijn hersencellen te verwoesten. Hij heeft het altijd heerlijk gevonden om mij puzzels op te geven, maar hij heeft nog nooit zoiets ingewikkelds gedaan als nu.'

'Wat denk je dat er echt aan de hand is?' vroeg Harry.

'Volgens mij speelt Patrick nog steeds zijn slimme spelletjes. Hij wil dat ik hem volg, maar dat is niet alles. Ik denk dat hij echt in de problemen zit.'

'Wat voor problemen?'

Ik slikte moeizaam toen ik dacht aan Patricks psychologische rapporten waarover ik mijn ouders in de loop der jaren had horen ruziën. Daaruit bleek duidelijk hoe erg hij in de war was. Harry keek naar me terwijl ik met schokkerige bewegingen heen en weer liep door de kamer.

'Misschien heeft hij een soort zenuwinstorting gehad,' zei ik ten slotte.

'En die rare briefjes en aanwijzingen zijn een soort noodkreet? Wil hij dat jij hem helpt, Sinead?'

'Zou kunnen.'

Ik liep naar de keuken om koffie voor ons te zetten. Harry kwam mee en probeerde het van me over te nemen, maar ik wilde juist bezig blijven. In een van de kastjes vond ik een klein potje huismerk-oploskoffie waar net genoeg in zat voor twee kopjes. Ik had behoefte aan een schop onder mijn kont, want ik voelde me totaal uitgeput. Ik zette water op, schraapte het potje leeg, deed de korrels in twee kopjes en schonk er kokend water bij. Opeens wist ik heel zeker wat ik moest doen.

'Ik ga Patrick zoeken, hoe moeilijk het ook is,' zei ik vastberaden. Harry keek boos. 'Weet je nog wat ik heb gezegd, Sinead? Je moet hem van je afschudden en eindelijk eens aan jezelf denken.'

'Als ik hem gevonden heb, kan ik verder.' Ik keek hem aan. 'Je zei dat je zou helpen.'

Harry trok een vermoeid, maar berustend gezicht. 'Waarmee zullen we beginnen?'

'Zijn aanwijzingen volgen, waar ze ook naartoe leiden. Ze zijn voor mij bedoeld.'

Harry hield een hand tegen zijn borst. 'Je weet dat je op mij kunt rekenen, Sinead.'

Hij was er altijd voor me, ook al behandelde ik hem niet zoals hij verdiende. Ik haatte mezelf omdat ik zo deed. Er was iets gestoords in me, waardoor ik uithaalde naar de mensen die om me gaven. Maar dat ging ik veranderen. Ik keek naar Harry. Hij maakte het zichzelf niet gemakkelijk, met zijn haar alsof hij net uit bed kwam, en het hele uiterlijk van iemand die nooit in de spiegel keek. Hij viel niet op in de menigte, maar als je hem leerde kennen, ging je hem vanzelf aardig vinden. Ik glimlachte naar hem en liep terug naar de woonkamer om Patricks briefje te bestuderen.

Harry kwam gretig naast me op het kleed zitten. Ik keek naar de krullen rond zijn gezicht. Pas toen de temperatuur boven de twintig graden kwam, had hij zijn wollen muts eindelijk afgedaan. Mijn maag rommelde.

'Heb je honger?' vroeg hij.

Ik mompelde en staarde naar het papier. Twee van de Latijnse woorden trokken mijn aandacht. Dankzij jarenlang kerkbezoek kon ik ze vertalen: *domus dei* – huis van God.

'Ik zal iets te eten voor je halen,' drong Harry aan. Hij sprong overeind en liep naar de deur. 'Jij blijft hier om uit te rusten.'

Ik schudde mijn hoofd. 'Ik kan nog niet uitrusten. Ik moet eerst ergens heen.'

De Sint-Petruskerk was minder dan vijfhonderd meter van Patricks flat en ik zocht mijn weg tussen de mensen door die na hun werk nog even probeerden te genieten op straat. Ik trok mijn neus op. Warm beton rook smerig, en de geur van de riolering was ook niet geweldig. Het grootste deel van het jaar kregen we zo weinig zon dat iedereen bij het eerste straaltje dacht dat hij in het buitenland was. De stoep voor de cafés en restaurants stond vol plastic tafeltjes en stoelen met mensen die loom zaten te eten, drinken en roken onder grote parasols. Het afgelopen uur was het zelfs nog warmer geworden, maar er kwamen grote donkere wolken aandrijven en de wind begon op te steken. Een van de plastic tafeltjes verschoof onheilspellend en ik keek op naar de lucht. Er kwam een storm aan.

Ik kon afsteken door een parkje, maar de weg werd versperd door zonnende en picknickende mensen, en paartjes die innig in elkaars ogen tuurden. De lucht was zwaar van de geur van bloesem en gemaaid gras. Een meisje dat op haar rug lag verschoof haar zonnebril en gluurde naar me. Haar smalende blik herinnerde me eraan waarom ik meer vrienden had dan vriendinnen. Ik keek terug en werd bijna verblind door haar woede. Haar huid had de kleur van honing en ze was zo elegant in haar katoenen jurkje en modieuze sandalen. Ik zag mezelf met haar ogen, in mijn lompe sweats en vormeloze t-shirt. Ik kon er niet eens sportief uitzien zoals veel anderen, afgetraind en transpirerend met een flesje bronwater aan mijn lippen.

Ik sjokte verder, mijn lichaam nog steeds vreemd gewichtloos. Morgen zou ik vast mijn armen niet meer kunnen optillen. Toen ik de hoek om ging en het plein op liep, hoorde ik opeens gezang. Verbaasd bleef ik voor de kerk staan. Dat had ik om deze tijd niet verwacht, maar op een bord zag ik een aankondiging van een avonddienst. Van kerkgezang kreeg ik altijd rillingen over mijn rug. Het was een reactie op de hoge, zuivere stemmen die oprezen naar het gewelfde plafond, als prachtige zangvogels die nestelden in de hoogste takken. Deze avond leken ze nog aangrijpender dan anders.

Ik wachtte een paar minuten, tot het afgelopen was. Toen haalde ik diep adem en boog mijn hoofd om naar binnen te gaan – volstrekt onnodig want de deur was minstens tweeënhalve meter hoog. Er was nog maar één eenzame gedaante in de kerk, gekleed in een zwarte soutane die was dichtgeknoopt vanaf zijn hals tot aan de grond. Hij leek begin vijftig, een beetje gezet met vol grijzend haar en een rood gezicht. Het was niet moeilijk te bedenken wie hij was.

Ik zei het eerste wat er in me opkwam: 'Sorry, u wou net gaan sluiten.'

Hij verwerkte dit even met een wrange glimlach. 'Het is een kerk. De openingstijden zijn flexibel. Wil je een moment voor je alleen?'

Dit was pijnlijk. De priester dacht dat ik behoefte had aan spirituele troost, maar ik wilde alleen iets van hem weten. 'Mmm, nee, niet echt. Eigenlijk heb ik hulp nodig bij een vertaling. Het is Latijn, en dit is de enige plek die ik zo gauw kon bedenken om het te vragen.'

Hij keek geamuseerd. 'Nou, dan bof je. Ik heb Latijn gestudeerd. Hopelijk is het niet te moeilijk voor me.'

'U kunt me vast helpen,' antwoordde ik met een gevoel van triomf. Het was Patricks bedoeling geweest dat ik hierheen ging. Ik was beslist op de goede plaats.

De priester haalde een leesbril uit zijn zak en zette hem op. 'Mag ik vragen waar het over gaat?'

Ik schuifelde ongemakkelijk van de ene voet op de andere en ving een glimp op van mijn handen en t-shirt, die onder het bloed en vuil zaten. Ik moest er vreselijk uitzien.

'Sorry. Ik ben de flat van mijn broer aan het schoonmaken en ben gevallen. Ik had geen tijd om iets anders aan te trekken.'

'Is dit van hem?'

'Ik denk het.'

De priester nam het briefje van me aan en ging in een van de kerkbanken zitten. Het leek onbeleefd om te blijven staan en terwijl ik het middenpad overstak knielde ik zonder erbij na te denken even voor het altaar. Met een opgelaten gevoel schoof ik naast hem op de houten bank. Ik keek om me heen. De kerk was een glinsterende chaos van vergulde mozaïeken, verschillende soorten marmer en kleurige friezen. De uivormige koepel met hanglamp maakte een oosterse indruk. Ik herinnerde me opeens lange, saaie missen op zondag, waarbij Patrick me kneep en aan het huilen maakte, terwijl mijn moeder me wanhopige blikken toewierp omdat ze wilde dat iedereen zou denken dat we een volmaakt gezin waren. Ik voelde me leeg vanbinnen.

De priester zette zijn bril af en keek me aan. 'Het is heel indrukwekkend,' zei hij, en ik kon merken dat hij erdoor geraakt was.

'Echt?' zei ik verbaasd. 'Latijn was op school niet bepaald het lievelingsvak van Patrick – zo heet mijn broer.'

'Dit is niet het Latijn van een schooljongen,' zei de priester. 'En het is ook niet klassiek. Ik zou het eerder ecclesiastisch noemen, een stijl die gebruikt wordt in liturgieën en kerkdocumenten. Het is eenvoudig, maar toch correct en elegant.'

'Wow,' zei ik alsof ik onder de indruk was. 'En wat betekent het?'

'Nou, het is nogal abstract. Het gaat over een plaats waar tijd geen betekenis heeft. Eén seconde kan een eeuwigheid lijken, terwijl de zielen onder de aarde om verlossing roepen.' Hij zweeg even en keek me scherp aan.

Ik knikte om hem aan te sporen.

'Na de kwellingen volgt de vreugde van de verlossing,' ging hij verder, 'en het vuur werkt helend. Er is sprake van een kerk – de eerste kerk – en een poort naar een plek van boetedoening waar de doden zullen jammeren en het meer rood kleurt.'

'Kwellingen, vuur en jammerende doden,' herhaalde ik terwijl de koude rillingen over mijn lijf liepen. Dit was een griezelige boodschap, waar pijn, dood en leed van afdropen. Waarom zou Patrick over het hiernamaals schrijven? Dacht hij erover om iets heel doms te doen? Mijn maag draaide zich om.

'Zal ik het voor je opschrijven?' vroeg de priester.

Ik knikte. Hij haalde een pen tevoorschijn en begon op Patricks briefje te schrijven. Ik kon bijna niet stilzitten en de beweging van de grote wijzer van mijn horloge leidde me af.

'Komt het uit de Bijbel?' vroeg ik.

'Dat lijkt me niet,' antwoordde hij een beetje fel, alsof ik twijfelde aan zijn kennis van het heilige boek.

Hij gaf me het briefje terug; de zwarte inkt glinsterde nog.

'Patrick heeft het waarschijnlijk van iets overgeschreven. Het spijt me dat ik u heb lastiggevallen, meneer pastoor.'

'Geen probleem,' zei hij geruststellend. 'Het moet een speciale betekenis hebben voor hem.'

'Denkt u dat het over de hel gaat?' vroeg ik nerveus. 'Ik heb het woord *infernus* zien staan. Dat deed me denken aan *inferno*.'

De priester luisterde geduldig, met een glimlachje op zijn lippen. '*Infernus* kan inderdaad *hel* betekenen, maar ook gewoon *onderaards* of *ondergronds*. In deze context heb ik het vertaald als *onder de aarde*. Ik vraag me af… Is je broer spiritueel?'

'Nou ja, hij heeft geen visioenen of zo.' Ik kon het sarcasme niet uit mijn stem houden.

'En jij?'

'Dat is een makkelijke vraag,' antwoordde ik zonder aarzelen. 'Ik ben reddeloos verloren.' Hij keek zo geschokt dat ik snel verder ratelde. 'Ik bedoel, dat zei mij moeder altijd voor de grap. Maar het is misschien wel echt zo.'

De priester schudde zijn hoofd alsof hij het er niet mee eens was, maar ik ontweek zijn blik. 'Je bent heel boos,' zei hij. 'Ik vraag me af wat of wie je zo boos heeft gemaakt.'

Ik dacht aan Patrick en klemde onwillekeurig mijn tanden op elkaar. 'Dat wilt u echt niet weten.'

Hij spreidde zijn armen. 'Probeer het maar. Ik kan goed luisteren; dat hoort bij mijn werk.'

Verdomme, ik voelde tranen achter mijn ogen omdat hij zo aardig was. Het moest een vertraagde reactie zijn op mijn val, want ik huil bijna nooit en wilde het nu zeker niet.

'Het spijt me, maar ik heb geen tijd.'

'Dat dacht ik al. Je hebt minstens tien keer op je horloge gekeken.'

Ik voelde me ontzettend ongemanierd en kreeg een enorme behoefte om het uit te leggen. 'Niet alleen vandaag. Ik heb nooit genoeg tijd. Dat briefje zou voor mij geschreven kunnen zijn. *Een plaats waar tijd geen betekenis heeft. Eén seconde kan een eeuwigheid lijken.*'

'Ik begrijp het niet.' De priester glimlachte en trok zijn borstelige wenkbrauwen op.

Ik wilde hier helemaal niet zijn, en niet mijn hart uitstorten bij een of andere onbekende. Maar hij vroeg het en ik was te moe om te verzetten. 'Toen ik klein was ben ik bijna gestorven. Daardoor is het een obsessie voor me geworden dat mijn tijd eindig is.'

Hij tuitte zijn lippen. 'Waarom zou jij je daar zorgen over maken? Je bent nog zo jong.'

'Nou ja, er is zoveel wat ik wil doen. Ik weet niet of ik overal tijd voor heb.'

'Voordat …?'

Voordat ik doodga, natuurlijk. Maar ik zei het niet. Ik ging onrustig verzitten op de harde bank en keek op mijn horloge.

'Mag ik je een goede raad geven?'

Ik had er geen behoefte aan, maar knikte toch.

Zijn stem klonk een beetje alsof hij preekte. 'Probeer te aanvaarden dat er nooit genoeg tijd is, voor ieder van ons. Maak ervan wat je kunt. We leven allemaal in tijd die we te leen hebben van de Heer.'

'Geleende tijd,' zei ik toonloos.

'Dit leven dat we leiden is niet de hoofdfilm. Het is nog maar de trailer.' De priester bestudeerde zo aandachtig mijn gezicht dat ik het liefst was weggekropen. 'Is je broer ooit in deze kerk geweest?' vroeg hij opeens.

'Ik weet het niet. Hoezo?'

Hij fronste. 'Kort geleden was hier een jongeman die heel aandachtig ons beeld van Sint-Petrus bekeek. Hij leek in vervoering.'

'Waarom denkt u dat het Patrick was?'

'Het komt nu pas in me op. Jullie lijken op elkaar.'

De haren in mijn nek kwamen overeind. Patrick was hier geweest. Ik volgde nog steeds zijn voetstappen: de flat, de klokkentoren en nu de kerk.

'Hebt u met hem gepraat?' vroeg ik.

De priester schudde zijn hoofd. 'Ik heb hem niet aangesproken. Ik kreeg de indruk dat hij alleen wilde zijn om na te denken.'

Ik stond op van de bank en liep naar het beeld van Sint-Petrus. Mijn voetstappen galmden door de holle ruimte. Ik wilde op dezelfde plaats staan als Patrick, en ik staarde naar het beeld, wachtend op inspiratie. De priester volgde me.

'Is je broer in moeilijkheden?'

Ik lachte bitter, omdat ik wou dat ik het wist. 'Het zou allemaal een dom spelletje kunnen zijn. Patrick wordt vermist en heeft aanwijzingen voor me achtergelaten om hem te volgen, en een sleutel die op niet één slot lijkt te passen.'

De priester glimlachte weer. 'Laten we dan hopen dat die hetzelfde doel heeft als de sleutels die in het evangelie aan Sint-Petrus worden gegeven – de sleutels van het hemelse koninkrijk.'

Ik glimlachte alsof het pijn deed. Ik had zo lang geworsteld om te ontsnappen aan de religie die mijn moeder me door de strot duwde, en nu leek het of het opnieuw begon. En het idee dat ik zou worden toegelaten tot de hemel was gewoon bespottelijk. Ik mompelde een slap bedankje en hij wilde me een hand geven, maar ik raakte alleen even zijn vingertoppen aan alsof ik bang was me te branden. Hij was akelig dichtbij gekomen. Ik vluchtte naar de deur.

'Dag, Catherine.'

Ik bleef met een ruk staan en draaide me om. Mijn schoenzolen piepten op de plankenvloer. 'Hoe weet u dat?' vroeg ik.

Hij wees naar zijn keel. Ik droeg een gouden kettinkje om mijn nek met een letter C eraan; dat had ik van mijn vader gekregen. Meestal was het niet te zien, maar nu was het blijkbaar uit mijn T-shirt geglipt.

'Die naam gebruik ik niet,' zei ik. 'Ik gebruik mijn tweede naam, Sinead. Hoe hebt u geraden dat het Catherine was?'

Hij zuchtte vermoeid. 'Het was niet moeilijk om te bedenken dat je moeder je de naam van een heilige heeft gegeven. Je hebt een kruisje geslagen toen je de kerk binnen kwam, en een kniebuiging gemaakt voor het altaar.'

'Alleen uit gewoonte.'

Terwijl ik moeizaam de zware deur opentrok, hoorde ik hoe hij me zelf-voldaan nariep: 'Toch fijn dat je gekomen bent, Catherine.'

5

Eindelijk barstte de bui los. Ik had hooguit vijftig meter gelopen toen de hemelsluizen opengingen. De regen kletterde omlaag met zulke grote druppels dat het pijn deed op mijn huid. Binnen dertig seconden was ik doorweekt en het had geen zin meer om ergens te schuilen. Ik probeerde mijn lachen in te houden toen ik dezelfde mensen die ik op weg naar de kerk had gezien, nu wild hun spullen bij elkaar zag graaien om ergens beschutting te zoeken. Na een paar minuten stonden er al grote plassen op straat doordat de riolering verstopt zat of zo veel regen tegelijk niet kon verwerken. Ik moest door het water waden om bij het park te komen; mijn schoenen sopten en mijn broek hing zwaar rond mijn benen. De wind stak nog verder op en personeel van de restaurants en cafés deed zijn best om de stoelen en parasols binnen te halen voordat ze wegwoeien. Na de lange drukkende hitte voelde dit heerlijk fris. Terwijl ik omhoogkeek en genoot van de regen op mijn gezicht, flitste de bliksem en een donderslag schudde de inktzwarte hemel. Het was prachtig om te zien.

Harry keek bezorgd toen ik eindelijk, doorweekt tot op mijn huid, de flat binnen kwam.

'Waar ben je geweest?' vroeg hij.

'Ik wil me eerst verkleden,' zei ik. 'Anders wordt de hele vloer nat.'

Ik liep snel naar de badkamer om mijn kleren uit te trekken en mijn haren met een handdoek te drogen. Ze hingen als rattenstaarten langs mijn oren. Mijn huid was rood en tintelde. Ik kwam weer tevoorschijn in een oud shirt van Patrick en een spijkerbroek die ik met een stropdas had vastgebonden.

'Eet ervan nu het nog warm is, Sinead.'

Ik was zo uitgehongerd dat ik me licht in mijn hoofd voelde. Ik rook Chinees eten en zag dat Harry de lage salontafel vol had gezet met afgedekte plastic bakjes. Het leek wel of hij eten had gehaald voor een gezin van zes mensen. Hij begon alles open te maken.

'Ik ken niemand anders die zoveel eet en toch zo slank blijft,' plaagde hij terwijl ik van alles op mijn bord schepte zonder erop te letten of het wel bij elkaar paste. 'Wil je het me niet vertellen?'

'Wat?'

'Waar je bent geweest. Nadat je jezelf bijna de dood in had gejaagd, bedoel ik.'

Ik likte het zout van mijn lippen, en ik was nog steeds draaierig. 'Ik herkende twee woorden van Patricks briefje: DOMUS DEI – huis van God.'

'En dus?'

'Ik ben naar de Sint-Petruskerk gegaan en de priester heeft de rest voor me vertaald.' Ik gooide het briefje naar Harry en gaf hem even tijd om het te lezen. 'Vuur, kwellingen en dode mensen – ik vind het doodeng. Wat heeft Patrick zich in zijn hoofd gehaald?'

Harry las verder, met een denkrimpel in zijn voorhoofd.

'Er staat ook iets heel dreigends over een plaats waar tijd geen betekenis heeft en één seconde een eeuwigheid lijkt.'

'Het klinkt bijna of hij jou wil sarren,' zei Harry terwijl hij me bezorgd aankeek.

Ik sloeg mijn ogen neer en kreeg pijn in mijn buik bij het idee: een plek waar ik vrij kon ademen zonder als een bezetene door het leven te jakkeren en de minuten te tellen. Ik haalde diep adem en keek Harry weer aan.

'Dat is nog niet alles. De priester dacht dat hij Patrick kortgeleden had gezien, in zijn kerk.' Ik ging harder praten. 'Patrick stond naar het beeld van Sint-Petrus te staren. Ik heb hem weer gevolgd, zoals de bedoeling was. Alleen weet ik niet waarom.'

Ik kon aan Harry's strakke mond zien dat het hem niet beviel. 'Wat betekent die laatste zin volgens jou, Sinead: *een poort naar een plek waar de doden zullen jammeren en het meer rood kleurt?*'

Ik fronste mijn wenkbrauwen. 'Ik heb geen flauw idee. Het komt me bekend voor, maar alles maalt in mijn hoofd en ik kan het niet thuisbrengen.' Ik pulkte de huid van mijn beschadigde vingers, alsof ik Patricks pijn wilde voelen. 'Nu maak ik me nog meer zorgen, Harry. Het klinkt zo bizar. Misschien is Patrick echt gek geworden.'

'Niet met al die verwijzingen naar de tijd,' zei Harry heel beslist. 'Dat is met opzet gedaan.' Hij ging zachter praten alsof er iemand kon meeluisteren. 'Je weet hoe verknipt je broer is. Denk nou eens aan jezelf en stop ermee. Nu meteen.'

Ik schudde mijn hoofd. 'Ik moet het doen voor mijn moeder. Haar hart breekt als hem iets overkomt. Dan zou ik me schuldig voelen. Dat weet je.'

'En als het zoeken jou fataal wordt?'

'Mij overkomt heus niets,' probeerde ik hem gerust te stellen.

'Hoe kan ik verder leven als het toch gebeurt, Sinead?'

Hij meende het echt, en ik wist niet waar ik kijken moest. Harry verborg zijn gevoelens niet en ik hield ontzettend veel van hem, maar alleen als vriend. Hij merkte blijkbaar dat ik er moeite mee had, en begon snel over iets anders.

'Wat betekent het allemaal? Waar is hij?'

Ik haalde geërgerd mijn schouders op. Ik had het gevoel dat ik iets over het hoofd zag wat ik moest begrijpen. Maar telkens als ik dacht dat ik een verband begon te zien, ontglipte het me als een ballon in de wind. Nou ja, ik had het weer warm en door het eten raakte ik meer ontspannen. De slagregens waren afgezwakt tot een vriendelijk getik op de ruiten, en het onweer was nog maar een zacht gerommel in de verte. Harry en ik praatten verder, maar ik had mijn hoofd er niet bij. De woorden uit Patricks briefje maalden rond in mijn hoofd. Ze vormden telkens nieuwe combinaties, die klonken als de aanwijzingen voor een cryptogram.

Opeens ging ik met een ruk rechtop zitten. '*Waar het meer rood kleurt.* Nu weet ik het. In Ierland is een meer dat Red Lake heet. Toen we klein waren heeft mijn moeder erover verteld. Patrick vond het heel spannend.'

'Ga door,' moedigde Harry me aan.

Ik greep geschrokken naar mijn gezicht. In de opwinding was ik helemaal vergeten mijn moeder te bellen. Ze was vast doodongerust. Ik graaide mijn telefoon uit mijn tas en kreunde toen ik zag hoeveel oproepen en berichten ik had gemist. Op het politiebureau had ik het geluid uitgezet. Met tegenzin belde ik het nummer van thuis en ik vreesde het moment dat er werd aangenomen.

Mijn moeder gaf me er minstens vijf minuten van langs en ik zei geen woord om me te verdedigen. Als ze eenmaal zo opgefokt was, had dat weinig zin en ik was eraan gewend om de zondebok te zijn. Uitgeput viel ze ten slotte stil. Ik probeerde haar gerust te stellen dat Patrick gauw zou terugkomen en dat ik in zijn flat zou blijven en haar meteen zou bellen als ik iets te weten kwam. Dat scheen te werken. Ik beëindigde het gesprek en zuchtte opgelucht. Harry glimlachte meelevend. Ik rolde met mijn ogen en gooide mijn telefoon op het kleed. Ik was slaperig geworden van het zware eten en kreeg vochtige ogen. Ik onderdrukte een gaap en wilde me uitrekken, maar dat deed pijn. De spieren in mijn armen waren heel gevoelig en ik had een heleboel wondjes op mijn handen.

'Red Lake?' drong Harry aan, maar zijn stem klonk ver weg en ik moest me terug worstelen naar de werkelijkheid.

Ik leunde naar achteren tegen een versleten leunstoel. 'Toen ze met mijn vader trouwde, is mijn moeder uit Ierland naar Noord-Engeland verhuisd, maar ze heeft ons altijd graag Ierse legenden verteld. Ik herinner me het verhaal over het Red Lake zo goed omdat Patrick het gebruikte om me bang te maken.'

'Wat is er zo angstaanjagend aan dat meer?'

'Het komt door Station Island. Dat is een kaal, rotsig eiland, dat vaak geheimzinnig in mist gehuld is en lang beschouwd is als een poort naar het hiernamaals.'

'Oké,' zei Harry bedachtzaam.

'Het heeft te maken met Sint-Patrick. Je weet wel, de beschermheilige van Ierland.'

'Die van de slangen?'

Ik keek hem met gespeelde strengheid aan. 'Ja, de man die alle slangen uit Ierland heeft verjaagd.'

'Wat heeft hij op dit eiland gedaan?'

'Mmm… Sint-Patrick was bezig de Ieren tot het christendom te bekeren en toen is hem een soort grot of diepe put geopenbaard waar hij toegang kreeg tot het hiernamaals. Daarom is het een pelgrimsoord geworden. Sommige pelgrims zeiden dat ze vreselijke visioenen hadden, en als ze de beproeving doorstonden betekende het dat ze gered waren van de straffen van… '

'De hel?' viel Harry me in de rede.

Ik fronste. 'Sommige mensen geloven dat er nog een ander oord is, halverwege tussen de hemel en de hel.'

'En dat vond jij eng?'

Ik keek omhoog. 'Nee, ik was als de dood voor de put. Patrick zei altijd dat die bodemloos was en dat ik er nooit meer uit zou komen. Ik begrijp niet dat ik hem geloofde.'

'Waarom zou hij willen dat je terugdenkt aan het Red Lake en dat eiland?'

'Ik zou niet weten. Misschien komt er nog een andere aanwijzing.' Ik trok een scheve mond. 'Ik heb het gevoel dat ik dit al mijn hele leven doe.'

'Stop er dan mee, Sinead. Gooi die stomme aanwijzingen weg, ga naar huis en laat Patrick aan zijn lot over.'

Ik blies in mijn handen. 'Dat kan ik niet. Ik weet dat hij het huis uit is en dat ik me niets van hem moet aantrekken, maar ik kan het niet laten...'

'Hij heeft je jarenlang gehersenspoeld,' zei Harry. 'Daarom kun je niet ophouden.'

Ik zuchtte en trok lusjes wol uit Patricks vloerkleed. 'Ik zou niet weten hoe ik hem niet kan volgen, en eigenlijk heeft hij me nodig.'

Harry keek somber, maar drong niet aan. Ik was zo moe dat ik op de bank klom en met mijn hoofd op een kussen ging liggen. Het begon te schemeren en na het onweer was er een prachtige zonsondergang met allerlei kleuren roze, geel en turkoois door elkaar, alsof iemand een heel palet verfkleuren op een doek had geslingerd. Het was nog warm, maar door de hoge plafonds in Patricks flat galmde de ruimte, wat overdag niet zo opviel, en het tochtte door kieren in de houten vloer. Ik huiverde. Patrick was er niet toe gekomen gordijnen op te hangen en ik vroeg me af hoe laat de zon opkwam. Misschien was het een goed idee om lakens voor de ramen te hangen.

Harry friemelde nerveus en trok aan zijn krullen. 'Eigenlijk zou je niet... Ik bedoel, het is vast eng hier in je eentje... Zal ik in de stoel blijven slapen?'

Ik onderdrukte weer een geeuw. 'Het lukt me wel. Misschien komt Patrick midden in de nacht thuis. Dat zou vervelend zijn.'

We wisten allebei dat het een smoes was, maar Harry knikte begrijpend. Het gedoe met Patrick had ons dichter tot elkaar gebracht, maar ik wilde hem niet kwetsen door hem valse hoop te geven, al wist ik soms niet hoe ik dat kon voorkomen. Ik dommelde in en besefte niet dat hij er nog was. Even voelde ik zijn lippen op mijn wangen en er werd voorzichtig een deken over me heen gelegd. Mijn ogen trilden maar ik deed ze expres niet open.

'Ik weet dat je niet hetzelfde voor mij voelt, Sinead, en ik ben bereid te wachten... maar niet eeuwig.'

'Dat wil ik ook niet, Harry,' fluisterde ik toen de deur achter hem dichtging.

6

Ik werd met een schok wakker en wist even niet waar ik was, toen zonlicht als laserstralen in mijn ogen scheen. Ik vroeg me af hoe laat het was en greep naar mijn telefoon. Het was over negenen. Tot mijn verbazing had ik tien uur geslapen. Ik dacht aan de gebeurtenissen van gisteren en alle aanwijzingen die ik had gevonden. Ik piekerde me suf waar Patrick me naartoe wilde hebben. Maar ik kwam er niet uit en was bang dat ik op een dood spoor zat. Ik zwaaide mijn benen uit bed en vertrok van de pijn toen ik mijn spieren voelde. Ik was nog stijver dan gisteren. Ik legde mijn telefoon terug op het nachtkastje en raakte toevallig Patricks bijbel aan. Ik streek met een vinger over de vergulde letters op het omslag. Gisteren had ik er niet aan gedacht, maar nu vond ik het opvallend dat de bijbel hier was blijven liggen terwijl de flat verder zo kaal was. En de priester had iets geciteerd uit het evangelie, over Sint-Petrus en de sleutels van de hemel.

Ik pakte traag de bijbel op en hield hem in één hand. Het boek viel vanzelf open bij het evangelie van Matteüs, alsof de band daar beschadigd was. De dunne bladzijden fladderden en verspreidden dezelfde zoete schimmelgeur als de kerk. Ik staarde naar de tekst. De woorden *heb uw naaste lief* waren rood onderstreept. Dit zou een aanwijzing kunnen zijn. Mijn hart sloeg op hol en ik sloot even mijn ogen, overweldigd door een gevoel van opluchting. Ik zat nog op het goede spoor. Het was bijna alsof Patrick in de gaten hield hoe het ging, en me een zetje gaf als ik bleef steken. Hij kon niet in gevaar zijn; hij had er te veel plezier in. Ik kon zijn stem bijna horen in mijn hoofd. *Jij zult altijd mijn voetstappen volgen, hè?*

Ik moest het aan Harry vertellen. Ik belde hem op en vertelde hem in één woordenstroom wat ik in de bijbel had gevonden en dat ik van plan was om later die ochtend met Patricks buren te gaan praten, die tenslotte zijn naasten waren. Aan Harry's stem kon ik horen dat ik hem wakker had gemaakt.

'Goed idee,' zei hij geeuwend.

Ik glimlachte. Hij zou waarschijnlijk alles goed hebben gevonden, hoe krankzinnig het ook was. 'Ik kan beter in mijn eentje gaan, Harry. Mensen reageren makkelijker op een meisje alleen.'

'Ik kom toch, Sinead. Kan ik iets voor je meebrengen?'

Ik keek omlaag naar Patricks oude kleren. 'Wil je bij me thuis andere sweats en een schoon T-shirt voor me gaan halen? Ik zal mijn moeder sms'en dat ze iets moet klaarleggen, maar je mag geen woord zeggen over wat hier aan de hand is. Ze vraagt het natuurlijk en dat wordt niet makkelijk, maar je mag niets zeggen waar ze iets mee kan.'

Harry lachte zenuwachtig. 'En eten? Je weet hoe snel je boos wordt als je niet eet.'

'Een stel bagels met jam zou fijn zijn.'

'Nog iets?'

Ik zag Harry's berustende glimlach voor me. 'Mijn laptop. En Harry?'

'Ja?'

'Doe er niet te lang over. Tijd is kostbaar.'

Toen Harry binnenkwam was ik onder de douche geweest en deed vergeefse pogingen mijn haar in model te brengen zonder föhn. Hij legde alles waar ik om had gevraagd op het bed.

'Ze vertrouwt het niet,' verkondigde hij, nog aangeslagen door de ontmoeting met mijn moeder. 'Ze heeft me grondig verhoord, maar ik ben niet bezweken. Ik heb gedaan alsof ik niets wist.'

'Goed zo,' zei ik, en hij grijnsde. 'Ik moet haar vroeg of laat onder ogen komen, maar ik ben er nu nog niet tegen opgewassen.'

'Ze heeft navraag gedaan bij alle ziekenhuizen en Patricks huisbaas, maar hij heeft niets gehoord en weet niets over een grote schoonmaak van de flat.'

'Dat was een goed idee,' zei ik verbaasd. Ik had verwacht dat ze alleen handenwringend heen en weer zou lopen en niets zou doen waar we iets aan hadden. Ik ging naar de slaapkamer om andere kleren aan te trekken. Het was verbazingwekkend hoeveel verschil dat maakte. Ondanks mijn onopgemaakte gezicht en slappe haren voelde ik me bijna weer menselijk.

Harry bekeek me met nieuwe belangstelling. 'Je ziet er anders uit.'

Ik raakte verlegen mijn wang aan. 'Ik heb geen make-up op.'

'Het past bij je. Je lijkt zachter. Mooier, bedoel ik.'

Hij keek een andere kant op, maar ik begreep wat hij bedoelde: zonder mijn donkere oogmake-up zag ik er minder angstaanjagend uit. Dat was mooi meegenomen als ik iets te weten wilde komen van Patricks buren. Ik keek in de spiegel en herkende mezelf bijna niet. Ik bestudeerde mijn gezicht kritisch: een brede mond, diepliggende grijsblauwe ogen en hoge, uitstekende jukbeenderen. Harry zei vaak dat mijn hele gezicht veranderde als ik glimlachte, maar zo vaak glimlachte ik niet. Ik keek op mijn horloge. Het was nu keurig elf uur 's ochtends en het was zaterdag, dus was er een goede kans om mensen thuis te treffen. Ik zwaaide met een slap handje naar Harry en liep de deur uit. Er waren vijf flats in totaal en het leek voor de hand te liggen om te beginnen met de dichtstbijzijnde. Ik liep een smalle gang door en passeerde een branddeur. Toen rechtte ik mijn schouders en klopte vastberaden op de voordeur. Die vloog zo snel open dat ik er niet op voorbereid was. Een achterdochtig gezicht staarde me aan. 'Ja?'

Ik probeerde te glimlachen, maar mijn mond vertrok alsof ik pijn had.

'Ik... zoek Patrick die hiernaast woont. Ik vroeg me af of u hem de laatste tijd hebt gezien.'

Het was een vrij jonge man met een bril met gouden randen en een irritante sik. De geur van gebakken spek woei me tegemoet.

'Hmm,' zei hij peinzend, terwijl hij over zijn gezichtsbeharing streek. Hij keek niet erg behulpzaam. 'Ik heb hem een paar weken geleden gesproken toen hij twintig pond van me leende voor een noodsituatie in zijn familie. Sindsdien heb ik hem niet meer gezien. Ik denk dat hij me uit de weg gaat.'

'O,' mompelde ik.

'Ben jij familie van hem?'

'Nee, gewoon een vriendin,' zei ik zacht. 'Ik zal hem aan het geld herinneren als hij weer opduikt.'

'Graag,' snauwde hij en gooide de deur in mijn gezicht dicht.

Oké, slecht begin, zei ik tegen mezelf, maar zo kunnen ze niet allemaal zijn. Ik schaamde me dat Patrick geld had geleend en het niet had teruggegeven, en ik vond het slap van mezelf dat ik had ontkend dat we familie waren. Die schaamte was niets nieuws: Patrick had me met zijn gedrag al zo vaak voor aap gezet dat ik eraan gewend zou moeten zijn. Maar ik had nog nooit gezegd dat hij mijn broer niet was, en dat gaf me geen fijn gevoel.

Ik sjokte de trap af en begon te denken dat deze hele onderneming niets zou opleveren. Bij de tweede flat werd er niet opengedaan. Toen ik bij de derde flat kwam klopte ik heel zacht aan, alsof ik niet gehoord wilde worden. Ik wilde al weglopen toen er een vrouw in de deuropening verscheen die nogal verbaasd keek. Blijkbaar was ze er niet aan gewend dat er iemand aan de deur kwam. Ik haalde diep adem en stikte bijna in een wolk loodzware zoetige parfum. De vrouw was van middelbare leeftijd, had een oranje huid en Barbie-haar, en droeg een tweedelig pakje van bloemetjesstof. Ze gleed langs me en bewoog verrassend lichtvoetig voor iemand die zo dik was. Ze tuurde de gang in en leek teleurgesteld toen ze niemand anders zag. Ik begon aan hetzelfde verhaal als de vorige keer en loog weer over mijn relatie met Patrick. Ondanks mijn schuldgevoel kreeg ik het moeiteloos over mijn lippen.

'Ik werk de hele dag, ik heb geen tijd voor praatjes,' antwoordde ze geërgerd.

'Dat bedoel ik ook niet. Maar Patrick wordt vermist en zijn familie maakt zich zorgen over hem.'

'O, dat is erg,' zei ze, maar het klonk of het haar niets kon schelen. 'Heb je het al aan zijn werkgever gevraagd?'

'Hij heeft geen werk,' mompelde ik, terwijl ik achteruit stapte om afstand te nemen van haar vragen en parfum.

'Zijn school dan?'

'Hij gaat niet... Ik bedoel... Ja, dat zal ik doen. Bedankt voor het advies.'

Haar vriendelijke glimlach overtuigde me geen moment. Ik vocht tegen mijn opkomende woede en had medelijden met Patrick omdat hij naast zulke mensen woonde. Ze hoefden me niet te vertellen hoe ze over hem dachten – dat zag ik aan hun ogen. En ik had al twaalf minuten verprutst.

Ik durfde bijna niet meer op de laatste deur te kloppen. De tv stond hard aan en er klonk binnen geschuifel, maar het duurde een paar minuten voor een oudere vrouw voorzichtig haar hoofd naar buiten stak. Ze was de eerste bewoner die vriendelijk keek, en ik ontspande een beetje. Ik had nog maar net Patricks naam genoemd en gezegd dat ik een vriendin was, toen ze me in de rede viel.

'Je hebt zijn mond.'

Ik zweeg even en voelde me betrapt. 'Hij is mijn broer,' gaf ik toe.

Ze knikte. 'Wil je binnenkomen?'

De deur ging wijd open en ik stapte over de drempel. Binnen had het verschil met Patricks sobere flat niet groter kunnen zijn, met al die zware, ouderwetse meubels en overdadige stoffering. Ik telde twee sofa's, drie leunstoelen, een met leer beklede stoel voor een bureau en een chaise longue met groene, gestreepte stof. De muren waren bijna niet te zien door de vele schilderijen met allerlei afmetingen en onderwerpen. De flat was groter dan die van Patrick, maar maakte een veel donkerdere en benauwdere indruk. De vrouw gebaarde dat ik op de chaise longue moest gaan zitten, die er ongemakkelijk uitzag. De uitgesneden dierenpoten leken zo echt dat ik een beet in mijn enkels verwachtte. Ze ging zelf op de rand van de kleinste sofa zitten, legde haar handen in haar schoot en keek me belangstellend aan.

'We hebben mijn broer al bijna twee weken niet gezien,' begon ik. 'Daarom maken we ons zorgen.'

'Zo'n beleefde jongen,' zei ze zacht. 'Ik zie hem 's ochtends vaak langs mijn raam lopen en soms komen we elkaar op de gang tegen. Hij is altijd heel vriendelijk en brengt mijn post voor me mee. En hij is zo knap om te zien.'

'Maar hebt u hem de laatste tijd nog gezien?'

Ze keek peinzend naar het plafond. Er gingen tien seconden voorbij, en toen twintig. Mijn rechterbeen begon te trillen. Ik kon er niets aan doen.

'Het is mogelijk,' antwoordde ze ten slotte. Ik hield mijn adem in en eindelijk ging ze verder. 'Ik merk vaak... als ik een antwoord zoek... dat het helpt om er niet aan te denken.'

Mijn hele lichaam spande zich van ergernis en ik kon niet meer stilzitten. Met geduld kom je het verst, zei ik tegen mezelf. Met geduld kom je het verst. Ik sprong bijna in de lucht toen een staande klok het kwartier sloeg.

'Ik zou graag op de bovenste verdieping wonen,' babbelde ze. 'Maar mijn benen kunnen het niet aan. Niet te geloven dat ik vroeger danseres ben geweest. Door mijn artritis kan ik bijna niets meer, maar... hoor mij nou eens... ik moet niet zo zeuren over mijn ouderdom.'

'Het geeft niet,' zei ik terwijl ik mijn best deed niet naar haar dikke benen met spataderen te kijken.

Dit had geen zin. Ik stond op en liep naar de deur. Maar ze ging snel tussen de paraplubak en het gangtafeltje staan, zodat ik er niet langs kon. Nu ik wegging kreeg ze opeens haar geheugen terug.

'Ik heb Patrick een week geleden nog gezien, of misschien waren het twee weken. Dat weet ik niet zeker, maar ik herinner me dat hij opgewonden was omdat hij een nieuwe baan had gevonden. Hij had haast en ik kon er niet over doorvragen.'

Patrick had een baan. Hij haastte zich naar zijn werk. Dat was totaal onverwacht, maar het kon zijn ongewone gedrag verklaren. Hij was afstandelijk geweest en nog geslotener dan anders. Misschien had hij het niet aan mijn moeder en mij willen vertellen omdat hij bang was dat hij het werk niet aan zou kunnen. Ik bedankte de oude vrouw en ging terug naar de flat. Ik was drieëntwintig minuten weggeweest, maar nu wist ik tenminste dat Patrick nog leefde.

Harry zag er verhit uit en leek nogal tevreden met zichzelf, terwijl hij met een schroevendraaier zwaaide alsof het een wapen was. Als verrassing monteerde hij een veiligheidsketting op de deur zodat ik me prettiger zou voelen als ik alleen in de flat was. Ik maakte me een beetje zorgen omdat hij het niet eerst aan de huisbaas had gevraagd, maar ik zei dat ik het geweldig vond, en deed of ik de enorme pleister op zijn duim niet zag. Hij begon ook meteen te vertellen dat hij alle Latijnse verwijzingen in Patricks briefje op mijn laptop had opgezocht en alleen miljoenen hits had gevonden in religieuze teksten.

'Het was vreselijk om met de buren te praten,' zei ik. 'Een oude vrouw herinnert zich dat ze Patrick niet zo lang geleden heeft gesproken. Hij schepte op dat hij een baan had, maar ze heeft geen idee waar.'

Harry leek niet onder de indruk. 'Daar schieten we niet veel mee op.'

'Nee, maar de meeste banen vallen vanzelf af. Patrick is niet bepaald een ideale werknemer. Dus het werk moet niet al te serieus zijn, met soepele werktijden, weinig vooropleiding...'

'Jij zegt vaak dat hij zich overal uit kan praten. Is verkoper iets voor hem? Daarvoor zijn altijd vacatures.'

'Het zou kunnen,' zei ik en pakte mijn tas. 'Laten we gaan kijken bij uitzendbureaus en in de wijkkrant. Patrick heeft vast niet ver gezocht.'

Hij kreunde. 'Nu meteen?'

Ik keek hem verwijtend aan. '*Tempus fugit*, Harry. *Tempus fugit*.'

7

We zaten in Starbucks en ik bladerde de krant door op zoek naar advertenties. Een voordeel van Patricks flat in het centrum was dat alles dicht in de buurt was. Naar mensen kijken was geen hobby van me, toch staarde ik toen er een man met een Italiaans uiterlijk voorbijkwam, die een korte broek droeg en een aktetas bij zich had. Ook de modejunks met hun nepbruine huid en glanzend witte jeans fascineerden me, en het viel me op dat de helft van de meisjes een lange rok droeg met gladiatorensandalen en holiday hair. Ik legde de krant even neer.

Misschien moet ik veranderen. Ik kan een van die mensen worden die met een serene glimlach doelloos rondslenteren om de sfeer op te zuigen en het gras te zien groeien. Ik kan in het park gaan liggen en speels de bloemblaadjes van bloemen plukken in plaats van dwangmatig de pluizen van uitgebloeide paardenbloemen te blazen. Sara en ik zouden alle meisjesdingen kunnen doen die ik tot nu toe had vertikt.

Harry zette me weer met beide benen op de grond. 'Dit lijkt me zinloos,' zei hij, en het was duidelijk dat hij zich afvroeg wat we hier eigenlijk deden. 'De advertentie voor Patricks baan staat er natuurlijk niet meer in.'

Ik keek hem ongeduldig aan. 'Dat weet ik, maar misschien is er toch iets wat mijn aandacht trekt – werk dat bij hem past. Om die aanwijzingen op te lossen moet ik denken zoals hij.'

Harry ging naar de toonbank om een sandwich te halen en ik mompelde in mezelf. *Als Patrick zijn computer niet had verkocht, kon ik daarin kijken of hij zich had ingeschreven bij uitzendbureaus.*

Een mannenstem onderbrak mijn gedachten. 'Heb je die krant uit?'

Ik keek niet op, maar staarde naar een oldtimer met een open dak die met draaiende motor voor de deur stond. Op de passagiersstoel zat een blond meisje. Ze leek nogal vol van zichzelf, met haar zeegroene doorkijkblouse, en keek in de zijspiegel of haar haren goed zaten.

'Hij is van mij,' snauwde ik en ik legde mijn hand op de krant.

Er klonk voldaan gesnuif. 'Dus je bent tegen iedereen zo bot.'

Ik keek snel op en zag de beach boy uit het politiebureau, met twee kartonnen bekers in zijn handen. Alleen was hij deze keer piekfijn verzorgd: een kreukloos wit shirt, nachtblauwe smalle stropdas, lichtgrijze broek en dure aftershave. Zijn haren had hij naar achteren gekamd, zodat hij nog knapper leek. Hij glimlachte naar me, maar niet zo zelfvoldaan als de vorige keer. Het was een warme glimlach die de hele ruimte verlichtte alsof er opeens een reusachtige zonnestraal naar binnen scheen door het raam. Iets binnen in me maakte een salto; het deed gewoon pijn.

'Niet waar,' bracht ik moeizaam uit. 'Jij bent de enige die dit in me losmaakt.'

'Je wist niet dat ik het was,' zei hij glimlachend.

'Ik herkende je accent,' loog ik, geërgerd omdat het niet waar was. Het platte Australisch deed me denken aan goudgele stranden, een eindeloze stralend blauwe zee met wit schuimende golven en een beach boy die in zijn zwembroek met een surfplank over het zand rende.

'Ik weet zeker dat ze in dit deel van de stad cursussen geven om je woede te leren beheersen,' zei hij vrolijk.

Zijn goede humeur was onweerstaanbaar en ik begon te glimlachen. Hij had gelijk: ik was ontzettend bot geweest en nu had ik de kans om het goed te maken. Normaal deed ik niet aan verontschuldigingen, maar voor hem kon ik wel een uitzondering maken. Drie woordjes waren genoeg. Hij wachtte erop en de uitdagende blik in zijn lichtbruine ogen gaf me een licht gevoel vanbinnen. Jongens flirtten niet vaak met me, maar zijn lichaamstaal was overduidelijk. Toen werd de betovering opeens verbroken. Hij begon geluidloos te praten en te gebaren naar iemand buiten, en toen ik keek stond de zeegodin half opgericht naar haar horloge te wijzen. Ze hoorden bij elkaar – hoe kon het anders – en die auto was blijkbaar van hem.

'Laat de dame niet wachten,' spoorde ik hem aan. Hij pakte de bekers, die hij even op tafel had gezet, en keek me doordringend aan, maar nu voelde ik me net een insect onder een microscoop. 'Ik hoop dat we elkaar nu niet meer tegenkomen,' voegde ik eraan toe.

'Je bent nog steeds het botste meisje dat ik ooit heb ontmoet,' zei hij.

'Dan kom je echt niet vaak buiten,' grapte ik weer, maar deze keer klonk het bijna verdrietig.

Hij liep zonder omkijken naar de uitgang, maar had het lef wel nog even keurend naar een meisje te kijken dat aan een ander tafeltje zat. Een strenge politieagente wilde net een bekeuring uitschrijven voor zijn auto toen hij door de glazen deur naar buiten zeilde. Het was niet te geloven, maar hij blies een zoentje naar haar, hief proostend een beker op, en ze stopte haar apparaat weg en gebaarde dat hij moest maken dat hij wegkwam. Hij toeterde zelfs om te bedanken. Harry kwam terug met een reusachtige sandwich en ik probeerde niet te laten merken hoe rot ik me opeens voelde. De beach boy en zijn vriendin leken zo gelukkig en zorgeloos dat ik me tien jaar ouder voelde, geteisterd door problemen die ik zelf niet eens begreep. Ik nam een slokje van mijn lauwe koffie en troostte mezelf met het idee dat een passerende vrachtauto zijn vriendin zou bedelven onder stof en vuil.

Ik kon hem niet uit mijn hoofd zetten. Mijn eerste indruk was helemaal verkeerd. Vandaag leek hij niet op een backpacker. Hij was eerder een leerling van een dure kostschool, met een flinke bankrekening. Meestal kon ik mensen goed in vakjes indelen, maar bij hem lukte dat niet. En hij was zo direct geweest in zijn kritiek op mij. Het was niet de eerste keer, maar deed nu nog meer pijn.

Ik schoof heen en weer op mijn stoel, omdat ik al wist wat het antwoord op mijn vraag zou zijn. 'Harry? Heb ik een probleem met woede?'

'Als ik ja zeg, sla je me,' antwoordde hij lachend.

'Ja dus?'

'Soms heb je een kort lontje. Dat weet je best,' zei hij diplomatiek.

Ik beet op mijn nagels. 'Geef eens een voorbeeld.'

Harry ging rechtop zitten en sloeg kalm zijn armen over elkaar. 'Oké. Je wordt boos op kakkers, mannen met baarden, mensen die niet in de rij blijven staan... mensen die wel in de rij staan... iemand die niest terwijl hij te dicht bij je is... ' Hij haalde adem. 'Vrouwen van boven de veertig die een strakke spijkerbroek dragen, blikjes die je open moet trekken, pakken melk, pitten in sinaasappels, verkeerskegels... '

Ik hief mijn handen in de lucht om hem te laten ophouden. 'Oké, niemand is zo onverdraagzaam als ik.' Hier dacht ik een tijdje over na. Tot mijn verbazing ontdekte ik dat het me echt dwarszat. Het leek of iemand me een spiegel had voorgehouden waarin ik had gezien hoe lelijk ik was. Wanneer was ik zo iemand geworden aan wie ik zelf een hekel had? Ik was er kapot van en kreeg zin om het allemaal aan Harry te vertellen. Dat was niets voor mij. Er klonk zelfs een snik in mijn stem.

'Ken je het sprookje over de Sneeuwkoningin?'

Harry glimlachte zwakjes.

'Het gaat over een toverspiegel die alles vergroot en vervormt zodat het er vreselijk uitziet. De spiegel breekt in duizenden stukken en sommige mensen krijgen een splinter in hun oog zodat ze alleen nog de akelige dingen in het leven zien, en andere mensen krijgen een scherf in hun hart zodat het in een ijsklomp verandert...'

'En jij denkt dat dat met jou gebeurd is?' vroeg hij zacht.

Ik zuchtte. 'Soms denk ik dat ik niet eens een hart héb. Er zit daar alleen een gat in mijn borst en ik moet als een bezetene door het leven racen en proberen het te vullen.'

'Wat een onzin, Sinead. Als je een beetje ongeduldig bent en snel boos wordt, ben je nog niet slecht. Het is best begrijpelijk na wat je allemaal hebt meegemaakt. Je maakt je altijd zorgen over je moeder en Patrick. Meer dan ze verdienen. Zeg me na,' zei hij streng. 'Er is niets mis met mijn hart.'

Ik sloot even mijn ogen. *Je weet heel goed dat je een hart hebt. Je voelde het toen je naar die jongen keek. Je merkte dat je hart juichte, en dat vond je doodeng.*

'Hoe komt dit opeens?' vroeg Harry.

'Ik zou niet weten,' antwoordde ik nors. Ik had al spijt van mijn bekentenis. Eerst de priester en nu Harry; sinds Patricks verdwijning was ik een emotioneel wrak. Ik moest ophouden medelijden te hebben met mezelf en me concentreren op het zoeken. Onder tafel balde ik mijn vuisten. 'We hebben al vierentwintig uur geen nieuwe aanwijzingen gevonden, Harry. Ik moet het aan mijn moeder vertellen. Dat wordt vreselijk. Nee, erger nog, ze stort helemaal in.'

'Heeft ze al aangifte gedaan dat hij wordt vermist?'

Ik zuchtte. 'Ik heb het voorgesteld, maar ze wil het liever niet. Patrick is een paar keer voor kleinigheden in aanraking geweest met de politie en ze denkt dat ze een hekel aan hem hebben. Ze wil dat dit in de familie blijft.'

Harry plukte aan zijn versleten mouw en wipte op zijn stoel heen en weer. Blijkbaar wist hij niet wat hij moest zeggen. Ten slotte besloten we weg te gaan. We gingen naar het arbeidsbureau en zochten in de computer, maar dat leverde niets op. Daarna brachten we een warme, benauwde middag door met rondslenteren terwijl we probeerden te bedenken hoe we aan nieuwe aanwijzingen konden komen. Harry wilde in de schaduw van een boom gaan zitten om wat bij te komen, maar ik kon het niet. Door de onzekerheid was ik veel te opgefokt.

Hij probeerde me te kalmeren. 'Patrick kon niet weten hoe lang je erover zou doen om zijn aanwijzingen te vinden. Dat je nu geen nieuwe kunt vinden betekent niet dat die er niet is.'

Ik dacht erover na en herinnerde me Patricks bijbel. 'Je hebt gelijk. Ik kan beter teruggaan naar zijn flat. Misschien heb ik daar iets over het hoofd gezien.'

Harry bood aan me gezelschap te houden, maar ik wees het voorzichtig af. 'Ik moet even alleen zijn om na te denken.' Ik keek hem aan en zuchtte. 'Misschien hoort dit bij Patricks spel.'

'Wat bedoel je?'

'Dat hij me treitert. Hij weet hoe ongeduldig ik ben. Ik kan nergens op wachten.'

We kwamen bij de flat en Harry nam met een moedeloze glimlach afscheid bij de deur. 'Ooit, Sinead, vind je iets of iemand wel de moeite waard om te wachten.'

8

Mijn ogen gingen wijd open, ik greep naar mijn keel en snakte naar adem. Even was ik weer een klein meisje, thuis in mijn slaapkamer, en voelde hoe de nacht me gevangen hield en het duister me verstikte. Ik stompte met mijn vuisten in de lucht, maar toen herinnerde ik me waar ik was. Ik was in Patricks flat. Ik liep geen gevaar. Het was drie uur 's nachts en nog donker. Ik liep op blote voeten naar de keuken en vulde een glas met water. Ik kon de nachtmerrie nog niet van me afschudden. Zo sterk had ik het nog nooit gevoeld. De benauwdheid was angstaanjagender dan ooit. Rusteloos liep ik naar het raam. Er stond een gedaante onder de straatlantaarn, en hij keek op naar de flat. Haastig trok ik me terug in de schaduwen. De gedaante kwam me bekend voor en in mijn slaperige toestand was ik ervan overtuigd dat het Patrick was. Zonder na te denken rende ik de deur uit, de trap af en naar buiten, de straat op. Ik riep zijn naam, maar er was niemand te zien. Ik stak de straat over naar de lantaarn en staarde naar de gloeiende peuk op de stoep. De man had een sigaret staan roken. Ik wilde de peuk uittrappen, maar ik was op blote voeten.

Het duurde even voor het tot me doordrong dat het gevaarlijk was om daar 's nachts te staan, midden in de stad. Opeens zag ik overal schimmen, in portieken, achter auto's en in steegjes, op alle plekken waar iemand zich kon verstoppen. Ik was als een slaapwandelaar naar buiten gelopen. Ik sloeg mijn armen om me heen en stak op mijn tenen de straat over, terug naar de flat. Gelukkig was de deur niet dichtgegaan, want die viel dan automatisch in het slot en mijn sleutels lagen binnen. Er zaten kleine steentjes in mijn voetzolen. Afgezien van een paar krakende planken en het geluid van water dat door stokoude leidingen stroomde, was het zo stil als in een graf. Ik stapte weer in Patricks bed, maar wist dat ik niet in slaap zou komen. Ik was in een onbekende kamer, voelde me helemaal niet op mijn gemak, en in het holst van de nacht leken problemen altijd groter. Ik dacht terug aan de klokkentoren en beleefde opnieuw het moment dat ik wist dat ik ging sterven. *Het is later dan je denkt.*

Pas tegen de ochtend dommelde ik toch weer in en had allerlei krankzinnige dromen waarin ik Patrick achtervolgde. De opvallendste, die ik me het best herinnerde, was vlak voor ik wakker werd: ik klom tegen een steile helling op en zat iemand achterna die vastberaden doorliep en weigerde langzamer te gaan lopen of zich om te draaien, maar ik wist dat het Patrick was. Ik begon naar hem te schreeuwen en stompte met mijn vuisten in de lucht. Opeens bleef hij staan en dook omlaag als een roofvogel die zich op een prooi stort. Ik wilde hem achterna gaan, maar het was ontzettend steil. Ik wankelde op de rand van een afgrond. Toen ik in de diepte keek, leek het op de krater van een vulkaan. Er stegen wolken rook en as op, die mijn gezicht en haren schroeiden. Patrick werd opgeslokt en toen klonk er een vreselijk gegil. Ik hield mijn handen op mijn oren.

De wekker van mijn telefoon ging af. Het was een hard, indringend geluid waardoor ik met een ruk bij bewustzijn kwam. Toen ik hem uit probeerde te zetten, zwiepte ik de telefoon van het nachtkastje en ik hoorde hem over de houten vloer glijden. Ik tuimelde nog half versuft uit bed en kroop op mijn knieën over de vloer tot ik hem met twee handen te pakken kreeg en een eind kon maken aan het gepiep. Ik stond op, rekte me uit en mijn ogen stelden langzaam scherp. De deur naar de woonkamer stond open en ik knipperde met mijn ogen toen ik iets heel raars zag. Ik knipperde nog eens om zeker te weten dat ik niet droomde. Verbijsterd strompelde ik erheen en streek met een trillende hand over de schokkende afbeelding die nu minstens een vierkante meter van de witte muur in beslag nam.

Er was een kerk, te herkennen aan een·groot kruis op de punt van het dak. Hij stond boven aan een steile rotswand die oprees uit een kloof vol op elkaar gestapelde lichamen, die kronkelend omhoog reikten, hun armen smekend uitgestoken, hun gezichten vertrokken van angst. Uit de rotswand groeiden misvormde bomen, waarvan de takken zich als klimplanten rond de gemartelde gedaanten wikkelden. Anderen hadden een kluwen slangen op hun hoofd, die hen gevangen hielden. De afbeelding was grotendeels zwart, maar de kloof werd omgeven door een meer waarvan de golven schokkend bloedrood waren. Dit kon niet waar zijn. Ik kreeg een paniekaanval. Mijn benen bezweken en ik zakte op de grond. Met bevende handen sms'te ik Harry vier woorden: *Dringend. Kom meteen hierheen.*

Harry moest de eerste kleren hebben aangetrokken die hij te pakken kreeg. Ik vertelde hem maar niet dat zijn shirt binnenstebuiten zat en dat hij twee verschillende sokken aanhad. Toen ik hem binnenliet en de muur liet zien, verbleekte hij.

'Is het inkt of verf?' vroeg hij. Hij reageerde net als ik en streek met een hand over het oppervlak.

'Wat maakt het uit?' zei ik. 'Dit moet iets van Patrick zijn. Het is het Red Lake met de put op Station Island.'

'Het is heel gedetailleerd,' ging hij verder. 'Zou het een soort pentekening zijn?'

'Harry! Je begrijpt niet waar het om gaat.' Dit was gemeen van me, want tot hij kwam had ik zelf op het voeteneind van Patricks bed gezeten, te bang om te bewegen. 'Ik heb hier de hele nacht geslapen. Hoe heeft iemand het kunnen doen? En wanneer?'

Harry was nog steeds te geschokt om te antwoorden. Hij sprong overeind om op een vreemd mannelijke manier de deur te onderzoeken. Hij was vreselijk ontechnisch en zou het heus niet gezien hebben als er met het slot was geknoeid, maar zijn bezorgdheid was aandoenlijk.

'De deur lijkt niet geforceerd, maar je kunt hier niet meer blijven, Sinead.'

'Wel als Patrick het heeft gedaan.'

'Ja, wel als Patrick het heeft gedaan,' herhaalde hij. 'Maar dat zou behoorlijk ziek zijn.'

Langzaam schoot me iets te binnen en ik tilde aarzelend een voet op. Er zaten nog steeds putjes in mijn voetzool, van de steentjes waarop ik had getrapt. Het was geen droom geweest.

Ik schraapte mijn keel, friemelde en verzamelde moed voor mijn bekentenis. 'Weet je, ik ben midden in de nacht de straat op gerend omdat ik iemand onder de lantaarn zag staan. En ik heb de deur van de flat opengelaten.'

'Sinead!' riep Harry ongelovig uit.

Ik keek betrapt omdat ik wist dat het ontzettend stom was geweest. 'Nou ja, wie het ook is, ze willen me geen kwaad doen,' grapte ik. 'Om drie uur 's nachts was alles nog normaal. Als er iemand naar binnen is geglipt toen ik de deur open had laten staan, was het alleen om de muur te versieren.'

'We gaan weer naar de politie,' zei hij vastberaden.

Ik wreef over mijn neus en was nog steeds boos op mezelf. 'Dat kan niet. Een rare tekening die opeens op de muur verschijnt, is nog erger dan het opruimverhaal. Er is niet ingebroken en niets gestolen. Ze zouden me ervan beschuldigen dat ik hun tijd verspil.'

'Wat doen we dan?'

'Wachten, lijkt me.'

'Ben je meteen weer gaan slapen?'

'Ja,' loog ik. Ik had geen zin om Harry over mijn rare droom te vertellen. Dan zou hij echt denken dat ik naar de psychiater moest.

Ik liep naar de keuken om koffie te halen. De ochtendzon zette alles in een fel goudgeel licht, dat weerkaatste van de muren, de vloer en de werkbladen. Het was een luxe keuken met massief houten kastjes, granieten werkbladen en een vloer van leisteen. Mijn moeder verwende Patrick altijd. Harry verscheen bij mijn schouder.

'Ik wil je niet ontmoedigen, Sinead,' begon hij terwijl hij een beker pakte van een van de open planken. Ik begreep de hint en schonk hem ook in. Hij ging me natuurlijk wel ontmoedigen. 'Ik heb gisteravond wat rondgekeken op internet. Het schijnt dat er in Groot-Brittannië per jaar tweehonderdduizend mensen vermist raken.'

'Dat kan niet waar zijn,' zei ik. 'Hoe kunnen er nou zo veel mensen verdwijnen?'

Hij haalde veelbetekenend zijn schouders op. 'Sommigen willen verdwijnen. Ze organiseren het zelf.' Hij nam een slok van zijn koffie en trok een vies gezicht, waarschijnlijk omdat er geen melk in zat. Hij roerde hoewel er niets te roeren viel. 'Sommigen moeten er even tussenuit en vinden het dan moeilijk om terug te gaan. Anderen beginnen een nieuw leven of ontvluchten een nare situatie. Maar een klein percentage is echt onverklaarbaar.'

'Patrick zou nooit expres weglopen,' zei ik met de volste overtuiging.

'Hoe weet je dat zo zeker?'

'Hij heeft publiek nodig. Wat hij nu allemaal doet, is voor mij bestemd. Als hij helemaal alleen was, geen contact had en het niemand kon schelen wat hij deed, zou hij volgens mij in het niets oplossen.'

Harry bekeek zijn beker alsof er in de hele keuken niets interessanters was. 'Wat doen we nou?'

'We moeten goed rondkijken voordat we weggaan. Misschien heeft de waanzinnige muurschilder zich ergens verstopt.'

Maar we vonden geen enkele aanwijzing dat er iemand anders in de flat was geweest. Ik raakte er steeds meer van overtuigd dat Patrick hierachter zat en ergens in de buurt was.

'Het is mogelijk dat Patrick me vannacht naar buiten heeft gelokt,' zei ik. 'En daarna is hij de flat in geslopen en heeft gewacht tot ik sliep, om de afbeelding te maken. Maar die is zo gedetailleerd. Dat kan hij helemaal niet.'

'Misschien is het een reusachtig plakplaatje,' bedacht Harry. 'Je maakt de achterkant nat en dan kun je de hele afbeelding op een ondergrond aanbrengen. Dat is heel eenvoudig.'

Ik trok geërgerd aan mijn haar. Wat miste ik? Ik greep met twee handen mijn hoofd vast en deed het schilderij *De Schreeuw* na. Meestal moest Harry daarom glimlachen, maar vandaag niet. Hij hield zijn tong tegen zijn bovenlip alsof hij over iets nadacht.

'Ik geloof dat ik rechtsonder op de muurschildering letters heb gezien,' zei hij peinzend. 'Het zou een handtekening kunnen zijn.'

'Waarom zeg je dat nu pas?' riep ik nijdig uit, en ik morste koffie over het aanrecht.

Ik liep terug naar de woonkamer en vroeg Harry om een pen en papier te pakken. Maar telkens als ik me voorover boog naar de afbeelding, deed hij het ook, zodat hij het licht wegnam en ik niets zag. Ik moest hem vragen ermee op te houden. Maar ook toen we om beurten keken, hadden we meer dan tien minuten nodig om alle letters te ontcijferen, en we wisten niet zeker of we ze allemaal goed hadden, want sommige waren onduidelijk en andere in spiegelschrift.

'Het is te lang voor een naam,' zei ik. 'Misschien is het weer een gezegde zoals *tempus fugit*.'

Harry was al druk aan het typen om te zoeken op internet.

'Iets gevonden?'

'Heel veel.' Hij draaide mijn laptop naar me toe en grijnsde. '*Sic transit gloria mundi* – zo vergaat aardse glorie.'

'Glorie die vergaat? O, het herinnert ons aan onze sterfelijkheid. Oké, Patrick. Ik begin het te begrijpen, maar waar gaat dit over?'

Harry las voor van het scherm. 'Het was de leus van een missiehuis aan Brick Lane, waar nu een behandelingscentrum voor verslaafden gevestigd is.'

Ik greep Harry enthousiast bij zijn mouw. 'Daar ging Patrick vroeger wel eens heen. Misschien is hij er nu weer en wacht erop om naar huis gehaald te worden. Ga je mee?' smeekte ik terwijl ik naar de deur liep en keek hoe laat het was.

Harry keek me streng aan. 'Ik wil dat je niet meer naar Patrick zoekt.'

'Waarom?'

'Het voelt niet goed aan, Sinead. Hij brengt je in gevaar en weet dat je geen weerstand kunt bieden. Je maakt je zorgen over hém, maar hoe zit het met jóú?'

Ik wilde snel weg. Ik deed de deur halfopen en zette al één voet over de drempel. 'Ik kan voor mezelf zorgen. Echt.'

'Nee, dat kun je niet,' zei Harry ongewoon fel. 'Je denkt dat jij op een of andere manier de oorzaak bent van Patricks problemen. Je voelt je zelfs schuldig dat je geboren bent. Maar jij kunt er niets aan doen en je hoeft hem niet te volgen. Ik weet dat ik heb beloofd om je te helpen, maar dat was voordat dit allemaal gebeurde. Je moet ermee stoppen. Nu meteen, Sinead.'

'Ik kan er altijd nog mee stoppen,' hield ik vol. 'Ik moet dit doen.'

Harry keek me met zijn babyblauwe ogen aan. 'Is het een deel van je zoektocht? Volg je nog steeds zijn sporen?'

Ik kneep mijn ogen tot spleetjes. 'Misschien. Maar ik heb het vreemde gevoel dat ik, als ik hem vind, voorgoed van hem bevrijd zal zijn.'

Hij knikte traag, met een scheef glimlachje. 'Goed dan, Sinead. Ik ga mee.'

9

'Het heeft geen zin om met mijn auto te gaan,' zei Harry terwijl hij achter me aan de steile trap van de kapel afliep. 'Door al die eenrichtingsstraten moeten we kilometers omrijden en dan vinden we toch geen parkeerplaats.'

'We kunnen het in een kwartier lopen,' schatte ik toen we met grote stappen op weg gingen.

'Gaan we te hard?' vroeg Harry even later omdat ik begon te hijgen bij het beklimmen van een heuveltje.

'Probeer me maar bij te houden!' antwoordde ik en ging over op looppas. Hij moest wel meedoen.

Buiten adem kwamen we ten slotte in Brick Lane. We grepen naar onze zij en ik moest op een muurtje gaan zitten om bij te komen. Harry's gezicht was knalrood en zijn haren waren nat van het zweet. Ik streek met mijn vingers door mijn haren en bracht er een beetje model in terwijl Harry probeerde af te koelen. Ik keek om me heen naar de oude gebouwen met verweerde en donker geworden bakstenen. Er waren drie open plekken in de straat, die vol lagen met bouwmateriaal, en ik herinnerde me dat ze de wijk aan het renoveren waren. Ik zag een bord waarop flats te huur werden aangeboden, een pas geopende bistro, een antiekwinkel met een paar stoelen op straat en een soort gespecialiseerde kunstwinkel. Het behandelingscentrum voor verslaafden was een gebouw zonder verdiepingen. Het stond apart aan een eigen pleintje, en er zaten tralies voor de ramen.

'Ga jij voorop?' fluisterde ik zenuwachtig.

Harry keek verbaasd. 'Ben je hier nog nooit geweest?'

Ik schudde mijn hoofd. 'Ik heb altijd moeite met dit soort instellingen. Ik voel me er niet op mijn gemak.'

Harry's wenkbrauwen schoten omhoog. 'Zal ik dan maar alleen naar binnen gaan, Sinead, als jij er niet tegen kunt?'

Ik gaf geen antwoord. Ik schaamde me en wist dat ik die kritiek verdiende. Ik rechtte mijn schouders en pakte Harry's hand vast. Samen liepen we door de dubbele deur naar binnen. We kwamen meteen in een zaal terecht met twee lange tafels naast elkaar en een buffet waar eten kon worden gehaald. Aan de muren hingen posters met adviezen over van alles en nog wat, van onderdak en bijstand tot afkicken van drugs en alcohol. Alle stoelen waren bezet. Het rook naar een schoolkantine, zweet en ongewassen kleren. Er was weinig ventilatie en ik werd meteen misselijk.

Ik liep op iemand af die een naamplaatje droeg. Ze was jong, met kort bruin haar, en droeg een versleten spijkerbroek en een geruit overhemd.

'Ik ben op zoek naar mijn broer. Hij is al twee weken niet in zijn flat geweest.' Ik haalde mijn telefoon uit mijn zak en liet haar een foto van Patrick zien.

Ze leek helemaal niet verbaasd en ik begreep dat er veel mensen hier naar familieleden kwamen zoeken die spoorloos waren verdwenen. Ik voelde me opgelaten en werd nog nerveuzer.

'Hoe lang komt hij hier al?' vroeg ze.

Ik had het idee dat ik moest fluisteren. 'Hij komt hier helemaal... Ik bedoel, hij komt hier niet zo vaak.'

'Ik geloof dat ik hem wel eens heb gezien,' zei ze aarzelend, 'maar we krijgen hier zo veel mensen. Je kunt het beter aan onze vaste gasten vragen.'

'Aan de...'

Ze voelde mijn weerzin en staarde me aan terwijl ik zichtbaar ineenkromp. Ik bestudeerde de vloer en toen ik de moed had om op te kijken, was ze weggelopen.

Harry had alles gehoord. 'Ik dacht dat je wel eens in een ziekenhuis had geholpen,' zei hij verbaasd.

Ik kreunde. 'Ja, maar alleen met de medische kant. Ik ben geen sociaal werker.'

'Ik zal je helpen,' bood hij aan.

Ik likte langs mijn droge lippen, deed een stap naar voren en trok de aandacht van een vrouw die voor zich uit staarde. Haar gezicht was broodmager, met diepliggende ogen. Haar armen waren een wirwar van kapotte aderen en haar blote benen zaten vol zweren. Iets binnen in me blokkeerde en ik wist bijna meteen waarom: het was alsof ik de hel op aarde zag. Dit kon ik niet.

'Ik voel me niet goed,' mompelde ik.

Ik liep struikelend naar buiten, het zonlicht in, en greep me vast aan de deurpost. Ik wist dat het oneerlijk van me was. Deze mensen waren Patrick niet en ik had geen idee door welke omstandigheden hun leven zo was gelopen. Maar ik kon het niet los zien van mijn opgekropte woede over Patrick en wat hij ons gezin had aangedaan. Harry zei geen woord en zijn zwijgen deed meer pijn dan zijn eerdere kritiek.

Ik rilde. 'Het spijt me, ik ben niet zo goed in medeleven. Dat heb ik allemaal aan Patrick besteed.'

'Ze hebben je medeleven niet nodig, Sinead. Je kunt ze behandelen alsof ze mensen zijn.'

'Het is me gewoon te veel,' probeerde ik uit te leggen.

'De meesten worden door iedereen gemeden, maar van jou had ik dat niet verwacht.'

Ik keek naar de mensen die langs wandelden en van de zon genoten, en wou dat ik ergens anders was. Ik deed een zwakke poging om me te verdedigen. 'Als ik ze zie, kan ik alleen maar aan Patrick denken en alle keren dat hij zei dat hij zou veranderen, de beloften die hij heeft gebroken, en hoe hij ons heeft gekwetst. In gedachten zie ik hem over tien of twintig jaar, en dat is beangstigend.'

'Kom mee naar binnen,' zei Harry wat vriendelijker. Hij trok zacht aan mijn t-shirt en ik liep zonder verdere protesten met hem het gebouw in.

Harry liep naar een andere medewerkster, pakte mijn telefoon uit mijn hand en liet haar Patricks foto zien.

Ze hoefde niet lang na te denken. 'Ja, ik herken hem. Ik zal in onze administratie kijken, maar jullie moeten begrijpen dat mensen niet altijd hun echte naam opgeven.'

Ze nam ons mee naar een kantoortje. Ik gaf haar Patricks volle naam en vertelde dat hij mijn broer was. Ze begon in een groot boek te bladeren. 'Ja, ik heb hem. Patrick Mullen. Hij is iets meer dan twee weken geleden bij ons vertrokken.'

Ik glimlachte dankbaar. 'Ik vraag me af… Hebt u iets vreemds aan hem gemerkt?'

Ze keek droevig. 'We krijgen mensen hier als het echt slecht met ze gaat en ze nergens anders meer naartoe kunnen. Iedereen doet hier een beetje vreemd.'

'U weet zeker niet meer waar hij heeft geslapen?' vroeg ik. Ik was ervan overtuigd dat Patrick iets voor me had achtergelaten.

Ze keek weer in het boek. 'De kamer waar hij heeft geslapen is op dit moment bezet. Elke kamer wordt trouwens schoongemaakt voordat de volgende gast komt.'

'Mogen we toch even kijken?' drong ik aan. 'Mijn broer is verdwenen en we zoeken iets wat ons kan helpen om hem te vinden.'

De vrouw aarzelde een ogenblik en knikte toen. We liepen achter haar aan door een geboende gang die naar ontsmettingsmiddelen rook en me aan een ziekenhuis deed denken. Ze deed een van de vele deuren open en liet ons binnen in een sobere kamer met één klein raampje. Ze bleef in de deuropening staan en hield ons in de gaten terwijl we rondkeken. De huidige bewoner had heel weinig spullen waar we kwaad mee konden. Ik zocht onmiddellijk de muren af om te zien of er ergens iets geschreven was, en ik tuurde onder het ijzeren bed. Ik rommelde in de prullenmand, hoewel die natuurlijk was geleegd. Harry doorzocht de kast, die het enige andere meubelstuk was in de kamer. Hij schudde zijn hoofd.

De vrouw liep naar het raam en keek omhoog. 'Je broer let erg goed op. Als je je nek uitrekt, kun je een rij spreeuwen zien zitten op het dak hiernaast. Als soldaten in het gelid, zei hij. Ik had ze nog nooit gezien, maar nu vind ik het leuk om naar ze te kijken.'

'Patrick houdt van vogels,' zei ik dof.

Ontmoedigd keek ik Harry aan. Er was hier niets en ik had al gezien dat de deur geen sleutelgat had. Ik stond op het punt om weg te gaan, toen iets me tegenhield. Het was ondenkbaar dat Patrick me helemaal hierheen zou leiden om me dan met lege handen weg te sturen. Ik moest iets over het hoofd gezien hebben. Ik stak mijn hand in de kussensloop en trok het beddengoed weg. Ik klopte overal op de holle matras en bij het voeteneind hoorde ik zacht papier ritselen. Mijn huid tintelde. Ik voelde rond met mijn hand en haalde een opgerolde krant tevoorschijn. Ik keek naar de datum. Hij was van zeventien dagen geleden. Ik rolde hem zorgvuldig uit. De krant was opengevouwen bij de advertenties voor banen en om een ervan stond een potloodcirkel: VERANDER UW LEVEN IN BENEDICT HOUSE. Harry keek me gespannen aan, maar ik zei niets. Mijn huid prikte. Ik had het gevoel dat Patrick heel dichtbij was, net als toen we als kinderen ons spel speelden en hij vlak om de hoek stond te wachten tot ik hem vond. Het was gewoon eng.

Ik beheerste me en liet de krant aan Harry zien.

'De advertentie valt op, hè?' zei hij fronsend.

Ik keek nadenkend naar het plafond. 'Ik weet niet eens wat of waar Benedict House is. Er staat geen telefoonnummer bij en er wordt verder niets over de baan gezegd.'

'Het is een woonhuis,' zei de vrouw. 'Misschien wel het oudste van de streek. Het verbaast me dat je er niet van hebt gehoord.'

'Ik heb geen belangstelling voor ruïnes,' zei ik.

Harry keek me streng aan. 'Wat kunt u erover vertellen?' vroeg hij beleefd.

Ze schudde haar hoofd. 'Heel weinig. Ik geloof dat het vroeger een *manor house* was, maar ik dacht dat het niet meer werd bewoond.'

Ik trok mijn wenkbrauwen op. 'Dan zouden ze geen advertenties zetten, lijkt me.' Ik bedankte haar voor haar hulp en nam de krant mee.

Toen Harry en ik terugliepen naar de flat, brandde de zon in onze nek.

'We zijn een eind opgeschoten,' zei ik. 'We weten nu waar Patrick werkt. We hoeven er alleen naartoe te gaan om hem te vinden.'

'Ga je zomaar aanbellen bij dat landhuis?'

'Waarom niet? Misschien is Patrick ziek geworden en moet hij herstellen. En zijn werkgevers hebben er niet aan gedacht dat zijn familie zich zorgen maakt.'

Harry zuchtte. 'Laten we hopen dat dit het eind is van je zoektocht, Sinead.'

Terwijl we verder liepen, googelde hij op zijn telefoon op Benedict House. 'Ik kan niet veel vinden. Het huis stamt uit de elfde eeuw en de familie Benedict wordt genoemd in het Domesday Book van Willem de Veroveraar. Er staat iets over de architectuur. Het huis is een warboel van stijlen en latere toevoegingen. Tudor, elizabethaans...'

Ik bekeek mijn sms'jes. Mijn moeder wilde dat ik thuiskwam om haar te vertellen hoe het ging. Ik kreunde. 'Ik word op het matje geroepen.'

10

Harry bood me een lift naar huis aan en ik aanvaardde met tegenzin. Ik stapte in en keek somber voor me uit omdat ik mijn moeder onder ogen moest komen. Harry probeerde me op te vrolijken, maar ik was niet in de stemming om te praten. Af en toe wierp hij een blik opzij.

'Waarom strijk je telkens over je hals?' vroeg hij.

Ik was me er niet van bewust, maar toen hij het zei begreep ik meteen waarom ik dat deed. 'Ik heb die nachtmerrie weer gehad, waarin ik het benauwd heb en het gevoel krijg dat ik doodga. Het leek net echt. Erger dan ooit.'

'Het komt door die zorgen over Patrick,' zei hij. 'Het heeft zeker geen zin als ik nog eens zeg dat je moet ophouden met zoeken?'

Als antwoord dook ik dieper weg in mijn stoel. Harry drong niet aan. Hij had duidelijk gemaakt hoe hij erover dacht, maar ik ook: ik zou pas stoppen als ik mijn broer had gevonden. Toen we bij mijn huis kwamen, zuchtte ik diep en deed met tegenzin het portier open. Ik liep de oprit op en ontweek de spleten tussen de tegels, zoals ik vroeger ook altijd deed. *Als ik niet op een spleet stap, is Patrick vrolijk en stoppen papa en mama met ruziemaken. Misschien gaat mama zelfs van me houden.* Voordat ik tijd had om mijn sleutel in het slot te steken ging de deur open. Mijn moeder stapte vol verwachting op de drempel en keek me met wijd opengesperde ogen aan.

Ik hield mijn handen omhoog alsof ik een klap moest afweren. 'Ik ben veel te weten gekomen over Patrick, maar het gaat nog even duren.'

Mijn moeder liet me zwijgend binnen. Dat was altijd nog erger dan wanneer ze schreeuwde. Ik liep de woonkamer in en ging op een stoel zitten. Ik rook de geur van allesreiniger. De kamer was zoals altijd brandschoon en het hout glansde als glas, zodat ik helemaal niet het gevoel had dat ik hier woonde. Ik legde mijn handen in mijn schoot en voelde me alsof ik vijf was en stout was geweest. Mijn moeder bleef staan en wachtte tot ik iets zei.

'Ik weet dat je heel ongerust bent over Patrick, maar ik wilde niets zeggen voor ik het zeker wist. Ik geloof dat hij ons spelletje speelt, mama, waarbij ik zijn sporen moet volgen.'

Haar gezicht klaarde meteen op. 'Ik herinner me hoe leuk jullie dat vonden. Patrick was er zo goed in. Heb je hem al bijna gevonden?'

Ik was verbijsterd. Mijn moeder deed alsof dit allemaal heel normaal was. Ik bestudeerde haar gezicht, maar ze leek alleen geïnteresseerd in mijn antwoord. 'Nou, Harry helpt me en we weten van een van Patricks buren dat hij werk heeft. We denken dat hij is aangenomen in Benedict House.'

'Benedict House,' herhaalde ze.

'Ken je dat?'

Ze tuitte haar lippen en knikte traag. 'De familie Benedict was een van de oudste katholieke families in Groot-Brittannië.'

'Was?'

'Ik weet niet zeker of ze nog bestaan. Ik heb gehoord dat de familie uit elkaar gevallen is of misschien zelfs uitgestorven. Ze hebben een of andere afspraak met de kerk over het beheer van het landgoed.'

'Wat zou Patrick daar kunnen doen?'

'Ik weet het echt niet. Het huis is overwoekerd en in verval... alsof het door de tijd vergeten is.'

Ik trok een lelijk gezicht bij dit gruwelijke cliché en vroeg me af of ze me probeerde te ergeren, maar ze leek vreemd afwezig. Hoe was het toch mogelijk dat we zo verschillend waren? Ik was lang en mager, met donker haar en een olijfkleurige huid. Zij was veel kleiner en vrij dik, met loshangende blonde haren die leken te krullen als ze boos was. Met mij erbij leek ze altijd boos, en vandaag was geen uitzondering. Ik had eraan gewend moeten zijn, maar het deed nog steeds pijn.

Haar mond verstrakte. 'Je moet hem gaan halen, Sinead.'

Het klonk als een bevel. Ik herinnerde me mijn gesprekken met Harry en besloot dat ik voor mezelf moest opkomen. Maar het was niet eenvoudig. Ik had me nog nooit tegen mijn moeder verzet over iets wat met Patrick te maken had, en mijn hart ging tekeer. Ik schraapte mijn keel en het lukte me om haar te blijven aankijken, maar mijn ogen werden groot van angst.

'Dit is de laatste keer dat ik dit doe, mama. Ik vind dat Patrick op zijn eigen benen moet staan, en ikzelf moet ook meer mijn eigen leven leiden.'

'Je eigen leven?' herhaalde ze vol minachting. 'Je hoort voor je familie te zorgen. Als het andersom was, zou Patrick jou nooit aan je lot overlaten.'

Maar het is niet andersom en Patrick zuigt me leeg.

'Ik laat hem niet aan zijn lot over,' zei ik. 'Ik wil alleen dat hij meer verantwoording neemt voor zichzelf.'

Mijn moeder veranderde van tactiek en haar stem klonk nu heel zoetsappig. 'Patrick en jij waren zo aan elkaar gehecht toen jullie klein waren. Het viel iedereen op. Hij hield heel veel van je, Sinead, en dat is nog steeds zo. Ik weet dat hij wel eens problemen heeft, maar denk aan vroeger. Denk aan jullie gelukkige kindertijd.'

Ik probeerde me die gelukkige kindertijd te herinneren. Als Patrick in een goede stemming was, leek alles helder en zonnig, vol vrolijke kleuren. Maar zodra zijn duistere kant het won, werd de wereld zwart. Als ik zag dat hij boos en broeierig begon te kijken, wilde ik het liefst wegkruipen onder een steen.

Mijn moeder snoof. 'Hoe komt het dat je opeens van gedachten bent veranderd?'

'Ik voel me ziek,' antwoordde ik. 'Ik denk dat mijn astma terugkomt.'

Ik weet niet waarom ik dat zei, want het leverde toch nooit medeleven op. Mijn moeder rolde spectaculair met haar ogen. 'Dat verbeeld je je maar, Sinead.' En ze mompelde erachteraan: 'Misschien is dat altijd zo geweest.'

Ik keek haar verontwaardigd aan. Ze wist hoeveel last ik had gehad van mijn ademhalingsproblemen, maar nu deed ze of het aanstellerij was. Hoe kwam ze daarbij? Het kostte me nog steeds moeite om me tegen haar te verzetten, maar dankzij Harry voelde ik me sterker en wilde ik niet meer alles pikken. 'Wat bedoel je daarmee, mama?'

Even dacht ik dat ik angst zag op haar gezicht. 'Het was een verspreking. Ik bedoelde er niets mee.'

Ik kon dit niet laten zitten. Er klopte iets niet, maar het voelde alsof ik door drijfzand waadde. Ik rechtte mijn rug. 'Als mijn astma zo weinig voorstelde, waarom werd ik dan altijd wakker met het gevoel dat ik stikte? Ik heb er nog steeds nachtmerries van.'

Ze drukte met een hand op haar voorhoofd. 'Je doet nu net zo dramatisch als toen je klein was. Je maakt het veel erger dan het was.'

'Voor mij was het heel erg, mama. Ik herinner me dat ik langzaam het bewustzijn verloor. Gesmoord vocht ik om lucht te krijgen. Ik wist wat er gebeurde. Ik wist dat ik doodging.'

'Onzin,' snauwde ze. 'Je was te klein om dat te weten.'

'Papa geloofde me,' zei ik zacht.

Mijn moeder knipperde wild met haar ogen en zwaaide een beetje alsof ze flauw ging vallen. Dat deed ze vaak als ze haar zin niet kreeg, en dan zei ze dat het door haar zenuwen kwam, of door de hitte of een plotselinge hoofdpijn. Tot mijn eigen verbazing liet ik me niet klein krijgen en deed er nog een schepje bovenop. Ik stond met gespeelde bezorgdheid op en leidde haar naar een stoel. Ik ging zelfs naar de keuken om een aspirientje en een glas water voor haar te halen.

Ze keek me mat aan. 'Je hebt me zo van streek gemaakt, Sinead, door naar huis te komen en over het verleden te beginnen.'

Ik zei maar niet dat ze me zelf bij zich had geroepen. 'Hoe zit het nou met mijn astma-aanvallen?' drong ik aan.

Ze rilde even en nam achterdochtig een slokje van het water, alsof ik er misschien gif in had gedaan. 'Ik herinner het me bijna niet. Je was een ongelooflijk koppig kind. Je kon je adem inhouden tot je blauw werd.'

Dit was nieuw voor me. Ik keek haar boos aan, met diepe rimpels in mijn voorhoofd. 'Ik hield niet expres mijn adem in. Ik sliep.'

Ze wreef met haar duimen over haar slapen en keek of ze pijn had. 'Je kunt denken wat je wilt, maar onthoud dat niets uit je kindertijd echt zo is gebeurd. Elke schaduw, elk geluid in je kamer wordt een monster dat je wil pakken.'

'Ik denk helemaal niets,' zei ik schril. 'Ik herinner het me niet. Ik wil dat jij het me vertelt. Jij moet het weten.'

'Ik weet hoe het voelt om een moeder te zijn,' antwoordde ze gekwetst. 'Ik weet dat je dan moeilijke keuzes moet maken en op je instinct moet vertrouwen om je kind te beschermen. Op een dag word jij ook moeder, Sinead, en begrijp je het misschien.'

Ik word nooit moeder. Ik kan me niet eens voorstellen dat ik volwassen word, al doe ik nog zo mijn best. Ik kan geen toekomst voor mezelf bedenken. Dat heb ik nooit gekund.

De bel ging en mijn moeder keek opgelucht. Ik ging opendoen. Ik schrok zo toen ik Sara zag dat ik steun moest zoeken bij de deurpost.

'Laat je me niet binnen?' zei ze.

Ik nam Sara mee naar de keuken en gebaarde dat ze aan de tafel moest gaan zitten. Ik zette water op en kreunde inwendig omdat ik het al voelde aankomen. Ik was niet goed in de onderdrukte spanning/het op eieren lopen waarin andere meisjes uitblonken. Jongens zeiden tenminste gewoon waarom ze boos op je waren. Ik zette een kop koffie voor Sara op tafel en zag dat ze zich mooi had gemaakt. Ze droeg een strak jurkje dat niet veel verborg en modieuze sandalen. Haar gezicht was zwaar opgemaakt met smokey eyes en glanzende lippen.

'Je ziet er geweldig uit. Wat een mooie jurk,' zei ik, in de hoop dat mijn complimenten konden goedmaken dat er van onze vriendschap niet veel over leek. 'Ga je uit?'

'Ik heb afgesproken met een paar meisjes van school. Ik dacht dat jij misschien mee zou willen.'

Ik rimpelde spijtig mijn neus. 'Het komt niet goed uit. We hebben problemen thuis. Mijn moeder is van streek.'

Ik wachtte tot Sara zou vragen waarom. Maar dat deed ze niet. Ze keek me aandachtig aan. 'Iedereen heeft je al weken niet gezien, Sinead. Het lijkt wel of je je hebt afgezonderd.'

Ik glimlachte zuinig. 'Ik heb het druk gehad. Je kent me: altijd druk, druk, druk.'

'Dus je probeert ons niet te ontlopen? Sommige meisjes denken dat je niets met ons te maken wilt hebben.'

Ze klonk nu echt nijdig en mijn gezicht werd warm. 'Onzin. Ik heb gewoon veel aan mijn hoofd. Dingen die ik moet doen.' Door haar ongelovige blik ging ik nog meer in de verdediging. 'We zien elkaar later toch weer? We blijven bijna allemaal op school.'

Sara zette zorgvuldig haar kop neer. 'Niet iedereen.'

Het was bloedheet in de keuken en ik wuifde mezelf koelte toe met een slap handje. 'Nee? Wie gaat er weg?'

Ze keek me zo raar aan dat ik helemaal ineenkromp. Ze leek boos, verdrietig en teleurgesteld tegelijk. 'Ik, Sinead. Ik kom niet terug naar school.'

'Doe niet zo gek,' zei ik verward.

'Ik ga een opleiding volgen voor sociaal werk.'

'Waarom heb je me dat niet verteld?'

Sara begon bitter op haar vingers te tellen. 'Ik heb je zes keer ge-sms't en vijf keer opgebeld, maar jij had het altijd te druk. Je had geen tijd voor me.'

'Als je had uitgelegd waarom je…'

'Ik wilde het je niet over de telefoon vertellen.'

Ik kreeg een brok in mijn keel omdat Sara zo boos was en school niet meer hetzelfde zou zijn zonder haar. Ik begreep dat dit echt het eind van onze vriendschap betekende.

'Ik ben blij voor je,' zei ik zacht. 'Maar ik heb het niet zien aankomen.'

Sara schudde haar hoofd en liet me voelen dat ik echt hopeloos was. 'Je ziet nooit wat er vlak onder je neus gebeurt, Sinead. Je gaat als een wals door het leven en plet iedereen die voor je voeten komt, om tijd te sparen. Maar je weet niet waarvoor.'

Ik probeerde het weg te lachen, maar dat was moeilijk omdat ze zo zeker klonk. 'Zo erg kan ik toch niet zijn?'

'O nee? Hoe behandel je Harry dan?' zei ze bijna grommend.

Ik begon me schuldig te voelen, maar trok me er niets van aan. 'Wat bedoel je?'

Sara zocht in haar tas naar een tissue. Ik denk dat ze een excuus wilde hebben om me niet aan te kijken. 'Iedereen weet dat hij verliefd op je is en dat jij hem gewoon aan het lijntje houdt.'

'Hij is een grote jongen, Sara. Hij kan zijn eigen beslissingen nemen. We zijn goede vrienden en ik geef echt om hem.'

'Niet zoals hij om jou geeft,' antwoordde ze met dreigende kalmte. 'Je moet hem loslaten, Sinead. Dan kan hij iemand vinden die…'

Ze zweeg en mijn ogen gingen wijd open toen het muntje viel. Dit verklaarde de spanning die ik altijd voelde als ik met Sara en Harry samen was. Ze had kritiek op onze relatie omdat ze hem voor zichzelf wilde. Maar waarom zei ze dat nu pas? Nu we niet meer echt vriendinnen waren.

'Gaat het daarom, Sara? Je vindt Harry leuk?'

Haar gezicht lichtte even op, maar ze boog snel haar hoofd. 'Ik wil gewoon niet dat hij gebruikt wordt.'

Ik kreeg een rotgevoel. 'Ik heb hem nooit aangemoedigd. Maar het spijt me dat je jaloers bent.'

'Ik ben niet jaloers,' antwoordde ze, terwijl ze haar make-up pakte en geroutineerd nog wat meer lipgloss op haar lippen wreef. 'Ik heb zelfs medelijden met je. Als je zo doorgaat, eindig je helemaal alleen en eenzaam.'

Ik wilde niet dat ze merkte hoeveel pijn ze me deed. 'Sorry, dat ik je teleurgesteld heb,' zei ik spottend. 'Het spijt me dat ik geen betere vriendin ben en de emoties heb van een robot, maar ik heb het druk gehad met Patrick. Hij is niet bepaald gemakkelijk en nu… '

'Daar ga je weer.' Sara stond op en slingerde haar tas over haar schouder. Ik begreep dat ze een eind wilde maken aan het gesprek, maar vastbesloten was om het laatste woord te hebben. 'Patrick is altijd jouw excuus.'

'Excuus waarvoor?' vroeg ik boos.

'Om niet te leven.' Ze keek me nog één keer vernietigend aan en liep toen mijn huis uit.

Ik staarde naar de muur.

11

Harry kwam me vlak voor de middag halen om me naar Benedict House te brengen. Terwijl hij reed bekeek ik hem van opzij en dacht aan wat Sara had gezegd. Vreemd genoeg leek hij vandaag extra aantrekkelijk, en ik was bang dat dit kwam doordat ik wist dat Sara hem wilde. Eigenlijk zou ik hem nu moeten vertellen dat hij geen tijd meer moest verspillen door te blijven hopen dat we een stel konden worden. Maar iets weerhield me ervan om zo eerlijk te zijn. Vijf kilometer van de stad waren al velden met maïs zo hoog als een kind, vrolijke vogelverschrikkers en kabouterhuizen met deuren die amper tot mijn kin leken te komen. Ik zag zelfs een bord van een oude smidse en een museum met landbouwwerktuigen, wat me oersaai leek.

'Wat weet jij van manor houses?' vroeg ik aan Harry.

'Eh... niet veel. Alleen dat de rijke landeigenaar of *squire* in het grote huis woonde en de boeren in zijn cottages.'

'En ze waren zijn eigendom, met lichaam en ziel?'

'Ja, dat geloof ik wel. De heer van het manor house bezat het hele dorp.'

'Vind jij het niet idioot dat zulke landgoederen er nog steeds zijn?'

Hij haalde zijn schouders op. 'Je zei toch dat het nu van de kerk is?'

'Volgens mijn moeder.' Ik kauwde op mijn lip. 'Ik zie het nergens.'

'Bestaat het wel?' vroeg Harry.

'Het moet hier ergens zijn,' antwoordde ik. 'Het dorp heeft maar één weg. Ze kunnen een kolossale ruïne moeilijk verstoppen.'

Harry slaakte opeens een kreet, maakte een u-bocht en zette de auto abrupt stil.

'En of ze het kunnen verstoppen,' zei hij terwijl hij verbaasd voor zich uit staarde. 'Daarachter.'

De houten poortdeuren waren minstens drie meter hoog. Ze zaten aan elkaar vast met een dikke ketting door de ijzeren handvatten, waaraan een

67

indrukwekkend hangslot was bevestigd. Aan beide kanten was een hoge muur van gestapelde natuursteen, die doorliep zo ver je kon kijken. Het leek erop dat het hele landgoed ommuurd was. Er groeiden een heleboel bomen en planten over de muur. De takken hingen tot op de straat en hier en daar was de muur ingedrukt.

'Wow,' zei Harry. 'Wat zijn dat voor enge beelden daar boven naast de deuren? Het lijken wel arendskoppen met een leeuwenlichaam.'

'Dat zijn griffioenen,' mompelde ik. 'Mythische wezens die kostbare schatten bewaken of bescherming bieden tegen boze machten.'

'Heel interessant,' zei Harry terwijl hij me even schuin aankeek. 'Er is geen bel of intercom. Wat zullen we doen?'

Ik stapte uit en voelde me geïntimideerd door de grootse toegangspoort. Geërgerd rukte ik aan de ketting en ik kreeg meteen gelige roestvlekken op mijn hand. Ik keek om naar Harry, die een gezicht trok alsof hij wilde zeggen: *Je moet het mij niet vragen.* Voorzichtig trok ik een van de deuren naar me toe en gluurde naar binnen. Vlak achter de ingang stond een klein poorthuisje met halfronde dakpannen, dat me deed denken aan het peper-koekhuisje uit 'Hans en Grietje'. De ketting was vrij lang en de opening was groot genoeg om me erdoor te wringen. Harry draaide zijn raampje omlaag en ik liep terug naar de auto.

'Ik ga naar binnen,' zei ik.

'Je mag niet zomaar het terrein op lopen, Sinead.'

'Het kan best,' zei ik luchtig.

Harry schudde nadrukkelijk zijn hoofd. 'Ik zoek een plek om de auto weg te zetten en dan kom ik mee.'

'Het is oké. Echt. Ik ga even naar Patrick vragen. Het duurt niet lang.'

Harry dacht na en aarzelde. Hij haalde zijn mobiel tevoorschijn en legde hem op het dashboard. 'Laat je telefoon aanstaan en bel me als je me nodig hebt.'

Ik liep naar de poort en schoof mijn voeten, benen en onderlichaam door de kier, gevolgd door mijn schouders en hoofd. Nu had ik er ook eens voordeel van dat ik zo mager was. Ik verstijfde en verwachtte dat er een alarm zou afgaan of een boze poortwachter zou komen aanlopen, maar het bleef griezelig stil. *Het huis dat door de tijd vergeten is.* Ik gedroeg me zelfverzekerder dan ik was. Toen ik verder liep ging er een rilling door me heen en ik kreeg kippenvel op mijn armen. Ik durfde niet om te kijken omdat ik bang was dat ik dan niet meer verder zou durven. Ik zette eenvoudig de ene voet voor de andere en luisterde of ik waakhonden hoorde.

Het bladerdek was zo dicht dat er weinig zonlicht door kwam, maar af en toe priemde er een bundel doorheen zodat ik met mijn ogen knipperde alsof iemand een zaklantaarn op me richtte. Ik schrok me rot toen ik aan de rand van mijn gezichtsveld iets zag. Een bleek en onaards gezicht staarde me aan, maar het was gelukkig alleen een beeld van een vrouw in een klassiek gewaad. Ze was afgebeeld alsof ze wanhopig was, met één hand op haar voorhoofd en de andere smekend uitgestoken. Ik glimlachte om mezelf, omdat ik me bang had laten maken door een stuk steen.

Het pad slingerde en ik liep over een koeienrooster, maar er was nog steeds geen teken van leven. Ik kon amper het verschil zien tussen een prijswinnende roos en stervend onkruid, maar alles stond in bloei en de lucht was zwaar en geurig. Ik kreeg het bijna benauwd. Toen werd het vochtiger en er waren wolken dansende muggen die ik niet kon ontwijken. Ik rilde toen ze op mijn gezicht en haren landden.

Onder het lopen dacht ik na over wat ik tegen Patrick zou zeggen als hij hier was. Dat hij nog steeds zijn spelletje speelde maakte me zo kwaad dat ik hem bijna niet wilde vinden. Ik vroeg me ook af wat ik aan zijn werkgevers zou vragen. Ik wilde hem niet in problemen brengen, maar hij moest begrijpen hoe bang hij mama en mij had gemaakt. Ik sjokte verder en had het gevoel dat ik al minstens een kilometer had gelopen. Toen ik een hoek om kwam, stond Benedict House er opeens, nog in de verte maar toch zichtbaar in al zijn glorie. Ik snakte naar adem.

Het huis maakte een heel evenwichtige indruk, met een middendeel tussen twee symmetrische puntgevels. De oude rode bakstenen werden verwarmd door de zon. Er waren minstens twaalf schoorstenen die kaarsrecht naar de hemel reikten. Ik ging sneller lopen. Van dichtbij was het huis nog indrukwekkender. De ingang stak uit als het poortgebouw van een kasteel en de elegante, hoge ramen waren voorzien van glas-in-lood en sierlijsten. Twee ervan hadden een klein balkon. Ik stond zo aandachtig naar het huis te kijken dat ik de donkere, gebogen gedaante die schijnbaar vanuit het niets naast me opdook niet meteen in de gaten had. Ik greep met een hand naar mijn mond en verloor mijn evenwicht zodat ik achteruit wankelde. Alsof het zwarte habijt en de brede kap niet eng genoeg waren, leek haar gezicht ook nog op een schedel. Ik had nog nooit iemand gezien die zo aan een lijk deed denken. Haar oogkassen waren niet veel meer dan zwarte gaten, en al het vlees was verschrompeld. De dikke zwarte stof van haar habijt hing tot op de grond, zodat het leek of ze gewichtloos was.

'Sorry, dat ik u stoor,' flapte ik eruit. 'Ik ben op zoek naar mijn broer Patrick en ik geloof dat hij hier misschien werkt.'

Ze leek liever niet te praten en staarde me aan met vreemde donkere ogen die volkomen ondoorgrondelijk waren. Toen ik een hand in mijn zak stak om haar de foto van Patrick te laten zien, zag ik iets op de grond liggen. Ik bukte en raapte een zilveren Christoffelpenning op. Ik streek met mijn duim over de afbeelding. Ik wist zeker dat de penning van Patrick was. Hij had hem van mijn moeder gekregen om hem op reis te beschermen en droeg hem altijd. De rillingen liepen over mijn rug. Ik had niet verwacht dat ik Patrick zo gauw zou vinden.

'Ik kom voor mijn broer Patrick,' herhaalde ik. 'Hij heeft gereageerd op uw advertentie voor een baan.'

Misschien fronste ze haar voorhoofd, maar met al die diepe rimpels was dat moeilijk te zien. 'Ik weet niet wat je bedoelt,' antwoordde ze stijfjes. 'We adverteren nooit.'

Leugenaar, dacht ik. 'Maar u hebt wel nieuw personeel aangenomen?'

'Nee, dat hebben we niet. Ga nu weg, maar blijf op het grote pad. Het terrein is niet veilig voor vreemden.'

Ik keek haar opstandig aan, razend omdat ik zo werd weggestuurd. Ik besloot me niets van haar aan te trekken en naar het huis te gaan. Ik begon te lopen, maar ik stond met een ruk weer stil toen ze vroeg: 'Hoe ben je zonder uitnodiging binnengekomen?'

Uitnodiging? Wat bedoelde ze daarmee?

'De poort stond een stukje open,' loog ik, en toen deed ik er nog een schepje bovenop. 'Ik heb aangeklopt bij het poorthuis, maar er deed niemand open.'

'Je had niet moeten komen. Het moet een vergissing zijn.'

Opeens verstijfde ze en legde een hand op haar hart. Haar ademhaling werd zo oppervlakkig dat het beangstigend was. Ik vroeg me af waardoor het kwam. Ze stapte dichter naar me toe en ik moest mijn best doen om niet terug te deinzen. Een van haar knokige handen raakte me aan, maar het was een vreemd klopgebaar, alsof ze wilde controleren of ik echt van vlees en bloed was. Ze prevelde in zichzelf en ik moest goed luisteren om het te verstaan. 'Als het huis je heeft gekozen om te blijven, heb ik er niets meer over te zeggen. Maar waarom nu, na al die tijd?'

Mijn maag trok samen en ik vroeg me af of Patrick ook zo was ontvangen. In wat voor wespennest had hij zich nu weer gestoken? Het was hier zo stil en afgelegen dat alles mogelijk was. Ik besloot toch nog een keer aan te dringen en deed mijn best om zelfverzekerd te klinken.

'Ik weet dat mijn broer hierheen is gekomen. Dit is zijn Christoffelpenning. Hij heeft tegen zijn buren gezegd dat hij een nieuwe baan heeft, en ik weet zeker dat hij gereageerd heeft op uw advertentie in de wijkkrant.'

'Ben je uitgepraat?' vroeg ze.

Ik zette mijn handen op mijn heupen en wou dat Harry er was om me tegen te houden. 'Nee, er is nog meer. Hij heeft berichten voor me achtergelaten. Sommige waren in het Latijn, en alles leidde hierheen. Het is geen vergissing. Patrick wilde dat ik hierheen ging.'

Ze verstrengelde haar broodmagere handen. 'Goed, ik zal je geloven. De antwoorden die je zoekt, moeten hier te vinden zijn.'

De antwoorden die je zoekt, moeten hier te vinden zijn. Was dat een raadsel? Ik kneep mijn ogen tot spleetjes. 'Waar is Patrick?'

'Alleen jij kunt hem vinden,' antwoordde ze. 'Als je het echt wilt.'

'Natuurlijk wil ik hem vinden. Waar is hij?'

'We kunnen je aannemen voor een proeftijd van twee weken.'

Ik keek haar vol afschuw aan. 'Wilt u dat ik hier kom werken?'

'Twee weken,' herhaalde ze. 'Dan heb je je antwoorden.'

Ik maakte een ongelovig geluidje. 'Verwacht u echt dat ik dat doe? Kunt u me één goede reden geven?'

'Ik zie de gretigheid in je ogen,' antwoordde ze. 'Je kunt deze kans niet voorbij laten gaan. Je zult precies doen wat ik vraag. Dat weten we allebei.'

Dit was zo bizar dat ik geen woord meer kon uitbrengen. Er schoot van alles door mijn hoofd. Ik kon mijn moeder vragen om de politie te bellen, maar het zou mijn woord zijn tegenover dat van een non, al was het een behoorlijk enge non. Ik opende mijn mond om te protesteren, maar deed hem weer dicht omdat ik begreep dat ze me in de hoek gedreven had. Wat kon ik anders doen? Als ik weigerde, zou ik geen andere manier hebben om Patrick te volgen. Ze had gelijk: ik wilde hem vinden en kon deze kans niet laten schieten. Maar ik liet me niet klein krijgen. Ik zou erin toestemmen om hier te werken, maar alleen om een voet binnen de deur te krijgen en Patrick te zoeken. Ik ging niet zwoegen in een of andere vervuilde bouwval en zeker geen twee weken.

Hoewel ik vanbinnen kookte, probeerde ik mijn woede niet te laten zien op mijn gezicht. 'Goed, ik neem het aan.'

Ik wachtte tot ze verderging, maar ze gaf geen nadere uitleg.

'Wat moet ik doen?'

'Je zult werken aan het huis.'

'En wanneer…'

'Morgen om tien uur,' antwoordde ze voor ik was uitgesproken. 'Je kunt me zuster Catherine noemen.'

'Ik ben Sinead.'

Ze keek me even onderzoekend aan. 'Onthoud dat je uit vrije wil hierheen bent gekomen, Sinead.'

Toen liep ze weg. Ik huiverde onwillekeurig. Zuster Catherine, mijn naamgenote, was een griezelige non die eruitzag alsof ze al eeuwen dood was. Het leek allemaal onwerkelijk als in een nachtmerrie, maar hoe kon ik het opgeven nu ik zo dicht bij Patrick was? Zuster Catherine had me antwoorden beloofd, en nonnen logen niet – toch? Ik draaide aan mijn neusknopje terwijl ik nadacht over mijn vreselijke situatie en mijn broer vervloekte.

Ik keek een tijdje om me heen. Er leek niemand anders in de buurt te zijn en ik hoorde ook geen auto's. Ik had er lang over gedaan om bij het huis te komen en ik begreep dat Harry ongerust zou zijn. Ik probeerde hem te sms'en, maar mijn telefoon ging telkens uit zichzelf terug naar het menu. Toen ik aan de terugweg begon, leek het lopen nog veel zwaarder te gaan en voorbij de eerste bocht was een splitsing. Ik kon kiezen tussen het slingerende pad waarlangs ik gekomen was, en een pad dat rechtstreeks naar de poort leek te leiden. Blijkbaar werd het veel gebruikt, want anders zou het wel overwoekerd zijn door struiken.

In het begin had het pad een normale breedte, maar het werd steeds smaller en ik moest mijn armen tegen mijn lichaam houden om erdoor te kunnen. De planten en struiken waren nu zo hoog dat ik niet voor me kon kijken, en mijn voeten hadden moeite om vlakke grond te vinden. Ik stootte mijn tenen tegen een steen en vloekte van pijn. Daarna raapte ik een stok op en sloeg de takken opzij die over mijn gezicht krasten en in mijn haren bleven hangen. Ik streek mijn haren van mijn voorhoofd en trok mijn doorweekte topje los van mijn huid. Het leek wel een sauna. Hoe kon dat nou? Het andere pad was kil en klam, en dit was net een tropisch oerwoud. Ik begon wazig te zien. Blijkbaar was er een soort vijver zoals ik nog nooit had gezien. Er stegen stoomwolken op en er klonk een gorgelend geluid als water dat wegliep door een afvoer.

Ik was veel te koppig geweest en had me niets aangetrokken van het advies van zuster Catherine om op het grote pad te blijven. Nu was het tijd om mijn fout toe te geven en terug te gaan. Ik had maar een minuut of tien verspeeld. Zo meteen zou ik bij Harry in de auto zitten en hem alles vertellen. Ik draaide me met een ruk om en stond oog in oog met een groen leger dat mijn weg versperde. Daarnet was hier nog een pad, maar nu zag ik alleen een ondoordringbare wand, die nog veel dichter en stekeliger was dan wat ik voor me had. Het leek of alle stelen, stengels en takken met elkaar vervlochten waren als één grote prikkeldraadversperring. Ik raakte in wilde paniek en mijn hele lichaam prikte. De terugweg was afgesloten. Ik moest verder. Wat was ik dom geweest. Ik had geen idee hoeveel hectaren het landgoed groot was en hoe lang de muur eromheen, en ik had geen enkel gevoel voor richting meer. Ik probeerde weer naar Harry te sms'en en te bellen, maar het lukte niet.

Ik struikelde verder, met een vreemd gevoel in mijn rug, alsof ik werd achtervolgd. Ik keek angstig over mijn schouder, maar zag alleen het ondoordringbare oerwoud. Ik begon wild en onbeheerst te rennen, zonder veel op te schieten. Bladeren sloegen in mijn gezicht, takken klauwden naar mijn haren en staken me, doornige bramen rukten aan mijn kleren en scheurden ze. Ik viel en rolde een stukje, terwijl ik met mijn handen mijn hoofd beschermde. Ik probeerde overeind te krabbelen, maar doorns drongen in mijn gezicht, mijn handen en zelfs mijn voeten. Ze reten mijn huid open.

'Sinead! Je lijkt wel een grote onhandige giraf zoals je daar rondstapt. Kom hier.'

Ik zag een nevelig blauwe lucht. De poort was vlak voor me, maar ik had geen idee hoe ik daar gekomen was. Ik kroop moeizaam door de spleet en bleef op de stenen liggen terwijl ik opkeek naar de griffioenen. Harry's gezicht verscheen ergens boven me, maar het leek net of hij onder water was. Mijn keel maakte een afschuwelijk gierend geluid. Even was ik terug in mijn slaapkamer en staarde naar mijn roze lampenkapje, terwijl ik me afvroeg waarom ik geen lucht kreeg. Harry pakte mijn hand vast en ik voelde dat hij trok om me overeind te helpen.

'Ze leefden,' mompelde ik. 'Het leek wel of alles leefde.'

Ik begon scherper te zien en Harry keek me geërgerd aan. Ik staarde naar mijn handen en voeten, en voelde aan mijn hoofd. Er was nergens bloed en ik kon geen wonden of krassen vinden.

'Is alles goed met mijn hoofd? Zie je bloed of schaafwonden?'

Hij keek verbaasd. 'Je hebt geen schrammetje.'

Ik bekeek mijn kleren. Er zaten geen scheuren in. Toch kon ik nog voelen hoe mijn huid en kleren werden opengereten. Ik trok mijn t-shirt omhoog. Mijn huid was nog helemaal gaaf.

'Waarom ben je teruggekomen?' vroeg Harry.

Ik ademde nog met horten en stoten, en mijn borst ging op en neer. Er kwam een snik in me op en ik probeerde hem in te slikken.

'Ik ben bij het huis geweest, Harry. Sorry, dat het zo lang duurde. Het was een heel eind lopen.'

Harry schudde verbijsterd zijn hoofd. 'Je bent een rare, Sinead. Je bent maar tien minuten weggeweest. Het was amper tot me doorgedrongen dat je er niet meer was.'

12

Ik greep naar mijn hoofd. Wat gebeurde er met me? Denken dat ik midden in de nacht iemand zag onder de straatlantaarn voor Patricks flat was nog tot daar aan toe. Maar het gevoel hebben dat ik aangevallen en verscheurd werd door bramen…? En dan de tijd. Ik was echt meer dan een uur weggeweest, maar volgens Harry had het hooguit tien minuten geduurd. Op mijn horloge zag ik dat hij gelijk had. Hoe kon dat?

'Is alles goed met je?' vroeg Harry bezorgd. 'Je ziet eruit alsof je een schok hebt gehad.'

'Ik ben gestruikeld over een tak of zo,' mompelde ik.

'Hoe is het daar? Hebben ze Patrick gezien?'

Ik trok verlegen aan mijn oorbel. 'Ik heb geen direct antwoord gekregen, maar Patrick is daar beslist geweest.'

'Hoe weet je dat?'

Ik wurmde mijn hand in mijn broekzak en haalde de penning eruit. 'Die heb ik daar op de grond gevonden. Het is Patricks Christoffelpenning. Ik weet het zeker.'

Harry wreef over zijn stoppels van drie dagen. 'Maar met wie heb je gesproken?'

Ik kuchte nerveus. 'Het huis staat bijna leeg. Ik heb maar één mens gezien: een verschrompelde non die niet veel wilde zeggen.'

'Als je zo zeker weet dat Patrick daar is geweest, moeten we aangifte doen bij de politie, Sinead. Jij bent toch bezeten van tijd? Hij is nu al bijna drie weken weg.'

Het was al de tweede keer dat hij dit voorstelde. 'Wat moeten we dan tegen de politie zeggen? Een oude non houdt mijn negentienjarige broer van één meter negentig gevangen?'

Harry haalde een hand door zijn verwarde haar. 'Je hebt gelijk. Als hij daar is, moet hij het zelf willen.'

Toen hij dat zei, schoot me iets te binnen. 'Die non – zuster Catherine – mompelde eerst dat ik niet was uitgenodigd of zo, en later zei ze: "Onthoud dat je uit vrije wil hierheen bent gekomen, Sinead."'

'Waarom zou ze dat zeggen?'

Ik bereidde me in gedachten al voor op Harry's reactie. 'Ik weet het niet, maar ze zei dat ik de antwoorden die ik zocht, kon vinden in Benedict House, als ik... eh... daar twee weken kwam werken.'

Harry keek woedend op en staarde me ongelovig aan. 'Dat is toch een grap, hè?'

Ik wierp mijn handen in de lucht. 'Wat had ik dan kunnen doen? Ik dacht dat je Patricks spel begreep. Zijn Christoffelpenning is de volgende aanwijzing. Ik moet nu in Benedict House zijn.'

Harry masseerde zijn voorhoofd. 'Je zou niet los rond mogen lopen,' klaagde hij.

'Je hebt gelijk,' zei ik met een lelijk gezicht.

'Het verklaart de opmerking van die non. Ze wil er niet van beschuldigd worden dat ze je uitbuit. Het wordt slavenwerk voor een paar cent.'

'Het is de enige manier om Patrick te vinden,' zei ik. 'Ik moet het voor hém doen.'

Harry ging van ergernis harder praten. 'Hij zou zich nooit in gevaar begeven voor jou. Het grootste gevaar dat hij loopt is van de trap vallen als hij dronken is.'

Mijn hoofd bonsde nog. 'Patrick heeft me hiervoor uitgekozen,' zei ik met een snik in mijn stem. 'Ik zou mezelf haten als ik het niet probeerde.'

Harry streek een verdwaalde lok achter mijn oor. 'Je bent nooit een heilige geweest, Sinead. Misschien komt het door die verbouwde kapel waarin je hebt geslapen.'

Ik trok mijn hoofd niet weg en hij hield zijn hand op mijn wang. 'Zou kunnen,' zei ik afwezig. Ik keek nog één keer naar de kolossale poort en de griffioenen.

Harry's ogen volgden mijn blik. 'Toen je weg was heb ik nog een andere website gevonden over oude families in Groot-Brittannië. Er stond dat het zwarte schaap van de familie Benedict eeuwen geleden onder mysterieuze omstandigheden is verdwenen. Volgens de legende had hij zijn ziel na zijn dood aan de duivel beloofd.'

'Een verzinsel,' zei ik hoofdschuddend.

'Maar de duivel bedroog hem en haalde hem al eerder naar de hel, Si-nead. Sindsdien lokt het huis mensen naar binnen en treedt op als rechter en beul. Het gekreun van de verdoemden is ook nu nog te horen.'

'Is dat alles, Harry?' zei ik terwijl ik deed of ik helemaal niet onder de indruk was. 'Er is meer voor nodig om me tegen te houden.'

Hij perste zijn lippen op elkaar. 'Je weet niets over die mensen.'

Ik wuifde zijn zorgen weg. 'Mijn moeder zei dat het huis aan de kerk was gegeven. Dan is het heel normaal dat een non de leiding heeft. Ze was nu wat nijdig, maar dat komt wel goed.' Harry was er nog steeds niet blij mee, maar ik was te moe om verder te praten. 'Kun je me terugbrengen?' vroeg ik. 'Ik verlang ontzettend naar een douche.'

Ik wilde alleen zijn, maar nadat Harry was weggegaan scharrelde ik rusteloos rond in de flat. Even snel googelen had mijn stemming niet verbeterd. Hallucinaties konden allerlei oorzaken hebben: een bipolaire stoornis, schizofrenie, een psychose, toevallen of een hersentumor, en daar had ik allemaal echt geen zin in. Bovendien was er nog iets anders wat me dwarszat: het laatste wat Sara tegen me had gezegd. Gebruikte ik Patrick als excuus om niet te doen wat ik wilde? Om niet te leven? Ik jakkerde, raasde en denderde door het leven en probeerde wanhopig seconden te sparen, zonder te weten waarvoor. Het was geen grappige eigenaardigheid meer, het begon een ziekte te worden. Ik moest een beetje normaal doen en begrijpen dat ik nog een lange toekomst had om naar uit te kijken.

Ik was zo bekaf van de hele dag dat ik besloot even op de bank te gaan liggen. Maar ik verwachtte echt niet dat ik in slaap zou vallen. Toen ik met een ruk wakker werd wist ik niet waar ik was. En was het ochtend of avond? Op de klok zag ik dat het bijna vijf uur was. Ik had drie uur geslapen en had een flink deel van de dag verspild. Toen herinnerde ik me mijn goede voornemen. Het was geen verspilde tijd; ik had me ontspannen, net als gewone mensen doen. Ik rekte me uit en kreeg even een ander gevoel over Patrick. Ik moest me geen zorgen maken dat hij vermist was. Hij was ergens in de buurt en probeerde me duidelijk te maken waar ik hem kon vinden. Ik wou dat ik hem beter begreep.

Wat probeer je me te vertellen, Patrick?

Op een zwoele zomeravond als vandaag zou het leuk zijn geweest om naar boven te gaan in de klokkentoren en uit te kijken over de stad, maar ik durfde het niet goed in mijn eentje. Ik liep naar het licht. Het uitzicht door de ramen met stenen stijlen was ook indrukwekkend. Het duizelde me van de vele kleuren, vormen en bewegingen. In een stad leek alles versterkt: de drukte en het lawaai werden vertienvoudigd. Het was alsof iedereen elke laatste minuut uit de dag moest wringen en elke laatste straal van de zon moest benutten, voor het geval die de volgende ochtend niet meer zou opkomen.

Van hieruit gezien bestonden er geen mensen meer. Ze waren bewegende speldenknopjes in de diepte, maar hun leven kneep mijn keel dicht en overbelastte mijn zintuigen. Diep vanbinnen hunkerde ik naar alle mensen die ik niet kende en nooit zou ontmoeten, en het was alsof ik hun emoties kon voelen. Mijn eigen leven leek onbelangrijk en vergankelijk, vol hoop en dromen die nooit in vervulling zouden gaan. Opeens begreep ik dat Patrick ook hieraan had geleden: hij voelde te veel en zag de schoonheid en lelijkheid van de wereld, de hoop en de wanhoop.

Ik werd overweldigd door verdriet en greep me vast aan het raam. Ik had de hemel en de hel gezien met Patricks ogen en het deed me duizelen. Ik greep mijn tas, liet de deur achter me in het slot vallen en holde de trap af naar de straat. In de stad verdween de warmte niet snel, maar bleef hangen in het glas, beton, baksteen en staal. Het was alsof ik een golf over me heen kreeg. Ik liep over de stoep en bedacht hoe makkelijk het hier was om onzichtbaar te zijn. Soms was dat een troost voor me, maar deze avond niet. Iedereen leek te weten waar hij naartoe ging; ik was de enige die geen doel had.

Ik liep het eerste café binnen dat ik zag, en ging aan een tafeltje bij het raam zitten. Ik bestelde een glas ijswater en probeerde me te herinneren wie ik was – mijn leven leek weer op een droom. Misschien waren de dingen die bij Benedict House gebeurd waren juist echt en droomde ik nu. Patrick had filosofie gestudeerd en had het vaak over andere werkelijkheden. Ik dacht altijd dat zijn hoofd zo'n puinhoop was dat hij dingen zag die er niet waren, maar misschien zag hij juist dingen die wij allemaal over het hoofd zagen, en moest hij die verdringen.

Ik verliet het café en liep, nog vervuld van mijn eigen verdriet, langs een Italiaans restaurant. Met een ruk bleef ik staan. Binnen zat de beach boy spaghetti te eten samen met een meisje. Het was een ander meisje dan de vorige keer en ze deelden één lange sliert en ontmoetten elkaar in het midden. Hij zag er niet alleen goed uit, maar was verschrikkelijk mooi. Ik begreep niet dat ik het niet eerder had gezien. Ademloos staarde ik naar hem; mijn eenzaamheid deed meer pijn dan ooit. Het leek of iedereen iemand had, en op dat moment wist ik zeker dat iemand altijd nog beter was dan niemand. Het kostte me geen moeite om niet te denken aan wat Sara had gezegd. Er was iemand die me begreep en aardig vond, hoe ik er ook uitzag. Ik weet niet wat hij dacht toen hij mijn sms las, maar hij kwam natuurlijk – daaraan had ik niet getwijfeld.

'Ik wil vannacht niet alleen zijn,' zei ik tegen hem.

Harry kwam binnen en deed de deur achter zich dicht.

13

Het was een volmaakte zomerochtend met pluizige witte wolken aan een turkooizen hemel en het begon net warm te worden. Ik vertrok ruim op tijd omdat ik niet goed wist hoe lang het zou duren om naar Benedict House te fietsen. Zuster Catherine zou het vast niet op prijs stellen als ik te laat kwam. Het was een heerlijk gevoel om over de slingerende plattelandswegen te suizen, ook al waren er nogal wat automobilisten die ze als sluiproute gebruikten, zodat ik een paar keer bijna de heg in werd gereden. Het was moeilijk om niet aan de afgelopen nacht te denken. Als ik aan Harry dacht, kreeg ik een brok in mijn keel, die gewoon niet meer weg wilde.

Hoe had ik hem zo kunnen gebruiken en hoe moest het nu verder? We hadden alleen gezoend en dat was lief en onschuldig geweest, maar ik was er niet bepaald wild van geworden. Ik had beter geslapen dan anders, ook al had Harry plagend gezegd dat ik in mijn slaap praatte en hem 's nachts had geschopt. Het was fijn om wakker te worden in zijn armen, maar nu dacht hij dat we een stel waren. En als enige afleiding die dag zou ik in de rondte gecommandeerd worden door een stokoude non die vast dacht dat een vrouw thuishoorde achter het aanrecht. Maar ik moest Patrick vinden. Daarop moest ik me concentreren.

Het slot zat niet op de poort, maar de deuren waren moeilijk open te krijgen. Ik voelde een weerstand alsof er een tegenkracht was. Of anders wilden ze me niet binnenlaten. Misschien was dit een onderdeel van de veertiendaagse proeftijd en was ik al gezakt? Nou, als zuster Catherine dacht dat ik het zo makkelijk zou opgeven, vergiste ze zich. Met een flinke schouderduw forceerde ik een spleet waar mijn fiets doorheen kon. Ik zat nog maar net weer op het zadel toen de deuren achter me dichtsloegen alsof ze elektrisch bediend werden. Ik gluurde naar het peperkoekhuisje en verwachtte half dat ik een heks zou zien die me naar binnen probeerde te lokken met handenvol snoep.

Doe normaal, Sinead.

Het leek of de griffioenen hun neus voor me ophaalden en me niet eens wilden aankijken. Ik gaf hun een kinderachtig luchtzoentje en begon te trappen. Het pad was hobbelig en mijn fiets botste een paar keer op stenen en kuilen, zodat ik naar voren werd geworpen, maar daarna stuurde ik eromheen. Ik keek nerveus rond of ik ergens beweging zag, maar er bewoog zelfs geen blad. Het leek of de marmeren dame haar hoofd een stukje had gedraaid, want ik kon nu meer zien van haar gladde wang, maar dat moest ik me verbeelden.

Zuster Catherine stond bij de ingang te wachten. Ze staarde recht voor zich uit en reageerde pas toen ik dichtbij was en mijn banden over de losse stenen slipten.

'Je bent twee minuten te laat,' zei ze kil.

Ik stapte af en stak mijn kin naar voren. Ik was niet van plan me te laten intimideren.

'Ik zal je laten zien wat je moet doen, Sinead.'

Zuster Catherine gedroeg zich ergerlijk arrogant en ik kwam in de verleiding om een spottende buiging te maken, maar ik stierf van nieuwsgierigheid om het huis vanbinnen te zien. Ik volgde haar de trap op en de deur door. De sleutelbos aan haar ceintuur rinkelde en haar zwarte habijt bolde achter haar op als het zeil van een piratenschip. Binnen waren de afmetingen verbijsterend. Ik kwam in een reusachtige hal met gepleisterde zuilen tot aan een plafond ergens in de hoogte en een statige trap met versleten rood tapijt en eikenhouten leuningen. Dit zou Patrick geweldig vinden, was mijn eerste reactie. Het was heel romantisch. Vergane glorie, daar was hij dol op.

'Woont de rest van uw orde hier?' vroeg ik.

Zuster Catherine verstarde. Het was duidelijk dat ze niet graag werd ondervraagd. 'Ik ben de huisbewaarder,' zei ze. 'Er zijn geen anderen.'

Ik zwaaide met mijn hand in het rond. 'Woont u hier helemaal alleen?'

Haar lippen werden nog dunner. 'Mevrouw Benedict, de laatste van de familie, verblijft hier nog, en squire James.'

Ik zag een man van een jaar of vijftig voor me, met bakkebaarden en rood dooraderde wangen, gekleed in een wijde broek en een tweedjasje.

Ik fronste. 'Het huis is nu toch van de kerk?'

'Het huis is altijd Gods eigendom geweest,' antwoordde ze kortaf.

'Krijg ik mevrouw Benedict en squire James te zien?'

Haar duistere ogen fonkelden. 'Mevrouw Benedict is zwak en ontvangt geen bezoek, maar je kunt de squire ontmoeten. Hij is voorgoed thuis, gelukkig.'

'Is hij weggeweest?'

'Naar de wildernis,' antwoordde ze met een gezicht alsof ze pijn had. 'Maar hij is nu waar hij hoort, en het huis zal er klaar voor zijn.'

Ik ergerde me wild. Er was geen touw aan vast te knopen. 'Wordt het weer een manor house?'

Haar kaken waren strak gespannen. 'In de vijfde eeuw is de eerste steen gezegend en in de eenentwintigste eeuw gehoorzamen we nog steeds het woord en wijden ons aan de verloren zielen.'

Nou was alles duidelijk. 'Wat moet ik doen?'

'Het is jouw taak om het huis schoon te maken, Sinead, en het te herstellen in zijn oude glorie.'

Ik bromde iets onverstaanbaars.

Ze zweeg en bekeek me kritisch. 'Kun je ijverig, bescheiden en gehoorzaam werken?'

Ik had zin om te antwoorden dat ik niet van plan was in het klooster te gaan. Hoe onbescheiden kon ik zijn bij het poetsen van een smerig oud mausoleum? Misschien had ik het allemaal verkeerd begrepen en verwarde ze me met iemand anders. Misschien was het niet tot haar doorgedrongen hoe ernstig dit was en dat Patrick vermist werd.

'Mijn broer is hier toch geweest, zuster Catherine?'

Ze hield zedig haar lippen op elkaar. 'Als hij was uitgenodigd.'

'Hebt u hem ook op de proef gesteld?'

'Elke beproeving is anders, Sinead.'

Ik knarsetandde en probeerde het nog eens. 'Wat is er gebeurd? Wanneer is hij weggegaan?'

'We hebben al besproken dat je de antwoorden hier kunt vinden.'

Het was om gek van te worden. 'Patrick wordt vermist,' schreeuwde ik bijna. 'Hij is misschien in gevaar. Geef nou eens gewoon antwoord!'

Zuster Catherine gaf geen krimp. Ze friemelde met haar rozenkrans en boog haar hoofd. 'Over twee weken weet je het.'

Ik duwde mijn handen in mijn haar. Ze was echt niet goed bij haar hoofd. Ik ging geen twee weken wachten tot ze me de antwoorden gaf. Ik zou ze zelf wel zoeken. Zodra ze me alleen liet, kon ik beginnen. Ik keek haar woedend aan en ze wenkte me om haar te volgen, door de schitterende hal en een lange gang naar een kleine kamer die op een bijkeuken leek. Ik zag allerlei schoonmaakspullen, een grote geëmailleerde gootsteen met een granieten werkblad, en een rek om kleren op te hangen. Er stond zelfs een stokoude mangel om wasgoed uit te wringen. Rechts van me was een grote keuken met een versleten tegelvloer en een grenenhouten tafel. Dit leek me de afdeling van het personeel. Ik zag een kokkin voor me, die met een kanten schort en een kapje op haar hoofd deeg stond te kneden om een wildpastei te maken voor een stel dikke edelen en hun verwende vrouwen. Zuster Catherine deed de hele tijd zo arrogant dat ik het niet kon laten om haar nog eens te ergeren.

'U zei dat de squire voorgoed thuis is gekomen. Is er ook een mevróúw Squire?'

Zuster Catherine gaf geen antwoord. Ze drukte schoonmaakspullen in mijn armen en wenkte dat ik haar moest volgen. Ze bracht me naar een zaal met een verhoogde galerij en een haard zo groot als een normale keuken. Boven mijn hoofd zag ik de dakspanten, en de muren hadden zachtgroene lambriseringen en daarboven behang met een bladermotief in warme herfstkleuren. Een zware eettafel bood plaats aan twaalf mensen en de stoelen waren voorzien van heraldiek houtsnijwerk en bekleed met rood fluweel. De andere donkere meubels konden erfstukken zijn of uit een rommelwinkel komen – dat kon ik echt niet zien. De vloer leek gemaakt van stoffige plavuizen, met een groot kleed dat door de motten was aangevreten. Ik bekeek wat ik allemaal had gekregen: groene zeep, witte azijn, bijenwas, oude lappen, een bezem en een plumeau met echte veren. Er stond al een hoge trap bij de muur en ik vroeg me af of zuster Catherine wel eens van veilige en gezonde werkomstandigheden had gehoord. Ik geeuwde luid en kreeg een afkeurende blik toegeworpen.

'Oké, waarmee zal ik beginnen?'

Ze knikte. 'De ramen. Die zijn lang niet gedaan. Je kunt wat meer licht binnenlaten.'

Er waren acht lange smalle ramen, en delen van het glas-in-lood waren ingedeukt en moesten heel voorzichtig schoongemaakt worden. Met veel tegenzin ging ik aan het werk. Zuster Catherine bleef even staan kijken en zweefde toen weg. Kort daarna zag ik haar naar buiten gaan. De trap was licht en sterk. In het begin vond ik het een beetje eng om erop te staan, maar ik werd al snel afgeleid door de spinnenwebben. Sommige waren zo dik en stevig als een panty. Eigenlijk was het een idiote situatie. Ik had het doorzettingsvermogen van een vlinder. Het idee dat ik zwaar, smerig, tijdrovend en afstompend lichamelijk werk zou gaan doen was volstrekt lachwekkend voor iedereen die me kende. Tegen mijn moeder, die een perfectionist was en alles in huis piekfijn in orde wilde hebben, had ik eens gezegd dat schoonmaken je ziel verwoestte en dat ze het mij daarom nooit zou zien doen. Nu ik erover nadacht, was dit een van de ergste klussen die iemand voor me had kunnen verzinnen.

Ik vroeg me af hoe het nu verder moest. Tot nu toe was het me goed gelukt om Patrick te volgen. Ik zou vast niet veel tijd nodig hebben om de volgende aanwijzing te vinden. De sleutel uit de flat zat veilig in mijn tas. Die had Patrick natuurlijk niet voor niets achtergelaten. Het was een chique sleutel, die heel goed bij dit huis paste. Was dat de volgende stap?

Ik had vier ramen af toen zuster Catherine me kwam controleren. Mijn armspieren begonnen al pijn te doen en mijn bezwete gezicht zal vol vuile vegen. Ik deed of ik haar niet gezien had en werkte door. Zou ze zo beleefd zijn iets te zeggen of gewoon naar me kijken alsof ik een slaaf was? Ik knipperde even met mijn ogen en toen was ze weg, maar telkens als ik erover dacht om op onderzoek uit te gaan, dook ze weer op. Dit kon toch niet waar zijn? Nam ik echt bevelen aan van een enge, heerszuchtige non, met alleen de vage belofte dat ze me iets over Patrick zou vertellen?

Ik veegde mijn gezicht af met de onderkant van mijn oude T-shirt. Mijn maag rommelde en ik was uitgedroogd. Op een muurtafeltje stond een kleine karaf met twee glazen ernaast. Ik schonk voor mezelf in en nam gretig een grote slok, maar mijn tintelende tong vertelde me onmiddellijk dat er iets niet klopte, en ik spuugde alles terug in het glas. Er was geen twijfel mogelijk: het was azijn. Ik liep met het glas naar de bijkeuken en draaide de verkalkte kraan open. Hij ging stroef en het duurde lang voor er iets uit kwam, alsof de kraan al een hele tijd niet was gebruikt. Ik liet het water even doorlopen, voelde of het koud was, en nam een slokje. Het smaakte precies hetzelfde. Ik was uitgedroogd, geërgerd en nu ook woedend. Wat was dit voor onzin?

Toen zuster Catherine binnenkwam, gooide ik het haar meteen voor de voeten: 'Er is iets mis met het water. Het smaakt bedorven.'

Ze zei niets, maar pakte het andere glas en vulde het tot de rand. Daarna dronk ze het in één teug leeg, terwijl ik toekeek en het gevoel kreeg dat ik gek werd. Speelde ze Patricks gestoorde spelletje mee? Ze hield een hand boven haar ogen om naar de lichtstralen van buiten te kijken en gaf een heel klein knikje. Bij haar was dat waarschijnlijk een groot compliment. Ik liep het huis uit en nam even de tijd om mijn sms'jes te bekijken. Er was een klef bericht van Harry, die vroeg of alles oké was en zei dat hij 's avonds zou komen omdat hij me nu al miste. Ik voelde me weer schuldig.

Opeens zag ik hoe laat het was en staarde ongelovig naar mijn telefoon. Het was bijna elf uur, dus had ik pas vijftig minuten gewerkt. Met mijn telefoon in mijn handpalm begon ik langzaam te tellen, terwijl ik gespannen naar de cijfers keek. Toen ik bij de zestig kwam haalde ik diep adem. Ik wist zeker dat er niets zou gebeuren, maar de minuut versprong. Ik deed het nog een keer.

Wat had je dan gedacht? De tijd kan niet vertragen. Dat zou in strijd zijn met de natuurwetten.

Alleen mijn beleving van de tijd was veranderd. Elk kind van vijf weet dat de tijd langzamer gaat als je iets saais moet doen. Eindeloze taken maken de dag... nou ja... eindeloos. Gelukkig had ik een boterham meegebracht en ik ging op een bankje in de zon zitten om hem gretig naar binnen te werken. Toen ik weer de hal in liep, hoorde ik een vreemd geluid en bleef met een ruk staan. Het klonk als een heel zachte stem, ergens dichtbij. Ik luisterde gespannen. Het had iemand kunnen zijn die 'sst' zei of zuchtte, maar het was zo zacht dat ik tot de conclusie kwam dat ik het me had verbeeld.

Ik wilde dolgraag gaan zoeken, maar zuster Catherine hield me in de gaten en maakte het onmogelijk. Ik opende het roestige blik bijenwas en nam wat op een schone doek. Met een draaiende beweging begon ik de tafel ermee in te wrijven. Het hout was zo droog dat ik het halve blik nodig had voor het tafelblad, en aan de stoelen zat zo veel houtsnijwerk dat ik me moest inhouden om niet te gaan gillen. Ik werkte een eeuwigheid, leek het, en raakte in een steeds slechter humeur terwijl ik dacht aan al het werk dat ik nog moest doen. De lambrisering moest schoongemaakt worden en ik moest de tegelvloer schrobben met niets anders dan groene zeep. Ik moest het kleed schoon zien te krijgen zonder zoiets doodnormaals als een stofzuiger, en ze verwachtte waarschijnlijk dat ik in de schoorsteen zou klimmen om te kijken of er vogelnesten in zaten.

Er kwam geen eind aan de middag. Het werd steeds warmer en mijn tong plakte aan mijn gehemelte. Het drong tot me door dat ik dit geen veertien uur kon volhouden, laat staan veertien dagen. Waarom liet ik mezelf zo martelen? Patrick had me al genoeg laten lijden en van me gestolen – vooral tijd. Ik wilde hem heel graag vinden, maar dit kon ik niet opbrengen. Ik zou zuster Catherine bedanken en haar vertellen dat dit geen werk voor mij was.

Alsof dat het signaal was, kwam er precies op dat moment een zwarte gedaante aanlopen, en ze fluisterde ernstig: 'Squire James zou je nu graag willen ontmoeten, Sinead.'

14

We staarden elkaar een eeuwigheid aan, terwijl mijn verstand probeerde te begrijpen wat ik zag. De beach boy. Hij was een zinsbegoocheling, een schitterende pronkende pauw tegenover mijn imitatie van een verfomfaaide kraai. Onzeker probeerde ik mijn korte zwarte haar een beetje goed te strijken, terwijl ik er maar niet over nadacht hoe vreselijk ik eruitzag. Zuster Catherine voelde blijkbaar aan dat er spanning in de lucht hing.

'Is alles naar wens, jonker James?'

Een stevige hand nam me bij de arm en ik was te geschokt om hem af te schudden.

'We gaan even in de tuin wandelen, zuster, om wat te bespreken.'

Hij was zo aantrekkelijk dat het gewoon misdadig was, en uit alles – van zijn zwierige loopje tot zijn arrogant in de lucht gestoken kin – bleek dat hij het zelf wist. Hij droeg een doodgewone blauwe spijkerbroek, een wit T-shirt met een open hals en grijze gympen. Nonchalant maar netjes. Toch had ik hem liever als de beach boy.

Hij keek me boos aan met zijn prachtige ogen en vroeg verontwaardigd: 'Achtervolg je me?'

'Ik? Is dat een grap? Ik heb mijn uiterste best gedaan om je te ontlopen, maar jij duikt overal op.'

Hij deed een stap naar achteren om me op armlengte te bekijken. 'Was jij dat gisteren voor het restaurant?'

Verdomme. Hij had het gezien. 'Ja. Ik kwam daar toevallig langs op weg naar huis om te koken voor mijn vriend.'

Hij stak zijn tong in zijn wang. 'O ja, Pluizenbol. Die herinner ik me.'

Ik keek hem vuil aan. 'Hij heet Harry en hij is gewoon niet ijdel zoals jij. Ik heb zo'n hekel aan verwaande gozers.'

Hij had het lef om te grijnzen.

'Wat doe je hier?' vroeg ik koel. 'Van zuster Catherine kreeg ik de indruk dat je hier een of andere patserige titel hebt.'

Hij keek verbaasd. 'Benedict House is het landgoed van mijn familie. Ik ben hier opgegroeid.' Hij grijnsde weer. 'Laat die titel maar zitten. Je mag me James noemen.'

Mijn mond zakte open. Hij was er trots op dat hij squire was van deze bouwval. Er kwamen allerlei vragen over Patrick in me op, maar ik keek geërgerd de andere kant op. Ik begreep niet waarom ik me zo door hem liet opfokken.

Uit mijn ooghoeken zag ik hem met zijn hoofd schudden. 'Hoe kun je leven met zo veel haat en woede in je?'

'Zo moeilijk is dat niet,' antwoordde ik ijzig kalm.

'Ik wil je graag leren begrijpen,' ging hij verder. 'Het lot heeft ons bij elkaar gebracht en ik heb niet zo veel tijd. Geef nou eens antwoord.'

Ik was zowel emotioneel als lichamelijk uitgeput – een gevaarlijke combinatie met mijn toch al korte lontje. 'We kunnen niet allemaal zorgeloos door het leven gaan.'

Zijn glimlach verdween en hij sloot even zijn ogen alsof hij pijn had. Daarna keek hij me verdrietig aan. 'Je denkt dat je van alles over me weet. Maar je vergist je.'

Ik keek hem strak aan. 'Je hebt een klassieke sportwagen, gaat elke week met een ander meisje uit, en wordt graag squire genoemd, of jonker James. De dorpelingen buigen waarschijnlijk voor je.'

Hij kwam een stap dichterbij. 'De auto heb ik gehuurd, en ik moet zelf weten met hoeveel meisjes ik uitga.'

Ik snoof minachtend. Hij kwam nog dichterbij. 'Niemand buigt voor me en alleen zuster Catherine gebruikt die stomme titels.'

Hij prikte met een vinger in de lucht om zijn woorden kracht bij te zetten, maar raakte per ongeluk mijn arm.

Ik verstijfde. 'Word je nu handtastelijk?'

James haalde zijn schouders op en daardoor werd ik nog bozer. Ik gaf hem met mijn vlakke hand een zetje tegen zijn schouder, maar hij was blijkbaar net uit evenwicht. Hij zakte zomaar in elkaar en kwam languit in het gras terecht.

'Sorry,' mompelde ik, en ik stapte naar hem toe om hem te helpen.

Hij bestudeerde de grond terwijl hij op adem probeerde te komen. Voor het eerst viel me op dat hij er bleek uitzag onder zijn gebruinde huid, en hij had donkere kringen onder zijn ogen. Te veel feestjes, dacht ik, en ik herinnerde me de mooie, arbeidsintensieve meisjes met wie hij omging.

Hij krabbelde overeind en klopte met gespeelde onverschilligheid zijn kleren af. Ten slotte moesten we elkaar toch aankijken. Ik beet op mijn bovenlip en ging op mijn andere voet staan. Ik wachtte tot hij verderging met ruziën. Het leek wel of onze ogen op een of andere manier aan elkaar vastzaten. Ik kon niet wegkijken, al hing mijn leven ervan af. Hij glimlachte treurig en begon toen te lachen. Ik probeerde strak te blijven kijken, maar deed toen toch mee.

'Je bent een demon die gestuurd is om mijn leven tot een hel te maken,' zei hij terwijl hij me van onder tot boven bekeek op een manier waarvan ik koude rillingen kreeg.

'Een engel bedoel je,' zei ik.

'Met een gevaarlijke rechtse hoek.'

'Je zou me moeten zien als ik een goede dag heb.'

'Graag.'

Ik moest weer wegkijken omdat hij zo'n enorme uitwerking op me had. *Niet zo naar hem staren, Sinead. Hij flirt met elk meisje dat hij tegenkomt. Vraag hem naar Patrick en die enge zuster Catherine. Daarvoor ben je hier.*

'Bedankt dat je zuster Catherine niets over me hebt verteld,' zei ik. 'Ik heb dit baantje nodig. Heb je hier ander nieuw personeel gezien?'

'Ik heb amper tijd gehad om uit te pakken en mijn grootmoeder te begroeten,' antwoordde hij, en hij zag mijn verbaasde blik. 'Ik woon hier niet meer. Ik ben op bezoek uit Australië. Ik ben vanochtend pas aangekomen.'

'Ho. Ik heb je twee dagen geleden op het politiebureau gezien.'

'Ja, ik heb een paar dagen in een hotelletje in de stad gelogeerd met een vriend die een jaar rond de wereld reist. Het was misschien wel mijn laatste kans om hem te zien... voorlopig. Daarom ben ik niet meteen naar Benedict House gekomen.'

'En wanneer ben je hier weggegaan?' vroeg ik.

'Mijn moeder en ik zijn geëmigreerd toen ik tien was. Sindsdien ben ik niet meer terug geweest.'

Ik zuchtte en blies teleurgesteld mijn pony omhoog. James was net terug nadat hij jarenlang ergens anders was geweest. Toch moest hij nog wel wat weten over de situatie hier. 'Ken je zuster Catherine goed? Is ze hier al lang?'

James haalde zijn schouders op. 'Mijn grootmoeder denkt dat zuster Catherine hier altijd geweest is. Maar toen ik klein was, was ze er nog niet.'

'Ze doet alsof ze een soort huisbewaarder is,' zei ik. 'Maar ze lijkt eerder een krankzinnige bewaker.'

'Ja, ze is een beetje excentriek,' zei James tactvol. 'Ik heb al gezien dat ze alsmaar rondloopt over het terrein.'

Ik wilde hem niet achterdochtig maken door te veel vragen te stellen. Dus probeerde ik mijn toon te verzachten. 'Ik heb gehoord dat het huis van de kerk is.'

James knikte. 'Benedict House heeft altijd een soort codicil gehad waarin stond dat het aan de kerk vervalt als de familie Benedict uitsterft.'

'Jij bent toch een Benedict?' zei ik.

Hij keek weer bedroefd. 'Maar ik blijf niet.'

Ik probeerde mijn teleurstelling te verbergen. 'Zuster Catherine zei dat je voorgoed thuis was gekomen.'

Hij haalde zijn schouders op. 'Dat heeft ze dan verkeerd begrepen. Mijn grootmoeder heeft me uitgenodigd om te komen logeren, maar ik blijf niet langer dan twee weken.'

'Is het alleen een vakantie?'

Ik zag vermoeide plooien in James' gezicht, waardoor hij ouder leek. 'Zoiets, ja. Er zijn dingen die ik moet doen terwijl ik hier ben, belangrijke dingen. Maar mijn retourvlucht is al geboekt.'

Ergens diep binnen in me voelde ik een vreselijke pijn bij het idee dat James op het vliegtuig zou stappen. In gedachten zag ik hem met een rugzak over één schouder, met de zon in zijn gezicht, over het hete asfalt van het vliegveld lopen, en daarna de trap op zonder zelfs maar één keer om te kijken. Ik zag het vliegtuig opstijgen naar de zomerhemel en de andere kant van de wereld.

'Twee weken,' zei ik opeens. 'Nu begrijp ik het.'

'Wat?'

Ik zuchtte. 'Ik ben hier twee weken op proef om het huis schoon te maken. Dat is waarschijnlijk voor jou.'

Hij keek lelijk. 'Ik hoop dat het niet voor een of ander vreselijk afscheidsfeest is.'

Misschien kwam het door de spanningen van die dag of door het idee dat James wegging, maar opeens voelde ik me ontzettend slap. De zon scheen zo fel voor het huis dat ik trillende lijnen zag voor mijn ogen. Ik mompelde dat ik me niet lekker voelde, en wankelde weg in de richting van mijn fiets die tegen een zijmuur stond. Ik leunde met mijn handen tegen de bakstenen, maar gleed ongewild omlaag tot ik op het grind zat. De zon kwam hier nog niet en ik was blij met de schaduw. Ik knipperde om weer te zien, maar mijn ogen waren droog en plakten.

'Wat heeft zuster Catherine je aangedaan?' hoorde ik James roepen. 'Je bent kapot.'

Hij was me blijkbaar achternagelopen, want hij stond nu voor me als een wazige schim. Hij bood me iets aan en mijn uitgedroogde lippen sloten zich dankbaar om een fles water.

'Er is iets mis met het water in het huis. Het smaakt vreselijk.'

'O ja?' zei hij fronsend.

Was ik dan de enige die de azijn in het water proefde? Dat was onbegrijpelijk, maar eigenlijk was alles hier onbegrijpelijk.

Mijn benen lagen wijd uit elkaar op de grond, merkte ik, en ik trok ze naar elkaar toe. James stak een hand uit en hees me overeind. 'Kom, dan breng ik je naar huis.'

'Graag,' zei ik zonder veel enthousiasme. 'Mijn fiets neem ik morgen wel mee.'

Ik moest toch terugkomen, maar dat vond ik nu lang niet zo erg meer. De spannende rode sportwagen stond achter het huis, waar ik nog nooit was geweest. Toen ik in de verte keek, kreeg ik een idee hoe groot het landgoed was. Het leek of er geen eind kwam aan het bos.

'Loopt die muur er helemaal omheen?' vroeg ik.

'Ja. De dorpelingen noemen hem de bosmuur.'

'In elk geval houdt hij de boeren buiten.' Ik perste mijn lippen op elkaar om niet te glimlachen.

James hield het portier van de auto voor me open en ik probeerde elegant in te stappen, maar daar was ik dus te lang voor. Ik bukte, maar stootte toch mijn hoofd, en mijn benen kwamen knel te zitten, met mijn knieën bijna tegen mijn borst. Ik moest opeens aan Patrick denken die vroeger langpootmuggen ving en in lucifersdoosjes stopte; dat was een afschuwelijk gezicht. James begreep blijkbaar mijn probleem, want hij rolde het dak omlaag. Maar toen voelde ik me zo bloot dat ik me klein maakte als een slak die zijn huisje kwijt is. Ik had nog nooit in een sportwagen gezeten, laat staan in zo'n oldtimer, en het was een vreemde gewaarwording. We zaten zo laag bij de grond dat het leek of het onderstel over de grond schuurde. Bij de grote poort stapte James uit om de deuren te openen, en achter ons deed hij ze weer op slot. Terwijl we de dorpsweg op draaiden, wees hij naar een waterval van klimop die langs de oude bakstenen naar beneden kwam.

'Daarachter is een geheime deur,' zei hij. 'Zuster Catherine houdt de poort graag op slot, maar de deur is makkelijk te vinden. Je moet gewoon doorlopen tot je het eerste bordje ziet van het openbare voetpad.'

Ik knikte en kneep mijn ogen dicht. Door het lawaai van de motor was praten verder onmogelijk, tot we in de stad kwamen en door de drukte langzamer gingen rijden. Ik had het gevoel dat ik met mijn hoofd in een centrifuge had gezeten. Ik moest even bijkomen en toen probeerde ik meer te weten te komen van James.

'Is het huis veranderd sinds je bent weggegaan?'

Hij knikte en trapte op de rem. We stonden nog net op tijd stil achter een blauwe bestelwagen. 'Het is veel meer versleten en uitgewoond, maar er zijn ook bouwkundige problemen. De westelijke vleugel stort bijna in. Daar mag niemand meer komen.'

'Volgens een website staat het huis er vanaf de elfde eeuw.'

Hij knikte. 'Dat is waar, maar het landgoed is al ommuurd in de vijfde eeuw. Het huis was eerst een kerk. Nou ja, niet het hele huis natuurlijk.'

Mijn hart sloeg op hol. *Het huis was eerst een kerk.* Dat stond ook in Patricks briefje: *De eerste kerk, een poort naar een plek van boetedoening.* Daarom had zuster Catherine gezegd dat het huis altijd aan God had toebehoord. Ik keek James van opzij aan. Hij was opgegroeid in Benedict House. Zou ik hem vertellen over Patricks verdwijning en de vreemde dingen die zuster Catherine tegen mij had gezegd? Maar ik kende hem niet goed genoeg om hem te vertrouwen. Ik kon me voorstellen hoe krankzinnig het klonk.

Er viel even een stilte. Toen zei James, alsof hij zich wilde verdedigen: 'O ja, over dat squire-gedoe. Toen ik in Benedict House woonde, was ik geen verwend jochie. Dat kun je aan iedereen in het dorp vragen. Ik wilde helemaal niet de squire worden zoals mijn vader.'

'Ik heb nooit gedacht dat je een verwend jochie was.'

'Ik zie het aan je gezicht.'

Ik grijnsde. 'Ik wist niet dat ik zo'n expressief gezicht had. Waar is je vader trouwens?'

James had het plotseling heel druk met de stokoude autoradio en gaf geen antwoord. Ik leunde achterover en keek jaloers naar de ordinaire 4x4 naast ons, met zijn kolossale wielen en hoge zit. De bestuurder staarde ook naar mij en het drong tot me door dat iedereen naar antieke sportwagens keek. Maar ik had niet de haren, het gezicht en de houding die erbij hoorden. Geen wonder dat James meestal uitging met kleine blondjes.

'Daar is het,' zei ik toen de kapel in zicht kwam.

James keek naar het gebouw en toen naar mij. Het was duidelijk wat hij met zijn opgetrokken wenkbrauwen bedoelde. Ik was niet echt een arme donder op een zolderkamertje.

'Bedankt voor de lift,' zei ik nonchalant.

Ik probeerde het portier open te doen, maar kreeg er geen beweging in. Ik vroeg me af of het op slot zat. James reikte voor me langs om een ruk te geven aan de hendel en ik verstijfde. Volgens mij deed hij er expres lang over, maar ik staarde strak voor me uit, hoewel mijn huid tintelde door zijn lichaamswarmte. Mijn hart bonsde zo hard dat hij het vast kon horen. De deur ging met een harde klik open, maar James bleef waar hij was, en ik bewoog me ook niet. De tijd stond weer stil, maar op een manier waarvan ik altijd had gedroomd. Ik hoorde zacht zijn adem en voelde zijn arm langs de mijne strijken. Ik trilde. Hij hoefde zijn hoofd maar een klein stukje te draaien en dan zouden onze gezichten vlak bij elkaar zijn. Het leek wel of mijn lichaam niet meer van mezelf was. Ik voelde dat ik langzaam naar voren bewoog, maar toen zag ik opeens Harry's gezicht voor me, met zijn scheve glimlach. Ik trok mijn lange benen op uit de ongemakkelijke dubbelgevouwen houding en verbrak daarmee het moment. James schoot overeind.

'Zie ik je morgen weer, Sinead?'

Ik raakte mijn warme wang aan. 'Niet als het aan zuster Catherine ligt. Ze geeft me geen minuut vrij.'

'De tijd is kort,' zei hij, en daar was die droefheid weer.

Ik slikte moeizaam en vroeg me af of ik eindelijk iemand had ontmoet die het begreep. Ik sloeg het portier dicht en zijn rechter richtingaanwijzer knipperde toen hij probeerde in te voegen in twee banen druk verkeer. Ik bleef als een idioot staan staren tot een andere auto een lichtsignaal gaf om hem ertussen te laten. Met piepende banden schoot hij weg van de stoeprand.

15

Ik had er nog nooit zo lang over gedaan om me aan te kleden, zelfs niet voor een feestje. Ik had meer dan een uur voor de spiegel gestaan om kleren uit te kiezen die toch onder het stof en vuil zouden komen. Het moeilijkste was dat het eruit moest zien alsof ik geen enkele moeite had gedaan, vooral omdat Harry zo meteen zou komen en het misschien zou merken. Ik hield mijn hoofd schuin naar links en rechts om mijn gezicht te bestuderen. Hoewel ik de vorige dag ontzettend hard gewerkt had en die nacht slechter had geslapen dan ooit, keek ik verrassend helder uit mijn ogen. James was een vreemde mengeling, bedacht ik, terwijl ik mijn T-shirt uittrok en me in een ander wrong dat net iets strakker zat, ook al was er bij mij dan niet echt veel méér te zien. Af en toe straalde James een soort vermoeidheid uit die niet bij zijn zorgeloze houding paste. En hij had niets over zijn vader willen vertellen. Bovendien deed hij of deze reis een soort beproeving was. Waarom was hij dan naar huis gekomen?

Ik keek mezelf aan in de spiegel. Ik zou niet meer met hem flirten en hij zou algauw weer verdwijnen uit mijn leven. Mijn enige taak was nu het oplossen van het raadsel van Patricks verdwijning. James had me zonder het te weten geholpen door te vertellen dat Benedict House vroeger een kerk was. Vandaag moest ik een gelegenheid vinden om op onderzoek uit te gaan en de sleutel te proberen. Ik zou me niet laten afleiden. En toch… Ik had geen zin om me achteraf, als James terug was naar Australië, af te vragen hoe het zou zijn om de beach boy met de gebronsde huid en stralende glimlach te zoenen. Ik keek uit het raam en trommelde met mijn vingers op de vensterbank. Harry was er nog steeds niet. Toch kwam hij meestal op tijd.

Ik schrok van de bel. Ik drukte op het knopje om de deur beneden te openen en een paar tellen later hoorde ik Harry's voetstappen al galmen in het trappenhuis. Zodra ik de deur van de flat opendeed, stormde hij naar binnen. Hij zag er nog slordiger uit dan anders. Zijn T-shirt zat onder de olie en de achterkant van zijn spijkerbroek was zwart en gescheurd. Hij had vast autopech gehad.

'Is je auto stuk?' vroeg ik, doodsbang dat ik niet op tijd in Benedict House zou zijn.

'Ik had wat moeite met starten, maar geen paniek, mijn auto staat beneden bij een meter.' Hij keek ongewoon ernstig. 'Misschien hebben we hem niet nodig, als je naar me hebt geluisterd.'

Ik wilde protesteren, maar Harry snoerde me zomaar de mond: 'Voor één keer wil ik dat je gaat zitten en luistert.'

Ik ging met mijn handen tussen mijn knieën op de rand van Patricks bank zitten. Harry moest blijkbaar iets kwijt en hij had recht op mijn tijd, maar ik keek telkens op mijn horloge.

Hij liep heen en weer over het kleed. 'Het is nu anders, Sinead. Ik heb meer recht om me zorgen over je te maken.'

Hij bedoelde blijkbaar de nacht die we samen hadden doorgebracht. Ik voelde me vreselijk opgelaten.

'Je weet al hoe ik over die zoektocht naar Patrick denk.' Hij klonk net als mijn vader, maar ik luisterde braaf. 'Gisteravond kon ik geen zinnig woord uit je krijgen. Ik maak me zorgen dat je door al die spanningen een beetje…'

'Krankzinnig wordt?' maakte ik voor hem af.

'Het is krankzinnig dat je daar bent gaan werken,' zei hij. 'Heb je gisteren een spoor van Patrick gevonden, of een van die stomme aanwijzingen van hem?'

Ik protesteerde met een opgeheven hand. 'Ik heb gisteren een heleboel bruikbaars ontdekt. Benedict House was eerst een kerk en dat klopt met het briefje van Patrick. Mevrouw Benedict beschouwt zuster Catherine als een soort beheerder van het landgoed, en als de familie Benedict uitsterft, vervalt het huis aan de kerk.'

Harry reageerde niet. 'Kunnen we nu gaan?' vroeg ik.

Hij schudde zijn hoofd en keek me nadrukkelijk aan. 'Ik heb zelf ook wat onderzoek gedaan.' Hij haalde een opgevouwen vel papier uit zijn zak, vouwde het open en streek het zorgvuldig glad. 'Station Island heeft nog een naam: *Sint-Patricks Vagevuur*. Zegt dat jou iets?'

Ik tuitte mijn lippen. 'Mijn moeder heeft me verteld dat het vagevuur een plaats is halverwege de hemel en de hel, waar je als het ware wacht op verlossing. Ze denkt dat het een plaats is vol pijn, leed en boetedoening.'

'Patrick is zo verwaand,' zei Harry. 'Ik dacht dat het misschien nog iets anders zou betekenen.'

Ik tikte met een vinger peinzend op mijn voortanden. 'Net als de andere aanwijzingen heeft het met het hiernamaals te maken, maar Patrick heeft wel eens in een depressieve stemming tegen me gezegd dat zijn verslaving net een vagevuur is. Misschien is dat ook een deel van de puzzel.'

Harry gaf me het papier en ik zag dat hij een paar regels tekst had gemarkeerd. Ik las ze hardop voor: 'Nadat de grot en het beeld van de hel in de vijfde eeuw aan Sint-Patrick waren geopenbaard, volgden andere mensen algauw in zijn voetsporen.' Ik stopte even omdat ik aan Patricks spel moest denken, maar daarna ging ik snel verder. 'Deze mensen, boetelingen werden ze genoemd, bereidden zich twee weken voor en daalden daarna af onder de grond om hun zielen aan het oordeel te onderwerpen.'

Ik voelde Harry's blik nog steeds op me gericht en keek met tegenzin op. Ik wist wat hij ging zeggen.

'Zuster Catherine heeft jou toch gevraagd om twee weken in Benedict House te komen werken, Sinead? Vind je dat niet raar?'

Ja, dat vond ik raar. Mijn keel werd dichtgeknepen, leek het, maar ik schudde het angstige gevoel van me af. De proeftijd van twee weken had met James te maken. Anders zou het te toevallig zijn. Ik bleef heel kalm, omdat ik wist dat Harry nog steeds een reden zocht om me niet terug te laten gaan. 'Ik kan hier alleen wat mee voor zover het me iets vertelt over Patricks spel,' zei ik.

Harry schudde zijn hoofd. 'Volgens mij gaat het je allang boven de pet, Sinead, en dat weet je diep vanbinnen. Je hebt zelf gezegd dat er iets niets klopt aan die hele vermissing van Patrick. Deze keer is het anders.'

Ik hield mijn stem kalm en eentonig. 'Ik ben opgegroeid met religieus bijgeloof en bekrompenheid. Patrick probeerde me bang te maken met verhalen over een peilloze afgrond of put. Daaraan probeer ik nu te ontsnappen.'

Harry keek door me heen alsof ik er niet was. 'Ik ben bang dat Patrick je meesleept in zijn eigen afgrond.'

'Laat me dan niet in de steek, Harry. Blijf bij me terwijl ik de antwoorden zoek om mezelf te bevrijden.'

Harry keek nog steeds boos, maar ik hoopte dat ik hem had overgehaald, en las snel de rest van de tekst. 'Hier staat dat tijd in het vagevuur geen betekenis heeft. Een seconde kan aanvoelen als honderd jaar. Dat doet ook denken aan Patricks briefje. Bovendien stamt Benedict House uit de vijfde eeuw, waarin Sint-Patrick leefde.' Ik sprong overeind. 'In de auto kunnen we verder praten.'

Harry weigerde van zijn plaats te komen en stak zijn onderlip koppig naar voren. 'Ik wil niet dat je teruggaat. Ik weiger je te brengen.'

Ik had niet verwacht dat Harry zo sterk zou zijn, en hij steeg in mijn achting. Hij zag er vandaag ook heel leuk uit, maar ik wist nog iets over hem: hij was makkelijk te manipuleren.

'Ik moet in elk geval mijn fiets gaan halen.'

'Ja, maar verder niets. Beloof het. Je haalt je fiets en gaat dan weer weg.'

'Ik zal weggaan zo gauw het kan,' zei ik omdat ik niets wilde beloven. Ik duwde hem zachtjes naar de deur en pakte onderweg mijn tas met een grote fles water, boterhammen met tonijnsalade, een paar energierepen en vruchten, en ook een paar rubber werkhandschoenen, want mijn handen leken wel schuurpapier. Harry stribbelde niet meer tegen.

Het was ontzettend heet buiten. Ik kon me bijna niet meer herinneren hoe kou aanvoelde, en het was al verboden om auto's te wassen en tuinen te sproeien. Mijn vader had het vaak over de eindeloze zomers uit zijn kindertijd, waarin het asfalt plakte en hij de hele dag aan zee was, op zoek naar krabben en zeesterren in poeltjes tussen de rotsen. Ik was altijd jaloers geweest als mijn vader daarover vertelde. Of leek alles leuker als het lang geleden was?

Het asfalt plakte nog niet echt, maar op tv en in de kranten werd gewaarschuwd voor de gevaren van een hittegolf. Harry's auto was een verschrikking. Hij had geen airco en sommige raampjes konden niet open. Het leek wel of we in een oven zaten. Ik maakte een vermoeid geluid, zakte onderuit op de stoel en deed alsof ik sliep. Ik was bang dat Harry me niet het hele stuk zou willen brengen, en er leek geen andere manier om er te komen. Ik had geen bussen gezien; die gingen waarschijnlijk eens per dag of zo. Pas aan de rand van het dorp kwam ik weer in beweging, rekte me loom uit en keek van opzij naar Harry's sombere gezicht.

'Waarom kijk je zo ongelukkig?' vroeg ik.

Hij greep het stuur stevig vast. 'Leg me nog eens precies uit wat die non heeft gezegd.'

'Dat heb ik je al verteld. Zuster Catherine maakte duidelijk dat ze weet wat ik zoek en dat ik de verklaring voor Patricks verdwijning in Benedict House kan vinden.'

Harry keek even opzij naar mij. 'Onder het rijden schoot me te binnen dat er nog een mogelijkheid is.'

'Wat dan?'

'Het heeft allemaal niets met Patrick te maken. Het gaat om jou, Sinead.'

Ik lachte en schudde mijn hoofd. 'Wat bedoel je?'

Harry staarde voor zich uit, zonder met zijn ogen te knipperen. Ik wist hoe lastig ik kon zijn, maar dit was echt onzin. 'Het heeft niets met mij te maken,' zei ik. 'In ons gezin gaat het nooit om mij. Alles draait om Patrick.'

'Misschien is hij nu ook de spil,' zei Harry. 'Hij zou een onderdeel kunnen zijn van een complot om jou naar dat griezelhuis te lokken, met de aanwijzingen in het Latijn, die afbeelding op de muur, de geheimzinnige advertentie in de krant en de Christoffelpenning. Er is hem niets overkomen, maar het is allemaal een list om jou daarheen te krijgen.'

Hierover moest ik even nadenken. In mijn hart wist ik dat Patrick het heerlijk zou vinden om ons kinderspel in iets veel akeligers te veranderen. Hij zou ervan genieten als ik op een of andere manier moest lijden. Toch klopte Harry's redenering niet helemaal.

'Waarom is er gisteren dan niets gebeurd?' wierp ik tegen. 'Ze hadden me ergens kunnen opsluiten.'

'Dat is waar,' antwoordde Harry, en hij beet op zijn lip.

'Stop hier. James heeft me gisteren een geheime deur gewezen. Dan hoef ik niet met die grote poort te worstelen.'

De man in de auto achter ons toeterde geërgerd en ik onderdrukte de neiging om mijn middelvinger op te steken.

'Wie is James?' vroeg Harry.

'De zoon van de vroegere squire,' zei ik. 'James gebruikt zelf de titel niet, maar zuster Catherine noemt hem wel zo. Heb ik dat gisteren niet verteld?'

'Je bent midden in een zin in slaap gevallen,' zei Harry.

Ik kreunde en kneep in zijn hand. Ik kon me helemaal niet herinneren wat ik de vorige avond tegen Harry had gezegd. Ik was zo uitgeput dat mijn tong dienst weigerde. Harry had beloofd voor me te koken en toen ik wakker werd, was hij weg en op tafel stond een bord koude macaroni met kaas.

'Het is de jongen die we op het politiebureau en in het café zijn tegengekomen,' voegde ik eraan toe. 'Die ik heb uitgescholden.'

'Dat is wel heel toevallig,' zei Harry argwanend. 'Zou hij er iets mee te maken hebben?'

'Doe niet zo raar. Hij blijft maar een paar weken en dan vliegt hij terug naar huis, aan de andere kant van de wereld.'

Harry liet dit even op zich inwerken. Ik had geen idee wat hij dacht. Maar hij voelde mijn ongeduld toen ik dichter naar het portier schoof, met mijn tas in mijn hand.

'Ga nou niet, Sinead,' zei hij. 'Het voelt niet goed.'

'Je hoeft je nergens zorgen over te maken,' probeerde ik hem gerust te stellen.

'Ik vind dat dit het moment is om je om te draaien en weg te lopen. Vergeet Benedict House.'

Ik fronste. 'Waarom dring je zo aan?'

'Je bent in één dag enorm veranderd,' klaagde hij.

Harry lette toch beter op dan ik dacht. Hij voelde het verschil in mij. Het enige wat ik me herinnerde van de vorige avond, was dat ik toen hij me zoende had gewenst dat hij iemand anders was.

16

'Ik wil dat je vandaag de zitkamer doet, Sinead. Squire James heeft de wens uitgesproken dat je niet meer dan zes uur werkt en een lange lunchpauze neemt.'

Ik slikte omdat ze me zo minachtend van onder tot boven bekeek dat ik me naakt voelde. Dacht ze dat ik James had verleid om een voorkeursbehandeling te krijgen? Ik voelde me zo vies dat ik enorme zin had om tegen haar te schreeuwen dat ik nog maagd was, maar ik deed het niet en sjokte braaf achter haar aan.

'Hoe gaat het met mijn proeftijd?' vroeg ik.

'Het is nog vroeg,' antwoordde ze vaag.

De opmerkingen van Harry maalden nog door mijn hoofd en zonder erover na te denken vroeg ik: 'Kent u de legende over Benedict House?'

Ze verstarde en draaide zich langzaam naar me om. Het was onvermijdelijk dat ik haar van dichtbij bekeek, met haar uitgedroogde huid alsof al het leven uit haar was geperst, en haar smalle mond als een snee in haar verschrompelde gezicht.

Door de zenuwen kletste ik door. 'Die over de slechte squire die zijn ziel aan de duivel verkocht en dat het huis mensen aanlokt om een oordeel over ze te vellen.'

Ze staarde me lang aan en mijn maag draaide zich om, maar toen besloot ze toch antwoord te geven. 'Dat is niet de hele legende, Sinead. Mensen worden niet aangelokt, maar uitgenodigd. En nog belangrijker: ze hebben een kans op verlossing, de mogelijkheid om hun ziel te redden.'

Toen ze me weer haar rug toekeerde, trok ik een verbijsterd gezicht. Bij mijn eerste bezoek was zuster Catherine geschokt omdat ik binnen was gekomen zonder uitnodiging. Was ze gek genoeg om de legende te geloven? Ik begreep nu hoe Benedict House aan zijn bovennatuurlijke reputatie kwam, maar ik was niet van plan me bang te laten maken.

Ik volgde zuster Catherine. De zitkamer zag er deftiger uit met de vele schilderijen, versieringen en de algehele pronkzucht. Er stonden een paar leunstoelen, twee reusachtige banken van groen en kersrood chenille, een zwart met gouden lakscherm en een kleine piano. De meeste meubels waren in Franse stijl, glanzend met slanke gebogen poten, en hoger en eleganter dan de plompe meubels in de andere kamer. Het zware behang was versierd met een motief van pauwenveren, zodat ik het gevoel kreeg dat er honderden ogen naar me keken.

Zuster Catherine liet me alleen zonder te zeggen wat ik moest doen, maar ik zag de gebruikelijke schoonmaakspullen staan en een extra pot was. Op het etiket stond uitgelegd hoe je parket daarmee moest behandelen. Ik keek naar de vloer en slikte: hij bestond uit duizenden stukjes hout die als een legpuzzel in elkaar pasten. Sommige waren zwart van ouderdom, andere gebarsten of beschadigd, maar bij elkaar zag het er schitterend uit. Ik wist dat er apparaten waren om dit soort vloeren te schuren en te behandelen, maar het was duidelijk dat ik dit met de hand moest doen. Ze leek vastbesloten me te laten lijden.

Ik wachtte tot ze weg was, en keek uit het raam toen ze begon aan haar vaste ronde over het terrein. Dit was mijn kans. Ik haalde Patricks sleutel uit mijn tas en liep snel kamers in en uit, probeerde alle deuren en trok mijn neus op voor het vuil en de schimmel. Er hing ook een soort vieze schroeilucht. Ik keek nog een keer in de bijkeuken, en in de keuken met zijn grote, stokoude fornuis. In een hoek hing een fluwelen gordijn aan een koperen rail. Ik schoof het opzij en zag een deur vol houtwormgaatjes, die zo oud leek als het huis. Mijn hart ging sneller kloppen. Met zweetvingers stak ik de sleutel in het sleutelgat. Ik verwachtte de gebruikelijke weerstand, maar hij paste. Mijn adem stokte en ik wachtte even, met een triomfantelijk gevoel. Zou ik Patrick nu al vinden? Ik draaide de sleutel, maar het slot gaf niet mee. Ik bewoog de sleutel heen en weer, en probeerde het daarna met twee handen in de hoop dat het met bruut geweld zou lukken. Niet dus. Geërgerd gaf ik de deur een schop en die vloog open. Hij had helemaal niet op slot gezeten.

Aarzelend liep ik een smalle gang in. De vloer ging geleidelijk omlaag en het werd kouder. Het was zo donker dat ik bijna niets kon zien. Was het een kerker of een martelkamer? Ik keek telkens om en dacht dat ik een hete adem in mijn nek voelde. Ik bleef net op tijd staan voordat ik tegen een rek met planken aan liep, waarop stoffige oude flessen lagen, met allerlei verschillende vormen en afmetingen. Het was de wijnkelder. Het spoor liep dood. Ik liet mijn schouders hangen. Ik had Patrick niet mogen onderschatten. Dit was te makkelijk voor hem, geen echte uitdaging.

Ik durfde nog niet de trap op te lopen naar de eerste verdieping. Dus ging ik weer aan het werk. De ramen van de zitkamer zaten aan de achterkant van het huis en hadden houten binnenluiken die ingeklapt konden worden, met eronder brede vensterbanken met kussens. Het plafond was hier niet open tot de dakspanten, maar lager en horizontaal met een ongelooflijk rijk versierde lijst en overdreven gipsen ornamenten met druiven en grote bloemen. Met de plumeau in de aanslag klom ik op de trap en begon met de kroonluchter. Ik luisterde naar het rinkelen van het glas en zag al voor me hoe het ding op de grond viel en in duizend stukken alle kanten op vloog.

Het duurde dertig minuten voor zuster Catherine weer verscheen. Ik deed mijn best een ijverige indruk te maken en noteerde in gedachten de tijd. Misschien had ze een vast dagschema.

'Alles oké?' vroeg ik, en ze keek me ijzig aan. Even later liep ze weer de kamer uit.

Ik luisterde gespannen. Haar voetstappen stopten in de hal. Maar toen ik mijn hoofd om de hoek van de deur stak, was ze spoorloos verdwenen. Langs de muren zaten overal chique eikenhouten lambriseringen. Toch moest daar ergens een deur in verborgen zijn. Dat was bijna verplicht in zo'n groot oud huis. Ik floot zacht in mezelf terwijl ik erover nadacht wat ik zou doen, voor ik haar voetstappen weer hoorde.

Het zou niet al te moeilijk moeten zijn om een geheime deur te vinden, hoe goed hij ook in de muur paste. Maar er waren in de lambriseringen overal smalle spleten die me in de war brachten. De minuten gingen voorbij. Zuster Catherine kon elk ogenblik terugkomen en begrijpen dat ik rondneusde. Achter de deur was misschien een trap naar een kelder en dan kon ze me omlaag duwen en opsluiten. De rillingen liepen over mijn rug. *Terwijl de zielen onder de aarde om verlossing roepen.* Ik zag half verteerde lijken voor me, met maden die uit de mond en ogen kropen. Of ze kon me met uitgestrekte armen opwachten als ik naar buiten kwam, klaar om me aan te vallen en met haar klauwachtige handen mijn nek vast te grijpen om me te wurgen.

Wat bezielde me? Zuster Catherine was een tengere oude non, en behalve James was er in het huis verder alleen zijn zieke oma. Mijn nekharen kwamen overeind: daar was weer dat geluid, een lange klaaglijke zucht. Vooral als ik mijn ogen dichtdeed was het heel hypnotisch. Er kwam ergens een luchtstroom vandaan, alsof de stem gedragen werd op de wind. Ik wilde er niet naar luisteren, en toch wilde ik niet dat het stopte. Ik liet mijn handen over de houten lambriseringen glijden en een van mijn vingers voelde een kleine hobbel, een deurknop van precies dezelfde kleur hout, die je alleen op de tast kon vinden. Mijn bloed joeg door mijn lijf en ruiste in mijn oren, als de zee. Mijn handen waren kletsnat en er stonden zweetdruppels op mijn voorhoofd.

Ik herinnerde me wat Harry had gezegd: *Het gaat om jou, Sinead.* Dan was het een prachtlist om me daar naar binnen te lokken. Maar de deur was zo verleidelijk dat zelfs levensgevaar me daar niet kon verjagen. Ik deed de deur open en ging naar binnen. Links van me hing een trekkoord van een lamp, en toen ik die aandeed zag ik dat ik in een kast stond van hoogstens twee vierkante meter. De lambrisering ging hier binnen door. Aan de ene kant hingen jassen en jacks aan een rij grote koperen haken, en aan de andere kant stonden schoenen en laarzen in een gammel rek. De vloer leek van massief steen zonder zichtbare luiken of scharnieren. Het rook naar vocht en schimmel. Recht voor me was een volgende deur, die gemaakt was van grenenhout. Dat was vast een doorgang naar een ander deel van het huis. Ik keek of er een sleutelgat was, en rammelde aan de deurkruk. De deur ging makkelijk open, maar erachter was een muur. Ik maakte een geërgerd geluid en stak een hand uit om aan de bakstenen te voelen.

Het zuchten werd nu luider. Maar eigenlijk was het geen zuchten meer. Het leek op gefluister. Ik kon de woorden bijna verstaan en er waren verschillende stemmen, die onafgebroken en wanhopig smeekten, steeds sneller en dringender, tot ik het gevoel kreeg dat ze in mijn hoofd zaten. Had Harry gelijk? Was ik gek aan het worden? Ik deed de lamp uit en liep de hal in, terwijl ik probeerde te bedenken waar de doorgang vroeger uitkwam. Als ik me niet vergiste, begon daarachter de westelijke vleugel, waar volgens James niemand mocht komen vanwege het instortingsgevaar. Maar James was acht jaar weggeweest en zou alles geloven wat hem werd verteld. Het leek mij in elk geval een ideale plek voor iets geheimzinnigs. Ik besloot er te gaan kijken. Maar eerst moest ik zuster Catherine zien kwijt te raken.

Ik pakte mijn lunch en ging buiten op hetzelfde bankje zitten als de vorige dag. Zuster Catherine kwam langs en deed of ik niet bestond. Ik had haar nog niet zien zitten of eten, en ze praatte alleen als het echt onvermijdelijk was. Ik keek haar na toen ze aan een volgende ronde over het landgoed begon. Het leek erop dat ze nooit omkeek, toch volgde ik haar met mijn ogen tot ze in het bos verdween. Toen holde ik langs de achterkant van het huis naar de westelijke vleugel, waar inderdaad waarschuwingen hingen dat het onveilig was om er naar binnen te gaan. Het kostte me niet veel moeite om een toegang te vinden. De serre was er niet best aan toe, al kon ik me goed voorstellen dat hij vroeger prachtig was geweest met het glazen sierdak. De houten balken en kozijnen waren verrot en er ontbraken ruiten. Toen ik naar binnen keek, zag ik een tropisch regenwoud met metershoge varens die poortjes vormden met hun overhangende bladeren, en slingerplanten die alles wurgden wat ze tegenkwamen. Ik stak voorzichtig een been door een raam en voelde rondom of er nog glasscherven in de rand zaten. Daarna trok ik snel mijn andere been bij en probeerde een plek te vinden waar ik rechtop kon staan. Binnen een paar tellen zat mijn haar op mijn hoofd geplakt en ik ademde oppervlakkig. Overal droop vocht omlaag.

Ik hield mijn hand voor mijn mond en neus, omdat de weeë, zoetige lucht van rottende bloemen steeds sterker werd. Er waren glanzende planten met bladeren zo groot als olifantsoren en ook in die vorm, reusachtige wiegende halmen van manshoog gras, en schitterende orchideeën, die toch heel kwetsbaar zijn, maar hier op deze verwaarloosde plek hadden overleefd. Terwijl ik verder schuifelde keek ik nerveus achterom. Mijn fantasie draaide weer op volle toeren en ik was bang voor dodelijke planten die me beslopen. Mijn adem stokte. Precies in het midden groeide een monsterlijke plant met twee enorme gewelfde bloembladeren die openstonden als de bek van een karper, en erboven een soort rood met geel kapje van dooraderde bladeren als lokaas. Het was vast een vleesetende plant. Eromheen stonden vijf of zes kleine soortgenoten met hun bek afwachtend omhoog alsof ze op restjes hoopten. In mijn haast om erlangs te komen prikte ik me aan een cactus, en ik kreeg rode druppels op mijn t-shirt. Ik hoopte dat de planten mijn bloed niet konden ruiken.

Aan het eind van de serre was een dubbele deur. Hij stond open en het oerwoud rukte al op. Ik ontvluchtte de vochtigheid en rende de deur door.

Ik haalde diep adem. Deze zaal was helemaal leeggehaald, maar aan de houten vloer te zien was het vroeger vast een balzaal geweest. Ik kon het ruisen van de jurken, het knallen van champagnekurken en het vrolijke gelach bijna horen. Maar nu had het verval toegeslagen. Er groeiden zwammen aan het plafond, waarvan grote delen omlaag gekomen waren en verbrijzeld op de grond lagen, zo zacht als kalk. De pleisterlaag van de muren was aangetast door witte schimmels die zich een weg baanden naar buiten. Toen ik een stap naar achteren deed, ging ik met mijn voet door een vloerbalk heen en schaafde de huid van mijn enkel. De kostbare verende vloer was vergaan. Ik begon te denken dat ik me toch meer had moeten aantrekken van de waarschuwingen buiten.

Ik herinnerde me waarom ik hier was: de deur in de schoenenkast. De overeenkomstige muur was recht voor me en ik zag geen spoor van een deur. Ik verstijfde toen er een brok van het plafond omlaag kwam en me maar net miste. Ik staarde omlaag naar een verbrijzeld engeltje. Zijn mond als een rozenknop was een gapend gat en zijn overgebleven krullen leken op hoorns. Ik was bang dat ik een lawine had ontketend, en begon langzaam terug te kruipen naar de serre. Maar ik werd afgeleid. Er scheen verblindend licht in mijn ogen, dat weerkaatste van een blikken doos in de hoek. Het was het enige voorwerp in de hele zaal en zag er verrassend nieuw en onaangetast uit. Ik wist dat ik niet mocht rennen, maar ik had sterk het gevoel dat de inhoud van dat blik me zou helpen bij mijn zoektocht naar Patrick.

Heel voorzichtig kroop ik naar voren. Mijn handen en knieën schuurden over de grond en ik luisterde de hele tijd gespannen of ik het begin van een instorting hoorde. Maar ik kwam veilig bij het blik en ging op mijn knieën zitten. De deksel ging makkelijk open, maar het was leeg en ik zuchtte teleurgesteld. Opeens flitste er iets voor mijn ogen. Ik knipperde. Het was een zwart met rood insect met een angel. Zijn vleugels bewogen zo snel dat ze bijna onzichtbaar waren, en zijn kraaloogjes keken me strak aan. Hij zweefde vlak voor mijn gezicht en instinctief sloeg ik hem opzij. Toen waren er opeens vijf, tien, twintig, een hele zwerm, een roodzwarte wolk waardoor ik niets meer kon zien. Ze zaten in mijn haar en mijn nek, kropen rond mijn mond. Ik wilde gillen, maar had er nu ook een op mijn tong, tegen mijn gehemelte aan. Ik maakte rare keelgeluiden en wist dat ik zo meteen moest slikken.

En plotseling was ik terug in mijn eigen kamer, stikkend in mijn angst.

De kolkende duisternis overweldigde me en ik kon er niet tegen vechten. Ik steeg op uit mijn lichaam terwijl mijn leven wegvloeide.

'Waarom ben je hier nou eigenlijk?' vroeg een stem.

17

'Het was gewoon een libel, Sinead.'

'Er waren er een heleboel,' protesteerde ik nog kokhalzend. 'Ze zaten overal op me, zelfs in mijn mond.'

James probeerde een glimlach te onderdrukken. 'Er was één klein insect en jij sloeg om je heen alsof je op een wespennest had gezeten.'

'Ik wil hier weg,' zei ik vol zelfmedelijden en schaamte. Ik baande me een weg door de serre. Het verbaasde me dat de planten nu lang niet zo groot en dreigend leken. Zelfs de mensenetende bloem zag er klein en onschuldig uit. Ik hield mijn handen op mijn hoofd en vroeg me af wat er met mijn geest gebeurde.

'Zullen we een eindje wandelen?' zei hij. 'Ik maak het straks wel in orde met zuster Catherine.'

Ik liep met hem mee het bos in. Ik was blij met de schaduw van de bomen, die dicht bij elkaar stonden.

'Vind jij het niet raar dat de westelijke vleugel zo vervallen is?' zei ik langzaam. 'Het lijkt wel of er minstens een eeuw niets meer aan gedaan is.'

'Ja,' zei James peinzend, 'maar volgens mijn grootmoeder is het droogrot. Als dat er eenmaal in zit, gaat het snel. Alles valt letterlijk uit elkaar en vergaat tot stof. Je had niet naar binnen mogen gaan.' Hij keek me met een spottende glimlach aan. 'En? Vertel je me nu waarom je hier eigenlijk bent? Als je mij niet achtervolgt.'

'Ik heb het al gezegd. Ik heb werk nodig.'

'Dat is niet waar,' zei James rustig. 'Je hebt niet eens naar het loon gevraagd en je neemt vast niet graag bevelen aan van zuster Catherine.'

Hij had gelijk en ik kon niet verhinderen dat het aan mijn gezicht te zien was.

Ik haalde zo diep adem dat het pijn deed aan mijn longen. 'Oké, ik zal het je vertellen. Het gaat om mijn broer Patrick. Hij wordt al een paar weken vermist en we maken ons zorgen. Hij heeft tegen zijn buren gezegd dat hij een nieuwe baan heeft, en er lag een wijkkrant met een potloodcirkel rond een advertentie voor werk in Benedict House.'

'Dus je dacht dat je hem hier zou vinden?'

Ik knikte. 'Zuster Catherine zei dat ze iets over hem wist, maar ze wil het pas vertellen als ik…'

'Nee toch?' viel James me in de rede. 'Zoiets doet ze niet, als ze weet hoe bezorgd je bent.'

Ik moest mijn boosheid inhouden. 'Het is echt waar. Ze zegt allemaal rare dingen over antwoorden die onthuld worden, en dat ik zal vinden wat ik zoek, als ik hier blijf werken.'

Hij schudde ongelovig zijn hoofd. 'Waarom zou ze dat zeggen en waarom zou jij het pikken? Je hebt geen enkel bewijs dat Patrick hier is geweest.'

'Dat heb ik wel. Hij heeft een spoor voor me achtergelaten. En ik heb zijn penning hier op het terrein gevonden.'

James leek nog steeds niet overtuigd. 'Wat voor spoor?' vroeg hij.

Ik was nijdig en bezweet, en had een kurkdroge keel. 'Vroeger deden we vaak een spel. Hij liet aanwijzingen achter en ik moest hem volgen. Dat doet hij nu ook. Hij heeft zelfs een sleutel voor me neergelegd en ik moet de deur vinden waarop die past.'

'Oké, maar zuster Catherine doet niet mee aan zoiets kinderachtigs.'

'Je weet niets over haar,' snauwde ik. 'Het lijkt erop dat ze een soort macht heeft over je grootmoeder. Waarom zou je grootmoeder anders zeggen dat zuster Catherine hier altijd is geweest, terwijl het niet waar is?'

James liet opeens zijn hoofd hangen. 'Ik wist het niet tot ik hier terugkwam, maar mijn grootmoeder is tegenwoordig nogal vergeetachtig en verward,' zei hij met verstikte stem.

Ik schrok. Geen wonder dat zuster Catherine had gezegd dat mevrouw Benedict geen bezoek ontving. Ik keek James meelevend aan en wist niet wat ik moest zeggen.

'Het is heel verdrietig,' ging hij verder. 'Ze leeft in het verleden en denkt dat mijn vader hier nog is.'

'Waar is hij dan echt?' vroeg ik voor de tweede keer sinds ik hem had ontmoet.

James keek opzij en staarde het bos in. 'Ik weet het niet. Hij heeft mijn moeder en mij in de steek gelaten en nooit meer contact opgenomen. Daarom zijn we geëmigreerd. Ik ben teruggekomen in de hoop dat mijn grootmoeder zou kunnen helpen. Maar dat kan ze niet, en nu weet ik niet waar ik moet zoeken en ik heb niet veel tijd.'

Ik had medelijden met James. Hij was van de andere kant van de wereld hierheen gekomen om antwoorden te zoeken en tegen een muur aan gelopen. Ik wist hoe dat voelde. Zijn ogen keken glazig en hij begon over iets anders. 'Wat voor werk bood zuster Catherine aan in die advertentie?'

Ik fronste. 'Het was erg vaag. Er stond alleen: *Verander uw leven*. Als hij hier nou therapie kon krijgen van zuster Catherine…'

'Waarom zou Patrick therapie nodig hebben?'

'Hij is verslaafd.' Ik was zelf verbaasd over het gemak waarmee ik dat vertelde. 'En hij heeft ook nog andere psychische problemen. Mijn vader dreigde altijd dat hij hem naar een afkickcentrum zou sturen, en zuster Catherine maakte een opmerking over verloren zielen.' Ik begreep hoe raar dit klonk.

'Het spijt me van je broer, Sinead, maar ik geloof niet dat ze veel geduld zou hebben met verwarde tieners.'

Ik grijnsde. 'Ze is niet bepaald moeder Theresa, hè?'

We liepen zwijgend verder, maar nu we hadden gepraat, was dat geen probleem meer. Onder het bladerdak was de temperatuur minstens tien graden gedaald en ik kon weer ademen.

'Ik heb dit gemist,' zei James opeens.

'Echt? De zon en het strand konden niet op tegen ons natte landje?'

'Eerlijk gezegd niet,' zei hij met aandoenlijke eerlijkheid. 'Vooral de regen heb ik gemist. Soms werd ik in Melbourne wakker in de verzengende hitte, terwijl ik dacht dat ik hier was en met natte schoenen en sokken door de ochtenddauw liep en de vochtige aarde van het bos rook.'

'Je moet een idyllische kindertijd gehad hebben,' zei ik jaloers.

Hij staarde in de verte. 'Ja, dat zeggen ze. Maar ik zou het echt niet weten.'

Ik bleef met een ruk staan. 'Ben je het vergeten?'

Hij keek me ernstig aan. 'Er zit een grote leegte in mijn geheugen, waar ik niets over weet. Ik heb alleen een paar vage flarden van herinneringen, die misschien niet eens echt zijn.'

'Wat erg, James,' zei ik. Hij zag er zo verloren uit dat ik hem wilde aanraken. Ik moest mijn handen tot vuisten ballen om het niet te doen.

Hij haalde hoorbaar adem. 'Het voelt alsof mijn leven pas begonnen is toen ik in Australië aankwam. Mijn moeder heeft me wel verteld over ons leven in Benedict House, maar ik herken het niet.'

'Heeft je moeder wel eens voorgesteld om terug te gaan zodat je het weer zou herkennen?'

James schudde zijn hoofd. 'Ze weet niet eens dat ik hier ben. Anders zou ze me hebben tegengehouden.'

'Waarom wilde ze niet dat je terugging?'

'Dat hoop ik hier te ontdekken,' zei hij ernstig. 'Ik ben nu achttien, ik kan zelf besluiten nemen en kiezen waar ik naartoe ga.'

'Kom je nog een keer terug?' vroeg ik met nieuwe hoop.

'Je kunt nooit weten,' zei hij vrolijk en treurig tegelijk. Hij leunde tegen een berk en trok een paar blaadjes van een lage tak. We hadden nog niet ver gelopen, maar hij was al buiten adem. Ik vroeg me af of hij last had van de vochtigheid. Ik plofte neer op een laag roze bloesem die nog op de grond lag. Hij kwam naast me zitten.

'Voel je je wel goed?' vroeg ik.

Hij kneep zijn ogen stijf dicht, deed ze wijd open en herhaalde dit nog twee keer. 'Ja hoor. Ik word soms duizelig, sinds ik afgelopen winter de ziekte van Pfeiffer heb gehad. Ik ben uit vorm.'

'Hebben ze je bloedwaarden gecontroleerd?'

'Het is alweer een tijdje geleden,' zei hij met opgetrokken wenkbrauwen.

'Mijn vader is dokter,' legde ik uit. 'Maar ik zie hem ook nooit.' Ik ging op mijn knieën zitten, deed of ik mijn niet-bestaande mouwen opstroopte en pakte zijn pols. 'Jee, je pols is heel zwak. Geen wonder dat je je slap voelt.'

Hij glimlachte. 'Hij zou juist tekeer moeten gaan.'

Ik bekeek zijn arm tot boven zijn elleboog en zag een heleboel littekens, blauwe plekken en naaldwonden. Hij merkte het en bloosde. 'Ik was al ziek, kreeg voedselvergiftiging en kwam in het ziekenhuis terecht.'

Ik had genoeg ervaring om niet te denken dat hij verslaafd was. Toch klopte er iets niet. Sommige naaldsporen leken jaren oud. Ik keek naar zijn ogen om te controleren of zijn pupillen niet vergroot waren. Hoe was het mogelijk dat ik zijn ogen niet eerder had gezien? Echt gezien, bedoel ik. Het prachtige lichtbruin weerspiegelde het bos om ons heen en gaf er een bijna gouden tint aan. Er kwam iets omhoog in mijn keel en het ging niet weg. Ik kon niet bewegen, met mijn ogen knipperen of ademen, maar hij ook niet en een van ons moest zich uiteindelijk losmaken. Ik trok kordaat zijn onderste oogleden omlaag, alsof er niets tussen ons was gebeurd. De huid was bleek, bijna wit, in plaats van gezond roze. Van mijn vader wist ik dat dit op bloedarmoede kon wijzen.

'Je moet echt je bloed laten nakijken,' zei ik. 'Het kan best dat je een ijzertekort hebt.'

James salueerde en rolde op zijn rug. Hij staarde naar het dichte bladerdek, waartussen maar een klein stukje blauwe lucht zichtbaar was. Ik had zo'n zin om me over hem heen te buigen en hem te zoenen dat het pijn deed. Maar zijn lippen gingen een stukje van elkaar, zijn ogen knipperden en hij viel in slaap. Zijn ademhaling was nu kalm en regelmatig. Bij een ander zou ik me beledigd hebben gevoeld, maar het was duidelijk dat hij uitgeput was. Waarschijnlijk had hij nog last van een jetlag. Ik wilde mijn telefoon pakken en een foto maken van zijn gezicht, maar dat zou verraad zijn tegenover Harry.

Ik keek om me heen of er echt niemand in de buurt was, en begon vol overgave James' gezicht te bestuderen. Boven zijn prachtige bovenlip zat een litteken en op zijn kin een puistje. Ik bekeek zijn sterke kaken en volle wenkbrauwen. Zelfs zijn haarlijn fascineerde me. Als ik meer tijd had, kon ik al zijn poriën tellen en elke onvolmaaktheid van zijn huid onderzoeken. Die maakten hem alleen maar aantrekkelijker, omdat hij verder zo ontzettend mooi was. Zoals hij daar lag te slapen in de gevallen voorjaarsbloesem, met zijn gezicht naar de hemel, was hij net een engel. Als ik de bloemblaadjes een beetje bij elkaar veegde in de goede vorm, leek het zelfs of hij vleugels had.

Voor deze ene keer raceten mijn gedachten niet vooruit naar iets anders en maakte ik me geen zorgen over Patrick. Ik vond het heerlijk om naar James te kijken en na te denken over wat hij me had verteld. Hij was hier niet voor vakantie. Hij was teruggekomen naar Benedict House om zijn vader te zoeken en zich weer iets te gaan herinneren van zijn kindertijd. Af en toe ging er een schokje door hem heen en kreeg hij verdrietige rimpels in zijn voorhoofd. Toen ik ze weg wilde strijken, kreunde hij even. Zijn ogen gingen open en hij haalde diep adem.

'De witte ridder. Zelfs hier laat hij me niet met rust.'

'Wat?'

James wreef met zijn vuisten in zijn ogen. 'Een stomme droom die ik vaak heb.' Hij ging rechtop zitten. 'Over een man die helemaal in het wit gekleed is, met een rood kruis op zijn borst als een kruisvaarder of zo. Naast hem ligt een dode haas.'

'Het klinkt als een nachtmerrie.'

'Dat dacht mijn moeder ook. Ze was zo ongerust dat ze met me naar een therapeut ging.'

'En?'

Hij fronste. 'Ik kreeg de droom pas nadat we geëmigreerd waren. Volgens de therapeut was de ridder mijn vader die ik in een held had veranderd omdat ik hem verheerlijkte, en de dode haas was een symbool voor mijn gemis.'

'Het klinkt wel logisch.'

'Maar de droom is heel beangstigend zonder dat ik weet waarom. De man zegt niets en beweegt zich niet. Hij kijkt dwars door me heen. Het is om gek van te worden. En soms heb ik het gevoel dat het een vage herinnering is. Geen droom.'

Ik sloeg mijn armen om mijn knieën en voelde meteen met hem mee. 'Ik heb astma gehad en droom nog steeds van de eerste keer dat ik niet kon ademen. Ik was nog heel klein en dacht dat ik doodging.'

'Hoe oud was je?'

'Vier, of misschien vijf.'

'Vertel eens wat er is gebeurd,' zei James.

Ik keek hem aan en wendde toen mijn hoofd af. Zelfs Harry had ik nooit alles over die nacht verteld. 'Ik werd wakker uit een heel diepe slaap,' begon ik aarzelend, 'en ik wist dat er iets veranderd was in mijn kamer. Ik bleef heel stil liggen en toen moest ik vechten om lucht te krijgen.' Er kwam een raar geluid uit mijn keel en ik slikte, terwijl ik me herinnerde hoe ik zuurstof tekortkwam en met mijn vuisten om me heen sloeg. Ik staarde naar de grond. 'Gisteren beweerde mijn moeder dat ik het me allemaal had verbeeld.'

'Daar geloof ik niets van,' zei hij.

Ik wilde hem herinneren aan mijn strijd met de libellen, maar hield mijn mond. Ik was bang dat James zou denken dat ik niet goed bij mijn hoofd was en borderline had of zo.

'Het lijkt erop dat we veel gemeen hebben,' zei hij na een korte stilte. 'We missen allebei een familielid en hebben allebei vreselijke dromen.' Hij lachte. 'Misschien kunnen we elkaar helpen.'

Ik schrok een beetje. Had ik echt het belangrijkste verhaal uit mijn leven verteld aan iemand die ik pas twee dagen kende? Hoe kwam het dat ik James zo vertrouwde? Zijn voorstel om elkaar te helpen gaf me nieuwe moed. Praten met Harry was de laatste tijd zo'n worsteling. Het zou fijn zijn om een bondgenoot te hebben, iemand die net als ik in het duister om zich heen tastte. Onbegrijpelijk eigenlijk dat we allebei op hetzelfde moment op dezelfde plek op zoek waren naar antwoorden. Toch was ik vastbesloten om afstand te houden. Ik haalde nonchalant mijn schouders op.

'Vertel me nog eens wat meer over Patricks aanwijzingen,' zei hij. 'Als ze met Benedict House te maken hebben, kan ik je misschien helpen.'

Ik haalde een verkreukeld papiertje uit mijn zak, waarop ik een mindmap had gemaakt van al Patricks aanwijzingen. De laatste pijl verbond Benedict House met de eerste kerk. Ook Sint-Patricks Vagevuur en de vijfde eeuw had ik een plaats gegeven. Toen ik de vreemde afbeelding op de muur in Patricks flat beschreef, was ik een beetje bang voor James' reactie.

Maar hij keek me helemaal niet aan alsof ik gek was. 'Je moet veel van je broer houden als je dit allemaal voor hem doet,' zei hij.

'Ja,' antwoordde ik peinzend, 'maar dit is een soort afscheid. Hierna stop ik met Patrick achternalopen en voor hem zorgen. Het is tijd dat ik hem laat gaan, maar eerst moet ik zijn aanwijzingen begrijpen.'

James dacht een tijdje na. Opeens kreeg hij rimpels in zijn voorhoofd. Hij prevelde iets in zichzelf en stond op. 'Ga je mee, Sinead?'

'Waarheen?'

'Er is een tempel die ik je wil laten zien.'

Hij stak een hand uit en ik pakte hem vast. We keken elkaar aan, en daar gingen al mijn goede voornemens. Mijn hart bleef bijna stilstaan en op dat moment zou ik hem overal zijn gevolgd, tot de uithoeken van de aarde.

18

We liepen naast elkaar door het bos, struikelden over boomwortels en kregen takken in ons gezicht omdat het maar een smal paadje was. Maar ik klaagde niet, want ik wilde niet dat James mijn hand losliet.

'Ik dacht dat ze hem hadden afgebroken,' zei hij terwijl hij sneller ging lopen. 'Vroeger was hier een open plek en kon je de tempel vanuit het huis zien. Dat is iets wat ik me herinner.'

Ik keek verbaasd om me heen. De bomen zagen er oud uit en ik wilde James vragen hoe ze zo hard gegroeid konden zijn in de acht zomers dat hij weg was. Maar waarschijnlijk vergiste hij zich gewoon. Toen hij wegging was hij een jongetje, en nu een man. Dan ziet alles er anders uit. Hij bleef met een ruk staan, en ik ook. Ik volgde zijn blik en ontdekte de indrukwekkende grijze stenen van een rechthoekig gebouw met klassieke zuilen die aan de bovenkant versierd waren met laurierbladeren. Maar het was overwoekerd alsof het bos het had opgeëist. Klimop kronkelde als reusachtige slangen rond de zuilen en over het glazen koepeldak dat schitterde in het licht. Na mijn eerste bezoek aan Benedict House werd ik zenuwachtig van al te overdadige begroeiing. Een omgevallen boom vlak naast ons maakte dat niet beter. Hij was bedekt met klimop, die vanaf de stam over de takken groeide alsof het tentakels waren die me wilden grijpen.

'Wow. Andere mensen hebben een zomerhuisje of misschien een tuinkamer. Jullie hebben een tempel.'

'Ja, maar kijk wat erop geschreven staat.'

Ik keek omhoog langs de zware stenen. Bovenaan waren letters uitgehouwen en ik kon één woord lezen: GLORIA. De rest was verdwenen onder de donkergroene bladeren, maar ik kon raden wat er stond.

'Sic transit gloria mundi – zo vergaat aardse glorie,' zei ik, en ik ademde langzaam uit. Patrick! Ik voelde dat hij me weer naar zich toe probeerde te trekken. Hij moest hier op dezelfde plek hebben gestaan, terwijl hij nadacht over zijn volgende zet of uitdaging voor mij. Opeens leek het bos echt vijandig, alsof het akelige bedoelingen had. Ik begon te geloven dat dit geen spel was en dat Patrick me kwaad wilde doen.

'Denk je dat je broer hier is geweest, Sinead?'

Ik knikte.

'Dan moeten we het onderzoeken,' zei James kalm.

Het was donker binnen en ik sperde mijn ogen wijd open om beter te kunnen zien. Ik liep voorzichtig omdat de vloer bedekt was met rotte bladeren, gras en bessen. In strenge winters hadden hier vast veel dieren een schuilplaats gezocht. Overal stonden stenen sokkels van verschillende hoogten.

'De tempel was een eerbetoon aan de Griekse cultuur,' legde James uit. 'Dit was een tentoonstelling van marmeren beelden, maar die hebben ze aan een museum geschonken.'

Voordat de bomen en klimplanten alles overwoekerden, moest het hier prachtig geweest zijn als het licht door de koepel naar binnen stroomde en op het witte marmer scheen. De enige versiering die ik nu nog zag, was een muurschildering die me deed denken aan kunst uit de steentijd.

'Wat is dat?' vroeg ik.

'Het verhaal van de onderwereld. Dit is koning Hades met zijn vrouw Persephone.'

Ik streek met mijn vingers over de afbeeldingen, die op sommige plaatsen waren aangetast door de tijd. De steensoort was poreus en brokkelig.

'Kun je er iets mee, Sinead?'

'De onderwereld en de grot die geopenbaard is aan Sint-Patrick,' begon ik vooral tegen mezelf. 'Dat zijn allebei visioenen van het hiernamaals. Het ene heidens en het andere christelijk. Patrick met zijn rare manier van denken zal wel allerlei verbanden zien, maar ik niet. En al dat gepraat over de tijd die voorbij vliegt... Het lijkt juist of de tijd hier langzamer gaat.'

'De tijd kan niet langzamer gaan,' zei James, maar het klonk alsof hij wilde dat hij ongelijk had.

Ik keek weer om me heen en wist niet goed waarom ik zo'n afkeer had van deze tempel. Het was een decadent overblijfsel uit een voorbije tijd, maar ook de lege ruimte had iets griezeligs. Net toen ik naar buiten wilde lopen, ontdekte ik op een van de sokkels een paar takken die zorgvuldig in een driehoek waren gelegd, zodat ik wist dat ze niet door de wind naar binnen geblazen waren. Ik pakte er een op en zag dat hij was afgesneden met een mes. Ik voelde zweet onder aan mijn rug en probeerde mijn stem kalm te laten klinken. 'Dit is een teken van Patrick.'

'Je kunt overal wel tekens in zien,' zei James zacht.

'Het is een geheim teken,' hield ik vol. 'Vroeger, als mijn ouders ruzie hadden gehad of boos waren op mij, legde Patrick als waarschuwing een driehoek van takken bij de voordeur. Dat is een internationaal noodsignaal. Patrick had het geleerd op de padvinderij.'

'Wat betekent het?'

'Het is een sos.'

James trok zijn wenkbrauwen op. '*Save Our Souls.*'

Ik huiverde in het halfduister van de tempel. Ik trok James mee naar buiten en sloeg mijn handen voor mijn gezicht. 'Al die aanwijzingen zijn zo ziekelijk en Patrick heeft echt psychische problemen, maar zolang ik hem volg is hij veilig, denk ik. Ik weet niet waarom hij dit allemaal doet en waarom zuster Catherine me niet meer wil vertellen, maar ik heb het gevoel dat ik dichter bij het antwoord kom.'

James keek omhoog alsof hij verwachtte dat het antwoord uit de lucht zou komen vallen. 'Ik kan geen andere aanwijzingen bedenken, Sinead.'

Ik was teleurgesteld, maar wilde dat niet laten merken. 'Je hebt me al een heel eind geholpen. Je hebt me verteld dat Benedict House eerst een kerk was, en in mijn eentje zou ik de tempel nooit hebben gevonden. Ik was van plan zuster Catherine te volgen…'

'Dat heeft geen zin,' zei hij. 'Ze maakt elke dag dezelfde wandeling, dag in dag uit. Om gek van te worden.'

Ik zuchtte. 'Nou ja, misschien kun je morgen de sleutel voor me proberen op de deuren boven in het huis. Zo ver ben ik nog niet gekomen.'

James knikte meteen, alsof het een heel normale vraag was. Hij keek weer omhoog naar de Latijnse woorden.

'Je herkende het opschrift, James.'

'Het is heel raar,' zei hij. 'Ik ken de weg in het huis en op het terrein, en ik herinner me hoe het landschap veranderde door de jaargetijden.' Hij zweeg even. 'Vooral in de herfst is het bos ongelooflijk mooi, als de bladeren afsterven met een laatste uitbarsting van kleuren.' Hij knipperde met zijn ogen. 'Maar de rest is… vechten tegen schaduwen.'

Ik probeerde hem gerust te stellen. 'Nu je weer thuis bent, ga je je vast meer herinneren. Je moeder heeft toch ook wel geholpen om de lege plekken in te vullen?'

'Ja, ze heeft me verteld dat mijn vader en ik onafscheidelijk waren en altijd samen over het terrein zwierven om mannendingen te doen.'

'Wat zei de therapeut over je geheugenverlies?'

Hij zuchtte. 'Dat het waarschijnlijk een trauma was, omdat ik mijn vrienden, familie en de plek waar ik was opgegroeid had moeten verlaten. Het is vreemd: ik ben de afgelopen acht jaar iemand geweest, maar ik weet niet eens of ik dat wel echt ben.'

'Geheugenverlies verandert je persoonlijkheid niet,' probeerde ik hem te overtuigen. 'Je innerlijk blijft hetzelfde.'

James haalde een verkleurde foto uit zijn zak en gaf hem aan mij. Er stond een vrij jonge, goed geklede man op, voor een rode twoseater. Hij hoefde me niet te vertellen dat het zijn vader was, want ze leken erg op elkaar. Ze hadden dezelfde botstructuur, haarlijn en houding. Maar in de glimlach van zijn vader zag ik arrogantie en zelfs minachting, die ik van James niet kende. En de blik in de ogen gaf me een akelig gevoel.

'Ik probeer me in te leven in mijn vader,' zei hij met een treurig lachje. 'Daarom heb ik die oldtimer gehuurd.'

'En, heb je je daardoor iets herinnerd?'

Hij rolde met zijn ogen. 'Alleen dat hij als een duivel reed. Ik heb me vaak moeten inhouden om hem niet na te doen.'

Ik dacht aan mijn eigen ritje bij hem in de auto en glimlachte vaag. Ik wist dat we terug moesten, maar ik vond het fijn om samen te zijn en ik wilde James helpen. Ik vroeg me af wat we met die droom van hem konden doen.

'Wil je iets voor me proberen?' vroeg ik.

'Wat?'

Ik keek omlaag naar de verende bosgrond. 'Ga eens liggen.'

James vroeg niet waarom. Hij leek bijna blij dat het mocht. De grond was bedekt met een verend kussen van plantenstengels. Ik knielde naast hem en trok afwezig aan een stengel omdat ik me afvroeg hoe vast hij zat. Ik zei tegen James dat hij zijn ogen dicht moest doen, en wachtte tot hij rustig lag. Toen legde ik mijn handen op zijn ogen. Zijn wimpers knipperden tegen mijn handpalmen.

'Ik was vroeger heel bang voor het donker,' zei ik, 'maar ik mocht van mijn moeder geen lampje laten branden. Ik lag urenlang wakker en doordat ik niets kon zien, hoorde en rook ik alles veel sterker. Daarom herinner ik me zoveel over de nacht dat ik ziek werd. Misschien werkt dat ook voor jou.'

'Je gebruikt me als proefkonijn,' zei James met een glimlach.

Ik drukte mijn handen steviger op zijn ogen. 'Blijf stil liggen en laat je gedachten los terwijl je zintuigen hun werk doen.'

Ik wachtte een paar minuten en lette goed op de uitdrukking van zijn gezicht. Eerst keek hij geamuseerd, maar daarna ernstiger en ten slotte echt geconcentreerd.

'Ik ruik brandend hout,' zei hij en streek met zijn tong over zijn lippen. 'Ik hoor vogels met hun vleugels klapperen, en iemand die door dorre bladeren loopt. Het zijn zware voetstappen. Ze komen dichterbij en een vrouw huilt.' Hij kromp ineen. 'Ik voel warme adem in mijn nek, een hond hijgt en kwijlt in mijn nek. Er klinkt gegil. Het lijkt op een dier dat pijn heeft, heel hoog en wanhopig.'

James' ogen gingen plotseling open en hij staarde me aan alsof hij me niet kende. 'Ik was hier en herkende de hond van mijn vader. Cerberus.'

'Cerberus?'

'Zo heet het driekoppige beest dat de ingang van de onderwereld bewaakte,' zei hij terwijl hij rechtop ging zitten. 'Dat was een grap van mijn vader. Hij gebruikte hem vooral als waakhond, maar ze waren dol op elkaar.' Opeens zweeg hij.

'Herinner je je nog meer?'

Hij schudde geërgerd zijn hoofd. 'De rest is schimmig… gedaanten in de mist. Het voelt alsof ik gevangenzit in een soort tussenland.'

'Waartussen?'

'Werkelijkheid en waan,' zei hij vlak.

Ik kneep hem even in zijn schouder en hielp hem overeind. We liepen samen terug naar het huis en ik hoopte dat hij mijn hand weer zou vastpakken, maar hij leek ver weg, diep in gedachten. Met een droevig glimlachje liet hij me alleen, nadat hij beloofd had de volgende dag langs te komen om Patricks sleutel te halen. Ik verwachtte dat zuster Catherine me op mijn kop zou geven, maar ze leek niet erg geïnteresseerd.

'Ik ben nog steeds op zoek naar Patrick,' zei ik bijna uitdagend. 'Ik heb nieuwe aanwijzingen gevonden dat hij hier is geweest.'

Ze staarde recht voor zich uit en reageerde niet.

'U kunt niet verwachten dat ik twee weken doorwerk zonder dat u me wat meer vertelt.'

Even dacht ik dat ik een spoor van een glimlach rond haar lippen zag.

'Doe nou maar je best om te bewijzen dat je de volharding hebt die hiervoor nodig is.'

'Ik heb genoeg volharding om Patrick te vinden,' kaatste ik terug.

Ze rimpelde haar neus. 'Misschien zou je je moeten afvragen of je hier wel op de goede plek bent. Heb je de juiste eigenschappen om in Benedict House te blijven?'

'Blijven?' riep ik ontzet uit. 'Ik ben hier alleen omdat ik Patricks spoor volg. Ik blijf geen minuut langer dan nodig. Ik ben geen gevangene. Ik kan nu meteen weggaan en nooit meer omkijken.'

Haar reactie was volstrekt onverwacht. Ze greep mijn arm en haar knokige vingers deden me pijn. 'Als je vindt wat je hart begeert, kijk dan niet om, Sinead. Kijk nooit om.'

Alsof ze bang was dat ze te veel had gezegd, legde ze een vinger op haar lippen en liep snel weg. Ik probeerde haar vreemde opmerking uit mijn hoofd te zetten. Tegen de tijd dat ik klaar was met het schoonmaken van de zitkamer, waren mijn benen slap van vermoeidheid, en ik kon amper mijn hoofd overeind houden. Ik zei mijn afspraak met Harry af, omdat ik er behoefte aan had om in mijn eentje wat bij te komen en na te denken over die dag. Mijn avondmaal was een treurige magnetronmaaltijd voor één persoon, die ik in een winkel op de hoek had gekocht en die bestond uit anoniem vlees in een of andere saus. Het zag eruit als gekruide stijfsel en smaakte ook zo.

Ik belde mijn moeder om haar ervan te overtuigen dat ik vorderingen maakte en dat Patrick in Benedict House was geweest. Ze was nog steeds niet naar de politie geweest om aangifte te doen. Het leek wel alsof ze zo in Patricks spel geloofde dat ik voor haar de enige was die hem kon vinden. Ik dacht weer na over Patricks aanwijzingen en mijn pogingen om James te helpen, maar ik herinnerde me telkens mijn hallucinaties over vleesetende planten en woedende libellen. Ik had nog nooit van mijn leven een libel gezien en nu werd ik opeens door honderden aangevallen.

Ik googelde op 'libel' en verbaasde me over de vele namen die ze hadden, vaak met een akelige klank: rombout, paardenbijter, pantserjuffer, glassnijder. Volgens oud bijgeloof kon een libel je ogen uitpikken of je oogleden aan elkaar naaien. In Zweden dachten de mensen vroeger dat de duivel libellen als gewicht gebruikte om je ziel te wegen. Als er een rond je hoofd vloog was hij dat aan het doen.

Het leek wel of Benedict House iets deed met mijn psyche, en dan had zuster Catherine ook nog rare dingen gezegd over daar blijven. Alsof iemand een minuut langer zou willen blijven dan onvermijdelijk was. Ik probeerde het uit mijn hoofd te zetten, maar het lukte niet. Haar bezeten stem echode nog als een orakel door mijn hoofd: *Als je vindt wat je hart begeert, kijk dan niet om, Sinead. Kijk nooit om.*

19

James' irissen leken vandaag op gesmolten karamel en zijn pupillen waren grote zwarte gaten. Telkens als ik hem zag moest ik voorkomen dat mijn hart ging fladderen als een gevangen vlinder. Hij nam de sleutel van me aan en stopte hem in zijn zak.

'Heb je plannen voor vandaag?' vroeg ik zo nonchalant mogelijk.

'Ik ga straks naar het dorp om met een paar families te praten die ik vroeger kende. Ik hoop dat iemand zich iets herinnert over mijn vader of mij. Misschien ontdek ik wel wie ik was.'

Ik glimlachte bemoedigend. 'Goed idee.'

'Heb jij nog nieuwe ideeën over Patrick?'

Ik trok een scheve mond. 'Ik vroeg me af of het huis een souterrain heeft. Patrick had het over *zielen onder de aarde die om verlossing roepen*.'

James schudde zijn hoofd. 'Ik ken elke centimeter van het huis en er zijn geen ondergrondse kamers.'

'Als Patrick met zijn sos "red onze zielen" bedoelt, sluit dat aan bij Benedict House dat eerst een kerk is geweest,' ging ik verder. 'Is er misschien een deel van het huis dat heiliger is dan de rest? Iets in de geschiedenis ervan?'

James keek verrast op en staarde me aan. 'Ja, er is een speciale plek.'

Mijn hart begon sneller te kloppen. 'Waar?'

'Benedict House heeft een eigen schuilplaats voor priesters. Heb je daar wel eens van gehoord?'

Ik zette met gespeelde verontwaardiging mijn handen op mijn heupen. 'Mijn moeder is katholiek en Iers. Natuurlijk heb ik ervan gehoord. Tijdens de Reformatie werden er in sommige huizen schuilplaatsen gebouwd waar katholieke priesters zich konden verstoppen als ze in gevaar waren.'

'Dat zou toch kloppen? Een plaats van boetedoening, red onze zielen.'

'Wanneer kunnen we gaan kijken?' vroeg ik met grote ogen.

'We moeten wachten tot we zeker weten dat zuster Catherine niet terug-komt.'

'Waarom?'

Zijn wenkbrauwen schoten omhoog. 'Omdat zij zich de schuilplaats heeft toegeëigend.'

Ik keek zenuwachtig om me heen, maar James probeerde me ervan te overtuigen dat we alleen waren.

'Het is oké, Sinead. Zuster Catherine gaat elke dag op hetzelfde tijdstip meer dan een halfuur naar mijn grootmoeder.'

'Ze heeft iets met tijd, hè?' zei ik, en ik wist dat het ook op mezelf kon slaan. 'Ze doet alles zo precies en regelmatig, alsof het belangrijk is.'

'Mijn grootmoeder heeft me verteld dat ze uit een gesloten orde komt waar ze de buitenwereld mijden en de hele tijd bidden. Ze staat om vier uur op en begint haar wandeling in het donker.'

'Echt? Hoe ziet ze dan waar ze loopt?'

James haalde zijn schouders op. 'Ze kent het terrein zo goed dat ze het misschien wel met haar ogen dicht kan. Maak je niet te druk over zuster Catherine. Volgens mij heeft ze een goed hart.'

Mijn bovenlip krulde, omdat ik weinig goeds kon ontdekken aan mijn zure naamgenote. Ik richtte mijn aandacht op James. De laatste uren voor ik hem weer zou zien, hadden eindeloos geduurd. Naast zijn mond zat een vlekje van de lunch en ik wilde mijn hand uitsteken om het weg te vegen. Hij rook naar appel of vruchtensap en ik haalde diep adem. Ik voelde me zo tot hem aangetrokken, ook al probeerde ik me ertegen te verzetten. Kwam het doordat hij onbereikbaar was en terugging naar een ander werelddeel? Dat geloofde ik eigenlijk niet. Hij was meer dan alleen zijn onbekommerde, flirtende buitenkant. Hij merkte dingen op die de meeste mensen niet za-gen, met ogen die diep in mijn ziel leken te kijken.

Ik stond ongeduldig te trappelen. 'Oké, waar is het?'

James glimlachte raadselachtig en liep recht naar de verborgen deur in de gang. Ik liep met hem mee naar binnen en we stonden bijna tegen elkaar aan in de kleine ruimte.

'Ik wist dat er iets raars was aan deze plek,' zei ik. 'Zuster Catherine is hier urenlang, maar toen ik stiekem ging kijken, vond ik een dichtgemetselde doorgang.'

James keek me ondeugend aan en hurkte langzaam om de houten lambrisering te onderzoeken. Er klonk een knarsend geluid en een van de panelen schoof omhoog. Daarachter was een open ruimte.

'Kom mee,' zei James. 'Elk oud huis moet een geheime trap hebben.'

Ik voelde een tinteling van opwinding toen ik achter James aan liep. Hij rende als een klein jongetje met zijn voeten naar buiten luidruchtig de trap op. We kwamen zo hoog dat we volgens mij bijna bij het dak waren. Ik vroeg me af of een oude vrouw als zuster Catherine geen moeite had met deze trap. Maar één raadsel werd voor me opgelost: er moest ergens een ventilatiegat zijn, want ik voelde een luchtstroom en hoorde een ruisend geluid dat het vreemde zuchten zou kunnen verklaren.

Rechts van ons was weer een kleine deur. Mijn ogen zochten automatisch naar een sleutelgat. Ik keek James vragend aan en hij stapte opzij om mij voor te laten gaan. Ik liep aarzelend naar binnen. In de kamer stond niet veel meer dan een eenvoudig bed, een ladekast en een rechte stoel. Over de leuning van de stoel hing een habijt klaar. Alles was wit geschilderd en de gesteven beddenlakens waren strak ingestopt zonder ook maar één vouw. Recht voor ons was een fantastisch geschilderde trompe-l'oeil van een boograam waardoor een meisje met kort donker haar te zien was dat bij een meer stond en naar de lucht keek. Ze hield haar handen omhoog terwijl er een zwerm duiven opvloog. De hele schildering werd verlicht door een halve zon waarvan de stralen vervaagden voor ze het meisje bereikten. Ik was diep onder de indruk. Het was bizar om zoiets moois te verbergen. De enige andere versiering in de kamer was een icoon van Sint-Catharina van Genua.

'Slaapt zuster Catherine hier?' vroeg ik, hoewel ik het antwoord wel wist. 'Kruipt ze liever weg in dit kamertje, terwijl ze het hele huis tot haar beschikking heeft?'

'Blijkbaar,' zei James.

De lege kamer deed me aan Patricks slaapkamer denken na de grote opruiming. Ik krabde peinzend aan mijn neus.

'Na Patricks verdwijning was zijn flat opeens ontzettend schoon en netjes. Oogverblindend gewoon. Hoe verklaar jij dat?'

James haalde zijn schouders op. 'Hij wil een nieuwe start maken door de rotzooi op te ruimen in zijn flat, en misschien ook in zichzelf.'

'Dat dacht Harry ook, maar ik kon het niet geloven. Patrick die een ander mens wil worden?'

'Laten we het hopen,' zei James.

'Ik heb nog steeds geen idee waar hij kan zijn,' zei ik spijtig. 'Deze schuilplaats voor priesters is prachtig, maar ik geloof niet dat Patrick hier is geweest.'

'Dit is niet de echte schuilplaats, Sinead. Het was de bedoeling dat het leek op een kamer voor het personeel.'

Ik fronste. 'Waar is de schuilplaats dan?'

James stak een hand uit naar de muur. Ik hoorde een soort metalen klik en hij draaide me aan mijn schouders de goede kant op, met een gezicht als een jongen die zijn geheime hut laat zien. Achter de muurschildering was een holte die net groot genoeg was voor een volwassene om weg te kruipen. Ik zocht naar een aanwijzing van Patrick, maar er was niets. Ondanks mijn teleurstelling had ik bewondering voor de manier waarop de holte was weggewerkt in de dikke muur. De schildering was aangebracht op een dik houten schot, dat heel knap de grendels verborg, die in de muur pasten. Grijnzend kroop James in het gat en ik vroeg me af hoe vaak hij dit als kind had gedaan. Het was een fantastische verstopplaats. Ik kon het niet laten om hem op te sluiten.

'Blijf daar maar tot zuster Catherine komt,' riep ik lachend.

Ik kon niet verstaan wat James terugzei, maar het klonk alsof hij het niet leuk vond. Hij begon zo hard op het hout te bonzen dat ik begreep dat er iets mis was. Ik probeerde snel de grendels open te schuiven, maar mijn vingers waren bezweet en het lukte niet meteen. Door zijn paniek kostte het me nog meer moeite. Ik schrok toen ik hem zag. Hij had zich heel klein gemaakt, met zijn handen over zijn hoofd.

'Het spijt me, James. Het was een stom grapje.'

Met een grauw gezicht klom hij eruit. Hij ademde snel en ik zag dat hij beefde. 'Ik heb soms last van claustrofobie,' mompelde hij verlegen. 'Ik herinnerde me opeens hoe vreselijk ik het vond om daarin te zitten, maar het was te laat. Je had me al opgesloten.'

Ik zei nog eens dat het me speet, en kon mezelf wel schoppen omdat ik zo bot was geweest. Eigenlijk was het gevaarlijk dat de schuilplaats niet van binnenuit kon worden geopend. Toen ik het hol weer dichtdeed, zag ik op de houten achterkant van de schildering diepe krassen alsof iemand eraan gekrabd had om zichzelf te bevrijden. Ik rilde. James stond al buiten de kamer, alsof hij geen moment langer wilde blijven. Ik keek even rond om te zien of alles nog op zijn plaats stond. Mijn blik bleef rusten op het vriendelijke gezicht van Sint-Catharina, met de glinsterende gouden halo rond haar bescheiden gebogen hoofd. Ik zuchtte zacht. Aan niets was te zien dat Patrick hier was geweest.

Ik liep achter James aan, de trap af. Hij had net de lambrisering in de kast op zijn plaats geschoven toen we duidelijk voetstappen hoorden. Ik verstijfde en keek of er een plek was waar we ons konden verstoppen. James duwde me in een hoek achter twee dikke jassen die daar hingen, maar onze benen waren nog zichtbaar. James merkte het ook. Hij draaide zich half om en trok me naar zich toe tot onze gezichten elkaar raakten, met onze lippen bijna tegen elkaar. Ik voelde zijn hart kloppen. Hoewel ik trilde van de zenuwen, was ik vastbesloten van elke seconde te genieten. Er scheen een smalle lichtstraal naar binnen, blijkbaar was de deur een klein stukje geopend. Ik durfde niet te kijken en deed mijn ogen dicht. Zuster Catherine had geen geluid meer gemaakt en stond vast verbijsterd te wachten tot we tevoorschijn kwamen. Ik had één troost: als ze me hier voor eeuwig zou opsluiten, was ik samen met James.

Goed opletten, Sinead. Zo dicht bij hem kom je misschien nooit meer.

Ik hield mijn ogen zo stijf dicht dat ik alleen nog sterretjes zag, maar ik rook en voelde hem wel. Ik proefde hem zelfs, want zijn vinger rustte nog op mijn onderlip. Sara had me gevraagd wat ik ging doen met alle tijd die ik zo fanatiek spaarde, en nu had ik het antwoord: hier bij James blijven, zonder ooit nog te hoeven bewegen of praten. Dit was hemels.

Er klonk vaag gestommel en geritsel, en toen duidelijke voetstappen op de houten trap. Het was ongelooflijk: zuster Catherine was weg en had ons niet gezien. Ik deed mijn ogen open en keek recht in die van James. We waren zo dicht bij elkaar dat zijn wimpers mijn gezicht raakten. We bleven nog even staan. Het gaf me een veilig gevoel en ik werd minder zenuwachtig. Ik voelde zijn warme adem in mijn mond. James liet zijn vinger langs mijn kin omlaag glijden tot in mijn hals. Verlangend deed ik mijn ogen dicht en wachtte tot hij me zou zoenen. Maar er gebeurde niets. Langzaam stak ik mijn hand uit en voelde ruwe stof zonder lichaam erin. Ik opende knipperend mijn ogen en vroeg me af hoe het kon dat ik daar in mijn eentje stond en naar een dikke winterjas tastte. Ik had James niet horen weglopen.

'Schiet op, Sinead,' fluisterde hij van buiten de schoenenkast. 'We moeten hier weg voor ze terugkomt.'

Je tuitte je lippen. Je tuitte je lippen naar hem en hij ging ervandoor.

Terwijl ik als een bezetene trapte om Benedict House zo snel mogelijk ver achter me te laten, werd ik om beurten warm en koud als ik eraan dacht. Ik bood me aan en hij liep weg. Ik zag mezelf met ogen dicht, getuite lippen, naar hem toe gebogen, klaar om me in zijn armen te storten – een zielige vertoning. Het liefste zou ik diep wegkruipen in een grot. *Je tuitte je lippen,* schreeuwde ik geluidloos naar een vrachtauto die me hard voorbijreed zodat ik gevaarlijk heen en weer slingerde in zijn slipstream. Mijn gezicht gloeide alsof ik een gruwelijke uitslag had.

Daarom wilde je nooit een date hebben, hield je jongens op afstand of behandelde je ze als vrienden. Binnen een week heb je het totaal verprutst met twee jongens. Bij de ene heb je jezelf voor gek gezet en de andere heb je onvergeeflijk gekwetst.

Ik vond het zo vreselijk dat ik niet eens mijn telefoon beantwoordde of mijn moeder op de hoogte bracht. Toen ik ten slotte toch keek, had ik twaalf gemiste oproepen. Het leek wel of alles verkeerd ging. Ik had geen nieuwe aanwijzingen van Patrick meer gevonden en het enige wat James had ontdekt over zijn verleden, was dat hij last had van claustrofobie. Het was makkelijk om Harry niet terug te bellen, maar mijn moeder gaf het niet op. Ten slotte was ik gedwongen om te antwoorden, met pijn in mijn buik.

'Sorry, mama, ik had geen bereik.'

'Ik heb gedroomd over Patrick,' zei ze in tranen. 'Hij was nog een klein jongetje en we waren samen in de stad, maar ik liet zijn hand los en toen kon ik hem niet meer vinden. Het was afschuwelijk. Ik weet wat mijn onbewuste me probeert te vertellen: ik heb mijn enige zoon aan zijn lot overgelaten. Hij is daar ergens buiten, alleen en onbeschermd, een schaap tussen de wolven.'

'Het spijt me,' mompelde ik. 'Ik geloof dat ik dichterbij kom. Hij wil gevonden worden, mama. Dat weet ik nu. Hij helpt me.'

'Het is een wanhoopskreet,' ging ze verder. 'Patrick is zo begaafd. Dat is een deel van zijn probleem. Hij kan niet gewoon zijn. We mogen niet van hem verwachten dat hij een leven leidt als ieder ander. Als hij weer thuis is, moeten we een manier vinden voor hem om iets te doen met zijn uitzonderlijke gaven.'

Ik luisterde niet meer toen ze al zijn gaven ging opsommen, alsof ik ze niet al lang uit mijn hoofd kende. Ze eindigde met haar vaste refrein: 'Stel me niet teleur, Sinead.'

'Nee hoor,' antwoordde ik gedachteloos.

20

De volgende ochtend mocht ik de sombere studeerkamer schoonmaken. Mijn stemming was er niet beter op geworden en zuster Catherine kreeg me toch altijd nijdig. Ze kon niets weten over mijn enge hallucinaties, maar met haar gedrag wilde ze me beslist bang maken. Ik was vastbesloten haar te laten merken dat het niet zou lukken.

'Ik vind het helemaal niet eng hier,' zei ik. 'En ik kan al die uithoudingstests van u doorstaan, en ook de andere rare dingen die hier gebeuren. Ik ga hiermee door tot ik weet waar Patrick is.'

'Er is hier geen gevaar, Sinead,' antwoordde ze. 'Ik ben blij dat je niet bang bent. Het enige wat je moet vrezen is de angst zelf.'

'Heel diepzinnig,' mompelde ik in mezelf.

Zuster Catherine had het blijkbaar verstaan. 'Heb je liever dat ik zeg dat je je angsten onder ogen moet zien? Dat je niet meer kunt weglopen?'

Ik keek haar woedend aan om te laten merken hoe ze me ergerde, maar even gleed er iets over haar gezicht wat op vertedering leek. Het verdween snel. 'Ga nu maar aan het werk,' zei ze kortaf.

Ik bekeek de studeerkamer. Aan de muur hingen twee sombere olieverfschilderijen in gouden lijsten. Het ene was een jachttafereel met een heleboel mannen in rode jassen, die op paarden achter een vos aan zaten, terwijl de jachtmeester op een hoorn blies. Het andere schilderij was kleiner en stelde een hond voor met een dode fazant in zijn bek en naast hem op de grond een haas die bloedde uit zijn wonden. Ik werkte de hele ochtend en was zenuwachtig bij het idee dat ik James weer zou zien, maar de uren kropen voorbij en hij kwam niet naar me toe. Ik vond het naar. Ik had echt gedacht dat hij me wilde helpen. Maar dat was voordat ik met hem wilde zoenen.

Na de lunch liep ik met lood in mijn schoenen het bos in, naar de tempel. Het was de laatste plek waar Patrick beslist was geweest, en ik kon niets anders bedenken dan daarnaar teruggaan. In het begin was ik bang geweest om te verdwalen, maar nu kon ik zien dat het landgoed cirkelvormig was. Als ik de richting kwijtraakte hoefde ik alleen de bosmuur te zoeken. Onder het lopen herkende ik plekken en ik dacht eraan hoe vanzelfsprekend het voelde toen James gisteren mijn hand had vastgepakt. Ik schrok toen ik iemand in het gras zag liggen. Het zonlicht scheen op zijn blonde haren. Dat moest James zijn, maar hij bewoog zich niet. Ik kreeg het ijskoud. Met een droge mond van angst kwam ik dichterbij. Toen ik zag dat hij zijn ogen open had en dat zijn borst op en neer bewoog, ging er een golf van opluchting door me heen.

'James, je liet me schrikken.'

'O ja?'

Hij keek heel verdrietig, met doffe ogen, en zijn mondhoeken hingen omlaag.

'Wat is er?' vroeg ik.

Hij wuifde met zijn arm. 'Kun je het zelf niet zien? Het is deze plek. Er is hier iets verborgen wat alle schoonheid vernietigt.'

Dit had ik helemaal niet verwacht, maar toen ik om me heen keek, zag ik wat hij bedoelde. Oppervlakkig leek alles in groei en bloei, met het groene bladerdek van de bomen dat ons beschutte, maar daaronder rukte een leger van onkruid op met ondergrondse wortels en verwoestte alles wat het tegenkwam.

Hij staarde naar een grote eik. 'Er is me nog iets anders te binnen geschoten, Sinead. Ik herinner me hoe dodelijk het landgoed kan zijn.' Hij hield zijn handen op en in elk lag een witte paddenstoel met een groenig waas. Hij keek me aandachtig aan. 'De ene is eetbaar, een gewone wilde champignon, maar de andere is een groene knolzwam, de giftigste paddenstoel die er bestaat. Als je die eet, ben je binnen vierentwintig uur dood.'

'Dat kun je niet zo zeker weten.'

'Jawel,' hield hij vol. 'Ze lijken veel op elkaar, maar de groene knolzwam heeft een opvallende geur, als de bloemblaadjes van een roos.'

'De bloemblaadjes van een roos,' herhaalde ik zacht.

'Geloof je me nog steeds niet?' James bracht een van de paddenstoelen langzaam naar zijn mond. Ik keek gebiologeerd toe en dacht dat hij een grapje maakte, tot hij zijn mond opendeed en de paddenstoel boven zijn uitgestoken tong hield.

'Wat doe je nou?' gilde ik, en ik sloeg de paddenstoel uit zijn hand. 'Ik geloof je. Doe niet zo stom!'

James liet zich achterover zakken en keek met een raadselachtige glimlach naar me op. 'Dan kan ik in jouw armen sterven, Sinead.'

'Ik heb liever dat je blijft leven,' zei ik zo gewoon mogelijk. 'Het zou een vreselijke langzame en pijnlijke dood zijn.'

Hij verstrengelde zijn handen onder zijn hoofd. 'Ik weet wel ergere manieren… nog langzamer, veel pijnlijker, tot je smeekt om nooit meer een zonsopgang te hoeven meemaken.'

Ik werd woedend. Hoe kon hij zoiets zeggen? 'Ik zou nooit een eind aan mijn leven willen maken,' zei ik. 'Daarvoor is het veel te kostbaar. Al je tijd is kostbaar.'

James' hoofd zakte opzij en ik merkte dat ik hem ondersteboven aankeek. Maar ook zo was hij mooi. 'Tijd is alleen kostbaar als hij opraakt, Sinead.'

'Wat is er met je?' vroeg ik weer. 'Is er iets gebeurd in het dorp?'

Hij zuchtte. 'Nee, er is niets gebeurd in het dorp. Dat is het juist. Iedereen met wie ik praatte, zei dat mijn vader een soort heilige was. Alle mensen hielden van hem, hij was een geweldige squire, een vriend, een gulle Kerstman bijna. O ja, en hij en mijn moeder waren dolgelukkig samen.'

'Misschien is het waar. Waarom zouden ze liegen?'

'Omdat ze me niet willen kwetsen. Maar ik weet dat ze liegen. Ze kunnen me niet aankijken als ze het zeggen.' Hij trok een verdrietig gezicht. 'Weet je, ik ben naar huis gekomen om mijn held, de witte ridder, te vinden en nu ben ik bang voor wat er gebeurt. Ik ben bang voor mijn eigen psyche, de duistere plekken waar het kwaad loert.'

'Zulke plekken hebben we allemaal,' zei ik geruststellend. 'Misschien is je psyche in de war en wil je je vader straffen omdat hij je in de steek heeft gelaten?'

James' ademhaling haperde hoorbaar en ik begreep hoe moeilijk dit voor hem was. 'Toen je me opsloot in die schuilplaats, was ik weer een kleine jongen. Ik rook iets op mijn kleren waarvan ik bijna moest overgeven… whisky en sigaretten… de geur drong in mijn neus en ik snakte naar adem. Ik denk dat het zijn geur was. Hij sloot me daar op, in het donker, en ik klauwde naar het hout tot mijn vingers bloedden, maar kon er niet uit komen.'

'Dat herinner je je toch niet?'

James schudde zijn hoofd.

'Misschien heeft een vriendje van je het een keer per ongeluk gedaan, of voor de grap zoals ik.'

Hij staarde met grote ogen vol ontzetting voor zich uit. 'Er is nog iets. Gisteren in het bos, toen je mijn ogen bedekte, was ik doodsbang. Ik had het gevoel dat er iets, of iemand, op me af kwam. De schaduwen komen dichterbij. Het is angstaanjagend.'

James zag er zo tragisch uit dat mijn hart pijn deed. 'Je hebt zeker spijt dat je teruggekomen bent.'

Hij draaide zijn hoofd om me aan te kijken. 'Daar zal ik nooit spijt van hebben. Ik begin nu pas te beseffen waarom ik teruggekomen ben.'

Ik wendde mijn ogen af. *Niet naar hem kijken, Sinead. Hij probeert je weer te betoveren. Onthoud waarom je hier bent. Denk aan Patrick.*

Ik draaide me om en liep verder het bos in. Ik wachtte niet af of James me zou volgen, maar ik hoorde zijn voetstappen achter me. Ik bleef expres op het midden van het pad, zodat we niet naast elkaar konden lopen, en hield er flink de pas in. Zodra we de tempel binnen gingen, voelde ik de druk. Het leek wel of het bos weer tot leven was gekomen en de klimplanten elk ogenblik door het glazen dak konden breken om me te wurgen. Ik scharrelde rond en dacht na over Patricks aanwijzingen, maar ik zorgde ervoor dat er niets aan mijn gezicht te zien was. Ik veegde Patricks stokjes van de sokkel. Ik was nijdig omdat ze niets hadden opgeleverd.

'Welk beeld stond hier vroeger?' vroeg ik zomaar aan James.

Hij hoefde niet na te denken. 'Eurydice. Het was mijn lievelingsbeeld.'

'Hoe ziet ze eruit?'

'Ze is adembenemend,' zei James, en ik werd bijna jaloers. 'Met een lang gewaad, bloemen in haar haren, elegant, een hand op haar voorhoofd...'

Mijn hart sloeg over. 'De eerste keer dat ik hier was, heb ik buiten een beeld zien liggen.'

'Ik weet zeker dat ze allemaal aan een museum zijn geschonken.'

Ik fronste. 'Volgens mij heb ik het me niet verbeeld. Ze was bijna lichtgevend wit en ze hield een hand op haar voorhoofd. Ik schrok me rot, omdat ik dacht dat ze leefde.'

'Kun je haar terugvinden?'

'Ik denk het. Ze lag niet ver van de poort.'

We gingen samen op weg en ik liep hard door. Hoe had ik zoiets voor de hand liggends over het hoofd kunnen zien? Patrick had die sokkel niet voor niets uitgekozen en ik moest ontdekken waarom. Na een tijdje begon James te hijgen en het viel me weer op hoe uitgeput hij was. Op zijn bovenlip glinsterden zweetdruppeltjes. Zijn zwakte en de wondjes en littekens op zijn armen zetten me aan het denken en ik keek af en toe onopvallend naar hem.

Ik probeerde me te herinneren waar ik de marmeren vrouw voor het eerst had gezien. Ik wist het niet meer precies en we kwamen bij de poort zonder haar te hebben gevonden.

'Ze was beslist zichtbaar vanaf het pad,' zei ik.

James keek me ongelovig aan en ik vroeg me af of ik het gedroomd had. Ik rende terug en dacht aan de keer dat ik hier gefietst had en haar hoofd door het groen zag schijnen. Maar ze was nergens te zien. Niet-begrijpend drong ik het struikgewas binnen. Even later had ik het witmarmeren beeld gevonden.

'Hier is ze,' riep ik opgewonden. 'Ze is verplaatst. Nee, dat kan niet. Misschien zijn de struiken uitgezakt zodat ze meer over haar heen hangen.'

James' hoofd dook op tussen de bladeren en hij kwam naar me toe. Hij grijnsde breed en streek met zijn handen over het gladde marmer. 'Eurydice,' zei hij trots. Daarna keek hij om zich heen. 'Maar waar is Orpheus? Ze horen bij elkaar.'

'Zijn ze een stel?'

'Natuurlijk. Ken je de mythe niet?'

Ik schudde mijn hoofd.

'Orpheus en Eurydice,' zei James. 'Volgens de Griekse mythe stierf Eurydice op hun trouwdag. Orpheus was doodongelukkig en speelde zulke treurige liederen op zijn lier dat de veerman hem toestond de rivier de Styx over te steken en af te dalen in de onderwereld. De koning en koningin van de onderwereld waren ook onder de indruk van zijn muziek en stonden toe dat Eurydice terugkeerde naar de aarde, maar op één voorwaarde: Orpheus mocht niet naar haar omkijken voor hij de wereld van de stervelingen had bereikt. Maar hij keek toch om en hij raakte Eurydice voor de tweede keer kwijt. Tot zijn dood mocht hij haar niet meer zien.'

Ik kon mijn ogen niet van het beeld afhouden. Het was een beetje verweerd en er liepen roestkleurige aderen door het marmer. Ik werd gefascineerd door de vloeiende vormen en verbaasde me erover dat een beeld zo levensecht kon zijn, van de bloemen in haar haren en de plooien van haar lange gewaad tot haar volmaakt gebeeldhouwde vingers en tenen. De wanhopige Eurydice had zich al half omgedraaid, alsof ze op dat moment weggerukt werd.

'Wat zit daar rond de onderkant?' vroeg ik opeens.

James bukte zich om te kijken. 'Het is een ringslang. Geen paniek, hij is dood.'

Ik keek vol afkeer naar de groene schubben met opvallende zwarte streepjes.

'Wat een vreemd toeval,' zei James. 'Eurydice is gestorven doordat een slang in haar voet beet.'

'Ik geloof niet meer in toeval. Ik wed dat Patrick hem daar heeft neergelegd voor mij.'

'Waarom zou hij dat doen?'

Ik dacht hard na. 'Eurydice heeft te maken met de onderwereld. Sint-Patrick zou alle slangen uit Ierland verdreven hebben. En op de afbeelding op de muur staan mensen met slangenhaar. Patrick geeft me nog steeds verwijzingen naar het hiernamaals.' Ik wierp mijn handen in de lucht. 'Of misschien klamp ik me vast aan strohalmen.'

'Orpheus heeft zijn hele leven om Eurydice gerouwd en op zijn dood gewacht,' zei James peinzend. 'Hij zou hier moeten zijn. Ze zijn voor eeuwig met elkaar verbonden.'

'Misschien is Orpheus Patricks volgende aanwijzing,' zei ik hoopvol.

Ik was blij dat het spoor niet helemaal doodliep, maar Patrick stelde mijn geduld nog steeds op de proef. Ik liep rondjes om mijn hersenen op gang te krijgen. James probeerde te helpen, maar was lusteloos. Hij plukte madeliefjes om er een ketting van te maken. Ik ging naar hem toe, maar begreep niet waarom hij zo somber was.

'Al dat geprat over het hiernamaals,' zei hij zacht. 'Vraag jij je wel eens af wat er gebeurt na je dood?'

Ik keek hem ongelovig aan. 'Als ik dat wist, zou ik de wijste persoon van de wereld zijn.'

'Maar wat denk je? Serieus,' drong hij aan.

Ik haalde diep adem. 'Als ik zou zeggen dat we gewoon een schakel in de stikstofkringloop zijn en wegrotten in de grond, geloof je me dan?'

'Nee,' antwoordde hij.

Ik stak mijn kin naar voren. 'Oké. Ik denk dat er iets blijft bestaan: herinneringen, bewustzijn of… de ziel, als je er een naam aan moet geven.'

'En liefde? Kan die de dood overleven?'

'Dat weet ik niet.'

'Wat heeft liefde voor zin als die niet eeuwig is?' James pakte mijn vingers en wreef erover. 'Jij bent de reden waarom ik ben teruggekomen naar Benedict House.'

'Je weet dat ik een vriend heb,' zei ik. Zijn afwijzing van de vorige dag deed nog steeds pijn en ik voelde me ontzettend schuldig over Harry.

'Hij is niet goed genoeg voor je,' zei James kalm.

'En die meisjes met wie ik je heb gezien?'

'Dat stelde niets voor. Het is lang geleden dat er een meisje naar me keek. Ik kon het niet laten.'

Ik rolde met mijn ogen bij deze ongeloofwaardige smoes. Volgens mij had hij voortdurend meisjes achter zich aan.

'Het is echt waar,' protesteerde hij. 'Je weet dat ik ziek ben geweest. Ik heb zelfs nog nooit een vaste vriendin gehad.' Hij hield zijn voorhoofd tegen dat van mij. 'Ik was gisteren gewoon bang. Ik heb zoiets nog nooit gevoeld en ik raakte in paniek. Ik heb er de hele nacht spijt van gehad dat ik je niet heb gezoend. Ik dacht de hele tijd aan jou en heb geen oog dichtgedaan.'

Mijn maag maakte een salto.

'Maar ik wil je niet kwetsen, Sinead. Je weet dat ik niet kan blijven.'

Dit schudde me wakker en ik rukte me los. 'Je vertrekt over tien dagen.'

James' schouders verstijfden en hij keek me verwijtend aan. 'Dat hoef je mij niet te vertellen. Ik kan je niet loslaten en ik ben niet egoïstisch genoeg om je te vragen of je met me meegaat.' Hij sloot wanhopig zijn ogen. 'Ik beloof je dat elk moment dat ik nog heb, voor jou is. In tien dagen kunnen we een heel leven leiden.'

Ik schudde nadrukkelijk mijn hoofd. 'Het spijt me, James. Dat is niet lang genoeg.'

Ik draaide me om en liep van hem weg.

21

Harry was gekwetst. Ik kon het merken aan zijn verwijtende ogen en de manier waarop hij de groenten hakte om te roerbakken. Het geluid van het mes op de houten plank was te kalm en te precies. Normaal deed Harry alles met veel meer overgave. Ik deed extra mijn best om hem complimentjes te geven voor het koken en mijn bord leeg te eten. Dat was niet moeilijk want hij was een fantastische kok. Ikzelf liet juist altijd alles aanbranden, zelfs geroosterde boterhammen.

'Ik dacht dat je me ontweek,' zei hij ten slotte.

'Natuurlijk niet. Ik was doodop van het geploeter in die enge bouwval, maar ik weet meer over Patrick.'

'Heb je hem gevonden?'

'Dat niet, maar hij laat nog steeds aanwijzingen voor me achter. Ik heb op het landgoed een tempel gevonden met hetzelfde opschrift als het missiehuis. Binnen zijn afbeeldingen van de onderwereld uit de Griekse mythologie en een sos-teken zoals Patrick vroeger als waarschuwing bij onze voordeur legde.'

Ik voelde me weer schuldig omdat ik expres niet had gezegd dat James me had geholpen. Harry keek de hele tijd afkeurend, met zijn lippen samengeperst tot een smalle streep. Ik probeerde hem af te leiden door hem van achteraf te besluipen en te kietelen. Het lukte hem bijna om te glimlachen.

'Ik heb ook een geheime kamer gevonden met een schuilplaats voor een priester, maar dat leverde verder niets op. Ik weet nog steeds niet wat het allemaal betekent. De aanwijzingen hebben eigenlijk altijd te maken met het hiernamaals, soms christelijk, soms heidens.'

Harry zuchtte diep en ik besefte dat het voor hem ook zwaar was. 'Ik denk nog steeds dat je gevaar loopt,' zei hij. 'Maar jij wilt het niet zien.'

'Ik heb weer zo'n enge hallucinatie gehad,' zei ik luchtig. Ik had er behoefte aan om erover te praten.

Harry fronste. 'Wat dan?'

Ik vertelde hem over de aanval van de libellen, maar op een lacherige toon zodat hij niet zou denken dat ik niet goed snik was. 'Vroeger geloofden mensen dat libellen kwaadaardig zijn en je ziel wegen als ze rond je hoofd vliegen.'

'Je bent zo bezeten van de dood, het laatste oordeel en het hiernamaals, Sinead. Daardoor zie je dingen die er niet zijn.'

'Misschien.' Dit was precies de reactie die ik niet wilde horen. Dan had ik nog liever dat hij zei dat ik krankzinnig was. 'Het klinkt stom, maar soms heb ik het gevoel dat er iets kwaadaardigs leeft in het huis, of in het bos. Het houdt me in de gaten en wacht op zijn kans.'

Harry had zijn eten bijna niet aangeraakt en schoof nu het bord van zich af, terwijl ik alles allang op had. Hij begon weer te smeken. 'Ik wil je niet verliezen.'

'Dat gebeurt niet,' stelde ik hem gerust.

Hij kwam naast me op de bank zitten en zoende mijn hals. 'Ik heb je gemist.'

'Ik jou ook,' antwoordde ik als een robot.

Harry pakte mijn hand vast en ik legde mijn hoofd op zijn schouder. Hij wilde graag zo blijven zitten, leek het, maar ik had meer zin om research te doen op mijn laptop. Ik maakte een paar geluidjes om hem vriendelijk te laten merken dat ik wilde opstaan, maar hij zoende mijn wang en streelde mijn haren om mijn hoofd weer terug te duwen. Toen ik iets wilde zeggen, legde hij me het zwijgen op door me op mijn mond te zoenen. Meteen moest ik aan het moment denken dat ik vlak bij James stond en de tijd leek stil te staan. Ik deed zo'n beetje mee met Harry en hij trapte er blijkbaar in, want hij glimlachte naar me en streek mijn haren uit mijn gezicht.

Ik begon last te krijgen van mijn geweten. Harry was blij met zo weinig, het was gewoon niet eerlijk van me. Als hij nu James was geweest, hadden ze me hier met geen mogelijkheid weg kunnen krijgen. Ik had eeuwig naar hem kunnen kijken en het zou hemels zijn geweest om zo dicht bij hem te zijn. Het knaagde echt aan me en ik werd misselijk. Harry streelde mijn arm en ik sprong overeind.

Hij keek verbaasd. 'Is er iets, Sinead?'

Opeens kwam het eruit, in een opwelling van schuldgevoel. 'Ja, er is iets, Harry.'

Hij hield me op armlengte en zocht een uitleg op mijn gezicht. Ik kon niet in zijn babyblauwe ogen kijken en boog mijn hoofd. De seconden gingen voorbij, de ene nog pijnlijker dan de andere. Toen vertelde ik hem de waarheid.

'Ik ben verliefd op iemand anders. Het spijt me. Het is me overkomen.'

Hij streek door zijn haren en lachte vreugdeloos. 'Is dat alles?'

Hij tuitte zijn lippen alsof hij ging fluiten, maar blies alleen in de lucht. 'Ik had het al begrepen,' zei hij ten slotte.

'Wist je het al?' Ik schaamde me dood, omdat hij dan ook wel wist op wie ik verliefd was.

Hij knikte. 'Toen je naar hem keek in het café, lichtte je gezicht op als een lantaarn. Dat had ik nog nooit gezien.'

Wat kon ik daarop zeggen? 'Het spijt me,' mompelde ik weer.

Harry leek bijna vrolijk. 'Bedankt dat je me de waarheid hebt verteld. Dat was vast niet makkelijk.'

Het deed bijna pijn dat hij me zo vlot vergaf. 'Maar jij dan?'

Hij haalde zijn schouders op en keek vastberaden. Ik was vergeten hoe koppig hij kon zijn. 'Het is oké. Hij gaat zo weer weg.'

'Over tien dagen,' zei ik en ik schaamde me weer.

'Over tien dagen,' herhaalde hij bijna in trance. 'En dan ben ik er nog voor je, om je nachtmerries te verjagen en je tegen me aan te houden als je van streek bent. Ik ben alleen niet bruin en heb geen surfplank,' voegde hij er met een cynische glimlach aan toe.

'Je bent te goed,' zei ik, en ik kon wel in de grond zakken van ellende. 'Ik weet dat je niet wilt dat ik terugga naar Benedict House, maar er gebeurt echt niets tussen James en mij.'

'Je vergist je,' antwoordde hij. 'Ik kan je niet opsluiten. Jij moet luisteren naar je hart en ik moet hopen dat het voorbijgaat. Als je van iemand houdt, moet je haar vrij laten en hopen dat ze naar je terugkomt.'

'Ik ben al terug, Harry.'

Hij zweeg en het was duidelijk wat hij dacht. Wat kon ik nog meer zeggen? Verontschuldigingen zouden het alleen maar erger maken. Mijn voet tikte op de vloer en ik kon hem niet stilhouden. Elke pijnlijke seconde leek wel een minuut.

'Er komt maar geen eind aan de hitte,' zie ik ten slotte.

Harry knikte plechtig. 'Het wordt een klamme nacht.'

'Ik wou dat het ging regenen.'

'Ik ook.' Hij stond op en zei met gespeelde vrolijkheid: 'Zal ik naar de winkel gaan om een toetje voor je te halen? Dat kun je vast wel gebruiken.'

Ik glimlachte. 'Ja, graag.'

Harry kon mijn gedachten lezen. Van emotionele toestanden kreeg ik altijd honger en ik snakte naar zoete troost. Toen de deur dichtging, begroef ik mijn gezicht in een kussen en smeet het daarna tegen de muur. Hoe kon Harry zo irritant vergevingsgezind en edelmoedig zijn? Het was om razend van te worden. Kon hij niet gewoon boos schelden of schreeuwen? Nadat ik zo een paar minuten tekeer was gegaan, werd ik rustiger. Er was een last van mijn schouders gevallen. Ik hoefde me niet meer zo schuldig te voelen. Ik had hem de waarheid verteld, ook al was die verschrikkelijk. Harry was eerlijk, betrouwbaar en mijn beste vriend. Als James woeste golven veroorzaakte in mijn leven, was het Harry die het water kalmeerde en me terugbracht naar de oever.

Nu ik alleen was kon ik niet meer om mijn dagelijkse klus heen: ik moest mijn moeder op de hoogte houden. Ik had echt geen zin in een gesprek en beperkte het tot een slappe sms dat ik mijn uiterste best deed om Patrick te zoeken en hoopte hem gauw te vinden. Ze nam niet eens de moeite te antwoorden. Harry kwam terug met frambozenmousse. Hij schepte een grote portie in de enige schone kom die hij kon vinden, en we moesten dus samen doen. Dit brak het ijs tussen ons. We zaten naast elkaar op de bank, ik met mijn laptop op mijn knieën.

Harry raakte aarzelend mijn schouder aan. 'Hoe gaat het met die rare non, Sint-Catherine?'

'Zuster Catherine,' verbeterde ik. Maar opeens had ik een ingeving en ik staarde Harry aan. 'Het kan trouwens best dat ze genoemd is naar Sint-Catharina van Genua. Toen ik rondsnuffelde in haar slaapkamer, zag ik daar een icoon hangen.'

Ik typte snel *Sint-Catharina van Genua* en wuifde met mijn hand. 'Moet je zien. Sint-Catharina van Genua heeft een visioen gehad van wat een ziel meemaakt in het vagevuur. Daarna wijdde ze haar leven aan arme en zieke mensen, en deelde hun lijden.' Ik stootte Harry aan. 'Het vagevuur – daarmee zijn we weer terug bij Station Island en Sint-Patrick en alle andere aanwijzingen. We draaien in kringetjes en ik kan het eind niet vinden.'

'Om dat eind maak ik me juist zorgen,' zei Harry somber.

Ik gaf geen antwoord, maar las verder over Sint-Catharina en vroeg me af hoe iemand zo onwaarschijnlijk volmaakt kon zijn. Het scheen dat ze als boetedoening alleen water met azijn dronk. Ik herinnerde me nog goed de bittere smaak van het water in Benedict House, waardoor ik misselijk werd en me slap voelde. Het betekende niets, zei ik tegen mezelf. Het kwam door de stokoude leidingen. James en zuster Catherine waren waarschijnlijk aan de smaak gewend en merkten het daarom niet.

'Alle toespelingen verwijzen naar dezelfde plek,' zei ik weer.

'Maar niet naar Patrick,' zei Harry. 'Hij lijkt van de aardbodem verdwenen.'

Even kreeg ik een heel akelig gevoel en ik kon het idee niet van me afzetten dat dit allemaal echt was en mijn ziel op een of andere manier werd gewogen. Ik kon het niet laten om te vragen: 'Als jij nog maar een paar dagen te leven had, Harry, zou je er dan vertrouwen in hebben dat je ziel zuiver was?'

Tot mijn verbazing reageerde hij niet spottend. 'Ik heb geen idee wat de norm is. Hoe kan ik het dan zeker weten?'

Ik slikte. 'Mijn leven is vol goede bedoelingen waarvan niets terecht is gekomen,' zei ik treurig.

'Toch waren het goede bedoelingen.'

'Mmm,' zei ik en ik beet op mijn lip. 'Maar ik ben een waardeloze dochter, zus en vriendin, zonder enig geduld of medeleven.' Ik dacht hierover na en vroeg me af hoe het kwam dat ik steeds vaker over mijn intiemste gedachten praatte.

'Dat is grote onzin, Sinead. Bij jou gaat je familie altijd voor. En je hebt iets goed gedaan. Je hebt mij ontzettend gelukkig gemaakt.'

Ik geloofde er niets van, maar glimlachte zwak om hem te bedanken voor het compliment. Ik trok diepe denkrimpels terwijl ik me probeerde te herinneren of ik wel eens echt iets onzelfzuchtigs had gedaan. Het was beschamend hoeveel moeite het me kostte, maar toen schoot me iets te binnen.

'Nou, ik heb een keer een vogeltje gered. Hij was uit zijn nest gevallen en kon nog niet vliegen.'

Harry grijnsde. 'Dat is een begin.'

'Mijn moeder zei dat het geen zin had,' ratelde ik verder. 'Ik kon hem be-

ter snel laten doodgaan, vond ze. Maar ik heb hem wekenlang stiekem ge-
voerd met een pipet.' Ik keek verlegen een andere kant op. 'Ik was zo blij
toen hij voor het eerst vloog, maar hij wilde niet weggaan en tikte telkens tegen mijn raam. Het deed gewoon pijn om niet te reageren, maar ik wilde dat
hij vrij was en door de lucht zweefde, in plaats van gevangen te zitten in
mijn kamer.'

'Dat zijn twee goede daden,' zei Harry. 'Je hebt hem gered en je was on-
zelfzuchtig genoeg om hem los te laten.'

'Vind je?' Ik wist niet goed waarom, maar ik voelde me een stuk beter.

Harry keek me onderzoekend aan. 'Het is niet gezond om te veel aan dit
soort dingen te denken. Je hebt zelf gezegd dat Benedict House een vervallen ruïne is. Kies voor het leven en blijf bij mij.'

'Ik ben er zo dichtbij. Ik voel het. Er wacht een nieuw leven op me. Ik ben
net het vogeltje dat eraan toe was om zijn vleugels uit te slaan.'

Dit was nogal poëtisch voor mijn doen en Harry leek verbaasd. Even later
ging hij weg en er kwam geen eind aan de nacht. Door de warmte, mijn geweten, alles wat James had gezegd, en de vreemde dingen die er waren gebeurd, werd ik midden in de nacht bezweet wakker. Ik snakte naar adem en
streek mijn natte haren van mijn voorhoofd. Ik zag mijn droom nog helder
voor me: ik was onder de grond en kwam steeds dieper. Ik kon niet teruggaan. Rook drong verstikkend in mijn keel. Dichtbij smeekte een stem me
om me te verzetten. *Niet doodgaan, Sinead. Je tijd is nog niet gekomen. Niet
doodgaan.*

22

James hoorde blijkbaar de wielen van mijn fiets in het grind, want zijn gezicht verscheen achter een bovenraam. Hij kwam in een gestreepte boxershort het balkon op. Ik hield een hand boven mijn ogen en tuurde omhoog, terwijl hij over de balustrade leunde en naar beneden keek. Hij zwaaide en verdween. Ik nam aan dat hij zich ging aankleden. Ik snoof de zomergeuren op en keek naar een bij die ijverig stuifmeel verzamelde. Ik schrok op toen ik gekuch hoorde. James had zich niet aangekleed. Hij liep op blote voeten en was nog steeds bijna naakt. Hij had geen kimono aangetrokken of zo. Zijn haar zat leuk in de war en op één kant van zijn wang zaten sporen van zijn hoofdkussen. Hij kwam dichterbij, tot we nog maar een meter van elkaar vandaan waren.

Zo had ik hem ook op het strand of in het zwembad kunnen zien; toch was dit anders. Ik bekeek de spieren van zijn pezige lichaam, de v van haartjes op zijn borst, de holten bij zijn sleutelbeenderen, zijn ribben en zelfs zijn navel, die een leuk kuiltje was.

Waarom zei hij niets?

Tegelijk wilde ik niet dat hij iets zei. Het zou het moment kunnen bederven. Ik had het gevoel dat alles op aarde ophield te bestaan behalve het bonzen van mijn hart.

Opeens schoot me te binnen hoe laat het was, en ik raakte in paniek. 'Ga snel weg, voor zuster Catherine komt. Ze mag ons zo niet zien.'

Hij tilde met een vinger mijn kin op. 'Weet je dat je violetkleurige vlekjes in je ogen hebt, die dansen in het zonlicht?'

Ik wendde mijn gezicht af. Na gisteren was ik niet van plan hem spelletjes te laten spelen met mijn hart.

'Ik moet Patrick zoeken,' zei ik vastberaden. 'Daar gaat het om en jij moet je concentreren op je eigen zoektocht. Misschien is het toch niet zo'n goed idee om elkaar te helpen.'

James schrok er niet van. 'Als we niet samenwerken,' zei hij, 'kom je niet te weten wat ik van mijn grootmoeder heb gehoord.'

'Je zei toch dat…'

'Ze heeft heldere momenten, Sinead, en over één ding was ze heel duidelijk.' Hij aarzelde even. 'Eurydice en Orpheus zijn allebei niet weggegeven. Dus Orpheus moet hier ook nog ergens zijn. Het schijnt dat ik jaren geleden zijn nieuwe plek heb gekozen, maar ik herinner het me niet.'

'We kunnen hem straks gaan zoeken,' zei ik, en ik verbleekte toen ik voetstappen hoorde.

Met mijn ogen smeekte ik hem zwijgend om op te schieten, maar hij liep tergend langzaam door de hoofdingang weer naar binnen. Ik boog mijn hoofd en probeerde tot rust te komen. Toen ik opkeek, kwam zuster Catherine aanlopen. Ik begreep dat ik erg schuldig keek.

'Denk je dat je op tijd klaar kunt zijn, Sinead?' vroeg ze met een krakende stem die leek op de rook van een houtvuur vermengd met afkeuring.

Toen ze over tijd begon, krulde ik minachtend mijn lip. 'De tijd gaat hier traag. Hebt u dat niet gemerkt?'

'Dat heb je toch altijd gewild – meer tijd?'

Ik was met stomheid geslagen. *Hoe wist ze dat?*

Ze bekeek me van top tot teen. 'Ik hoop dat je binnenkort gaat beseffen dat je hier op de juiste plaats bent. Hier wil je zijn.'

En waarom maakte ze telkens irritante opmerkingen over hier blijven?

Ik keek haar zo streng mogelijk aan. 'Ik weet dat u een of andere rare verborgen agenda hebt. Maar ik wil één ding duidelijk maken: ik laat me door niets of niemand overhalen om hier te blijven.'

'Het is niets voor mij om iemand over te halen, Sinead. Als je blijft is dat uit vrije wil. Kom nu mee naar de bibliotheek.' Ze kromde een knokige vinger naar me.

De bibliotheek was nogal saai. De muren waren van de vloer tot het plafond bekleed met houten boekenkasten met glazen deuren, waar vreemd genoeg niet één boek in stond. Nu ik erover nadacht, waren er in het hele huis verrassend weinig persoonlijke bezittingen. Het was alsof James en zijn familie er nooit gewoond hadden. Ik ging aan het werk en probeerde te kalmeren. Mijn hart klopte snel als ik aan James in zijn boxershort dacht, nog warm van de nacht. Het was maar een klein stapje om me voor te stellen dat ik naast hem lag terwijl hij sliep. Hij deed zijn ogen open, keek me aan alsof ik het enige meisje in de wereld was, nam me in zijn armen en… Ik huiverde. Ik moest sterk zijn.

James kwam tussen de middag terug. De verzengende zon benam me de adem en ik nam hem snel mee, weg van het huis. De droge bladeren van het bos lieten ons ritselend toe. Ik zag de reusachtige stam van een eik die horizontaal naar het licht was gegroeid, en ging er even op zitten om omhoog te kijken naar het groene dak boven ons hoofd. James kwam naast me zitten en liet zijn lange benen omlaag bungelen.

'Het landgoed is zo groot,' zei ik. 'Het kost ons een eeuwigheid om dat beeld te zoeken. Heeft je grootmoeder geen idee waar Orpheus zou kunnen zijn?'

James schudde zijn hoofd. 'Nee, maar het schijnt een bijzondere plek te zijn waar ik graag kwam. Ik heb het vanochtend aan zuster Catherine gevraagd, omdat ik dacht dat ze het op haar wandelingen gezien moest hebben. Maar ze zei dat ze nooit van de paden af gaat en haar ogen altijd op God gericht houdt.'

Ik trok mijn wenkbrauwen op. 'Ze is niet goed snik.' Ik klopte met mijn hand tegen de zijkant van zijn hoofd. 'Het zit daar ergens, James. Denk eens goed na.'

'Het lukt niet. Ik ken de paden, maar verder zegt het me niets.'

Ik pulkte met mijn nagels stukjes schors van de boom. 'Je moeder heeft gezegd dat je vader en jij een goede band hadden en samen dingen deden. Wat bijvoorbeeld?'

'Mmm… Ze zei dat we Robin Hood speelden in het bos. We stookten kampvuren en bleven buiten slapen.'

Ik zag de kleine James voor me die met pijl-en-boog door het bos holde. Dat was aandoenlijk en het klonk helemaal niet als de vader die hem opsloot in een donker hol.

'Je herinnerde je dat er iets door het bos achter je aan zat. Je was nog klein. Als je bang was, ben je vast naar een veilige plek gerend.'

'Dat kan best,' antwoordde hij. 'Maar hoe vind ik die terug?'

'Er brandt 's nachts geen licht op het landgoed,' zei ik peinzend. 'Als jullie buiten sliepen, wist je blijkbaar in het donker de weg.'

James twijfelde en leek behoorlijk nerveus. 'Om die plek te vinden moet ik teruggaan in de tijd en dat durf ik amper.'

'Daarvoor ben je hier,' zei ik zacht. 'Je geest is het niet vergeten, maar heeft sommige dingen verdrongen die je je niet wilt herinneren. Ik geloof dat je die plek kunt vinden als je het echt probeert.'

James keek me even aan en stond toen op. Hij rechtte zijn schouders en blies zijn adem uit zoals vlak voor een hardloopwedstrijd.

'Probeer niet na te denken of te redeneren,' zei ik. 'Doe het op je gevoel. Je lichaam herinnert zich misschien instinctief de route. Ik loop achter je aan,' stelde ik hem gerust.

James begon aarzelend en nogal bang te lopen. Hij keek een paar keer om alsof hij wilde controleren dat ik er nog was. Maar toen veranderde zijn houding en maakte hij een veel doelbewustere indruk. Hij ging harder lopen en ik had moeite om hem bij te houden. Mijn voeten struikelden over alle bulten en kuilen, maar het leek wel of die van hem de weg wisten. Bij een splitsing van het pad twijfelde hij niet. Ik had gelijk: hij zou het in het donker gekund hebben. Als James nu omkeek zag hij mij niet. Zijn ogen zochten verwilderd naar iets wat niet te zien was. Ik zag angst op zijn gezicht en hij hijgde. Ik herinnerde me dat gevoel van de eerste keer dat ik hier was: de blinde paniek die me overmeesterde toen ik dacht dat de struiken tot leven kwamen en zich op me wilden storten. Ik probeerde naar James te roepen, maar hij hoorde mijn stem niet. Hij haalde zijn armen open aan de takken, maar scheen het niet te merken. Hij rende weer als een jongen, met zijn hoofd naar beneden, en zijn voeten vermaalden het smalle pad. Hij rende en rende, tot hij opeens bleef staan bij een treurwilg. Hij was helemaal bezweet en buiten adem, en keek met lege ogen om zich heen. Hij leek verbaasd toen hij mij zag. Hij schudde zijn hoofd alsof hij zich plotseling herinnerde waar hij was.

Ik boog me hijgend voorover, met mijn handen op mijn knieën. Toen ik opkeek, had James triomfantelijk de gelige takken van de treurwilg, die tot op de grond hingen, opzij getrokken en ik zag Orpheus in al zijn glorie. Ik bekeek zijn prachtig gebeeldhouwde gezicht, en keek toen naar James, terwijl ik me afvroeg wie er mooier was. Ik droomde even weg en stelde me voor dat de twee beelden weer bij elkaar stonden: Eurydice in haar wanhoop omdat ze toch weer weggerukt werd, en Orpheus die doodongelukkig voor het laatst naar haar keek en wist dat ze van elkaar gescheiden zouden worden.

Ik liep naar James toe en dook onder de takken door om het beeld beter te bekijken. Het lange gras kietelde aan mijn benen. Ik zag net zulke roest-kleurige aderen in het marmer als bij Eurydice en er was ook net zo veel aandacht besteed aan de details: de lier die Orpheus in zijn handen had, was schitterend uitgehouwen. James kwam ook onder de takken en het werd donkerder. Geen wonder dat hij het hier fijn had gevonden toen hij klein was; niemand kon je hier zien. Ik wachtte tot hij zou vertellen of hij zich nog meer herinnerde, of wist waarvoor hij op de vlucht was geweest, maar zijn gezicht was wonderlijk vredig.

'Ik geloof dat jij beter antwoorden kunt vinden dan ik, Sinead.'

'Ik heb het gewoon beredeneerd,' antwoordde ik. 'Ik heb meer afstand, dus is het voor mij makkelijker.'

Ik haalde een tissue uit mijn zak en veegde het bloed van zijn armen. Ik voelde dat hij naar me keek.

'Als jij bij me bent, verjaag je alle narigheid.'

'Ben je niet bang meer?'

Hij schudde zijn hoofd. 'Nu is het hier weer mooi. Het lijkt wel of jij me beter kent dan ik mezelf,' zei hij zacht.

'Orpheus is zo levensecht dat ik zijn muziek bijna kan horen,' zei ik om hem af te leiden.

James keek nog steeds naar me. 'Hij kon zo mooi op zijn lier spelen dat hij alle levende wezens ermee kon betoveren, en zelfs stenen.' Als een goochelaar plukte hij iets uit Orpheus' vingers. Hij pakte mijn hand en legde er een wit steentje in. Het voelde heel glad aan.

'Loop alsjeblieft niet van me weg,' zei hij.

Ik deed een paar stappen achteruit en mijn arm schampte het koude marmer. Door een onverwachte uitroep van James bleef ik met een ruk staan.

'Sta stil, Sinead. In godsnaam, loop geen centimeter verder. Kom hier-heen.'

Ik dacht dat een slang me wilde bijten, en raakte helemaal verlamd, met een voet in de lucht. James kwam naar me toe en nam me in zijn armen. Ik draaide mijn hoofd en tuurde naar de grond. Grote, scherpe metalen tanden grijnsden me toe.

'Het is een val voor dieren,' zei hij terwijl hij zijn hand tegen mijn achterhoofd legde en me naar zich toe trok. Mijn hart bonsde en ik wilde in zijn armen blijven. Toch maakte ik me heel nadrukkelijk los. Ik keek hoe hij een stok opraapte en de val liet dichtslaan. Ik besefte wat er had kunnen gebeuren, en keek vol afschuw een andere kant op.

'Ik begin het me te herinneren,' zei hij met dichtgeknepen keel. 'Mijn vader was dol op jagen – konijnen, hazen, vossen. Dit soort vallen is al heel lang verboden, maar hij gebruikte ze toch. Ze doodden een dier meestal niet, maar verminkten het alleen. Het bleef gillend van de pijn in de val zitten, tot hij terugkwam en het uit zijn lijden verloste. Soms vergat hij het en dan hoorde ik ze de hele nacht krijsen terwijl ik in bed lag. In zijn werkkamer had hij een heleboel dieren en vogels die hij had gedood. Ze staarden je met hun kraaloogjes aan vanuit glazen vitrines. Daarom wilde ik daar nooit naar binnen. Overal zag je de dood.'

'Wat vreselijk, James,' zei ik. 'Waarom heeft hij die vallen bij Orpheus gezet?'

Hij klemde zijn kaken op elkaar. 'Omdat ik hier graag kwam. Hij zette ze hier als straf omdat ik niet met hem wilde gaan jagen. Hij vond het heerlijk om te verminken en te doden, Sinead, en hij wilde dat ik net zo was als hij.' Hij keek heel bang en verdrietig. 'Ik wilde niet doden. Dat weigerde ik.'

23

Ik wilde dit dolgraag minder erg maken voor hem. 'Het betekent niet dat je vader een monster is, James. Sommige mensen zien er niets verkeerds in om op wilde dieren en vogels te jagen.'

James trok de hals van zijn T-shirt omlaag om me een rechthoekig litteken te laten zien dat een zilverachtig paarse kleur had. 'Daar heeft hij me geslagen met de kolf van zijn geweer, omdat ik een haas niet wilde doden. De haas schreeuwde van de pijn en ik moest hem afmaken. Ik moest bewijzen dat ik een man was. Mijn moeder gilde op de achtergrond. Verder herinner ik me niets. Ik denk dat ik ben flauwgevallen.'

Ik wilde mijn armen om hem heen slaan, maar ik was bang om weer dicht bij hem te komen.

'Mijn moeder haatte dit landgoed, Sinead. Ze wilde weggaan en mij meenemen. Mijn vader zei dat ze naar de andere kant van de wereld moest gaan als ze niet wilde dat hij ons zou vinden.' Hij keek verdrietig. 'En dat heeft ze gedaan.'

'Het spijt me,' zei ik.

'Dat hoeft niet. Ik ben blij dat ik de waarheid ken, ook al doet die pijn. De waarheid is belangrijk. Daarvoor ben ik teruggekomen. En om jou te ontmoeten.' Hij keek me zacht en smekend aan. 'Wat ik voor jou voel is echt, Sinead. Dat kan ik niet spelen.'

Ik wist dat James me weer naar zich toe haalde en dat ik me bijna niet meer kon verzetten. Zijn lippen bewogen zonder geluid en zijn ogen knipperden. Ik legde twee vingers op zijn oogleden en dwong hem om ze te sluiten. Hij was emotioneel uitgeput en sliep binnen een paar minuten. Dit was al de tweede keer dat hij in slaap was gevallen waar ik bij was. Ik probeerde te vergeten hoe hij had gekeken toen hij zei dat hij zijn gevoelens voor mij niet kon spelen. Zo had nog nooit iemand me aangekeken. Mijn hart kneep samen door de emoties. Ik sprong overeind. Ik was erger in de war dan ooit en had er behoefte aan om mijn benen te strekken. Arme James. Zijn vader bleek wreed en gemeen te zijn, wel heel anders dan een witte ridder.

Ik voelde een brok in mijn keel en probeerde me op Patricks aanwijzingen te concentreren. Nu hadden we allebei de beelden gevonden, maar ze waren niet bij elkaar. Ik glipte tussen de takken van de wilg door, met de witte steen nog in mijn hand. Vreemd, daar lag er nog een op de grond. Zulke stenen had ik niet eerder gezien. Mijn huid tintelde. Had Patrick ze voor me achtergelaten? Ik zocht de grond af en vond nog meer stenen; het was een spoor. Bij elke steen ging mijn hart sneller kloppen. Ik liep tussen de bomen door en kwam op een open plek. Het voelde alsof ik in de woestijn een oase vond. De mooie bloemenwei was zo verrassend en ongerept dat het leek of hij door elfen was aangelegd. Alles paste heel mooi bij elkaar. Er waren wilde bloemen in allerlei kleuren, met frisse jonge bomen eromheen. Twee waren als geliefden naar elkaar toe gebogen en vormden een poort. Het gras was groen en vochtig, heel anders dan de dorre sprieten op andere plaatsen. Het spoor stopte. Ik zocht overal en kon niet geloven dat Patrick me zo aan mijn lot zou overlaten.

Ik hield mijn hand boven mijn ogen en tuurde vooruit. Ik zag een houten bruggetje over een bijna opgedroogde beek en moest denken aan iets wat James had gezegd: Orpheus mocht de rivier de Styx oversteken. De stenen waren glad als kiezels op het strand, afgesleten door water. Ik daalde af naar de slingerende beekbedding. Aan de overkant was blijkbaar een omsloten tuin geweest, want ik zag een ronde muur van dicht groen. Ik schrok toen ik opeens een dreigend gegrom hoorde, en de haren in mijn nek kwamen overeind. Mijn knieën knikten.

Een reusachtige zwarte hond kwam vanaf de andere kant de brug op. Hij kromde zijn rug, zijn nekharen stonden overeind en zijn ontblote tanden blikkerden angstaanjagend. Hij had een lichaam als een kleine ezel en de grote kop van een buldog, met zware, brede kaken. Ik durfde me niet om te draaien en weg te rennen, want dan zou hij vast achter me aan gekomen zijn. Heel stil en zonder onverwachte bewegingen liep ik achteruit, maar bij elke stap van mij kwam de hond dichterbij. Zijn speeksel vloog door de lucht. Ik wist zeker dat hij me ging aanvallen. Met mijn handen achter mijn rug duwde ik de struiken opzij, tot het beest me niet meer kon zien. Ik was nog te bang om me om te draaien en stapte langzaam achteruit verder, terwijl ik probeerde geen enkel geluid te maken. Ik hield zelfs mijn adem in. Mijn vingers voelden een soort metalen ring die aan een takje hing. Ik nam hem mee, maar durfde er pas naar te kijken toen ik ver genoeg was om me veilig te voelen. Ik snakte naar adem. Het was een ronde hondenpenning en er stond een naam op: Cerberus.

Toen ik bevend en struikelend kwam aanlopen, verscheen James net van achter het gordijn van wilgentakken. 'Ik... ik heb Cerberus gezien,' stamelde ik. 'Bij de brug. Ik dacht dat hij me ging aanvallen.'

Met trillende handen gaf ik hem de hondenpenning.

'Dit kan maar één ding betekenen,' zei James grimmig.

'Wat?'

'Die hond volgde mijn vader als een schaduw. Dus moet mijn vader hier ook zijn. Hij heeft waarschijnlijk gehoord dat ik op bezoek ben, en nu verschuilt hij zich ergens in het dorp en probeert moed te verzamelen om me te ontmoeten.' Zijn mond werd een smalle streep. 'Laat hem maar komen.'

Ik zette grote ogen op. 'Na wat je je hebt herinnerd, begrijp ik niet dat je hem wilt zien.'

'Ik ben nu volwassen,' zei James en hij spande zijn kaakspieren. 'Ik wil hem aankijken en om uitleg vragen. Als hij die niet kan geven, wil ik hem kunnen vertellen wat ik van hem vind.'

Ik knikte. Ik wist precies hoe James zich voelde. Zo dacht ik ook over Patrick.

'Wat deed je trouwens bij de brug?' vroeg hij.

'Ik heb nog meer steentjes gevonden zoals jij van het beeld pakte. Ze zijn allemaal glad en rond als kiezels op het strand. Het was een heel spoor tot vlak bij de brug.'

James hield een hand boven zijn ogen. 'Dat is vreemd, want eigenlijk horen de twee beelden daar, bij de doden.'

Ik voelde een koude rilling. 'De doden?'

James streek zijn haren uit zijn gezicht. 'De begraafplaats.'

Het verbaasde me niet echt, maar ik vroeg me wel af waarom James er niet eerder over was begonnen. 'Is het een familiegraf?'

James schudde zijn hoofd. 'Tijdens de Reformatie waren katholieke begrafenissen verboden, maar een van mijn voorouders trok zich er niets van aan en stond ze toch toe op het landgoed. Om het geheim te houden werden er geen stenen of kruisen geplaatst. Mijn vader zei altijd dat het gewijd land was en dat ik er nooit mocht spelen. De doden mochten niet gestoord worden.'

'Had je nooit zin om te gaan kijken?'

'Natuurlijk, maar er groeit een enorme muur van hulst en klimop omheen en ik was bang...'

'Voor Cerberus of voor je vader?'

'Allebei,' antwoordde James met een strak gezicht.

'Cerberus zou jou toch niets doen?'

Terwijl hij me bleef aankijken, boog James zijn nek zodat ik twee bijtwonden met littekenweefsel eromheen kon zien. Opeens begreep ik wat hij bedoelde, en mijn mond viel open.

'Mijn moeder zei dat ik was aangevallen door een zwerfhond die het terrein op was gekomen, maar na vandaag geloof ik dat niet meer.'

'Cerberus kende je – waarom zou hij dat doen? Kun je het je niet herinneren?'

Hij schudde zijn hoofd. 'Mijn herinneringen zijn een soort flashbacks uit mijn onbewuste. Van de rest weet ik niets.'

Ik probeerde hem mee te trekken aan zijn t-shirt. 'Ik moet ernaartoe. De graven zijn misschien een schakel in Patricks aanwijzingen over het hiernamaals.'

James verzette zich. 'Het is te gevaarlijk,' zei hij dringend. 'Cerberus zou jou ook kunnen aanvallen. Zijn tanden zijn nog heel wat erger dan die val waar je bijna in was gestapt.'

Het werd me allemaal te veel. Ik was nog niet over de schrik heen en moest steun zoeken bij een boom. Alle enge dingen die me waren overkomen bij mijn zoektocht naar Patrick flitsten door me heen: de keer dat ik bijna was doodgevallen in de klokkentoren, de bramen, de libellen, de val en nu Cerberus. Misschien had Harry toch gelijk en was ik in levensgevaar. Aan een andere, irrationele angst van me wilde ik niet eens denken: het gevaar voor mijn onsterfelijke ziel.

Iets hiervan was blijkbaar op mijn gezicht te zien, want James kwam bezorgd naar me toe. Ik deed mijn mond open om iets te zeggen, maar kreeg er geen geluid uit. Het was alsof mijn keel op slot zat. Dat James zo dichtbij kwam maakte het praten nog moeilijker. Hij leunde ook tegen de stam, hield zijn hoofd schuin naar me toe en bestudeerde mijn gezicht. Mijn benen werden nog slapper, maar nu had het een heel andere oorzaak. James streek zacht over mijn wang alsof hij een traan wegveegde, en raakte toen als een blinde mijn voorhoofd, oogleden, neus en lippen aan.

'Ik wil het onthouden,' fluisterde hij. 'Zelfs in mijn slaap wil ik weten hoe je eruitziet.'

Ik wist niet dat ik naar hem toe bewoog, tot mijn huid langs de schors van de boom schuurde. Onze lippen raakten elkaar aan, maar we zoenden nog niet. Ik kreeg het gevoel dat ik James nieuw leven inblies. Hij kreeg meer kleur en er stroomde meer bloed in zijn bleke lippen. Ten slotte begonnen we voorzichtig te zoenen, alsof we allebei bang waren voor onze emoties. James deed zijn ogen niet dicht en ik zag mijn eigen gezicht weerspiegeld in zijn irissen. Ik dacht dat de wereld stilstond, en ik kon mijn heftige gevoelens amper aan. Ze kwamen uit de diepte omhoog naar mijn borst en verpletterden me bijna. Een deel van me wilde wegrennen, maar ik had James zelfs niet kunnen verlaten als mijn leven op het spel stond. Hij zoende nu heel intens. Dit kende ik niet en ik was blij met de steun van de boom. Ten slotte weken we naar achter en keken elkaar aan. Ik voelde onzeker aan mijn lippen, die warm en een beetje pijnlijk aanvoelden.

'Ik wil je niet kwetsen,' zei James.

Ik word liever gekwetst dan dat ik dit moet missen. Eindelijk weet ik dat ik leef.

Ik schrok er zelf van, want het kwam recht uit mijn hart, zonder dat ik erover had nagedacht. Maar ik wilde het hem nog niet vertellen.

'We moeten ook rekening houden met Harry,' zei ik daarom afwerend.

James' kaken verstrakten. 'Ik heb niet veel tijd meer. Ga straks niet weg, Sinead. Dan kunnen we vanavond samen zijn.'

Ik nam zijn hoofd tussen mijn handen. 'Dat kan niet. Ik moet een paar dingen doen en met iemand praten.'

Hij knikte en kuste me op mijn voorhoofd. 'Morgen is voor ons een nieuw begin.'

We wandelden samen terug naar het huis en hij liet me bij de voordeur alleen. Ik ging als een bezetene aan het werk, maar in mijn hoofd kolkte het. Toen ik James zoende had ik geen twijfels over bij wie ik hoorde, maar ik vond het een vreselijk idee dat ik Harry helemaal zou kwijtraken, zelfs als vriend. Wat een puinhoop. Harry wilde mij, Sara wilde Harry, en ik wilde James, maar voelde me ontzettend schuldig.

Toen zuster Catherine zoals altijd mijn werk inspecteerde, keek ze minder zuur dan anders. Ik had zo ijverig gewerkt dat zelfs zij geen aanmerkingen had. Ze liet me gaan met iets wat op een glimlachje leek. Toen ik even later het landgoed verliet door de geheime deur, scheen de laagstaande zon in mijn ogen. Ik begon te fietsen en voelde een steen in mijn maag bij de gedachte aan wat er ging komen. Mijn telefoon piepte en ik stopte aan de kant van de weg. Het was een sms van Harry. Hij was als begeleider mee naar Wales met zijn zusje en haar hockeyelftal. De bus had motorpech en ze moesten wachten tot hij gemaakt was. Hij wist niet hoe laat ze thuis zouden zijn. Ik zag Harry voor me tussen vermoeide, jengelende meisjes, terwijl hij geduldig zijn best deed om de sfeer erin te houden. Harry had een hart van goud, dacht ik, blij dat ik er zo makkelijk van afkwam.

Zonder na te denken keerde ik mijn fiets. Ik wist dat ik naar James toe moest. Bij de poort leken zelfs de griffioenen me goedkeurend aan te kijken. Ik schoof de klimop opzij en dook door de deur naar binnen. Ik voelde James steeds harder aan me trekken. Ik zou niets hoeven uitleggen en dat was maar goed ook, want dat kon ik niet. Ik fietste over het pad en herkende de overwoekerde struik waarachter Eurydice verborgen lag. In een opwelling smeet ik mijn fiets tegen de grond en stak mijn hoofd tussen de bladeren om haar weer te zien.

24

Ik had het koud. Ik was bijna vergeten hoe dat voelde, en het verbaasde me. Mijn kleren waren klam en ik rilde. Dichtbij klonk een raar geluid en het duurde even voor ik begreep dat het mijn eigen gesmoorde ademhaling was. Ik lag met mijn gezicht in het natte gras. Het had blijkbaar geregend. Ik ging moeizaam zitten en bewoog mijn pijnlijke spieren en stijve gewrichten. Mijn arm deed pijn en ik zag een blauwe plek zo groot als een vuist. Verward probeerde ik me te herinneren wat er was gebeurd. Ik wilde terugfietsen naar het huis en toen was ik gestopt om naar Eurydice te kijken. Was ik op mijn hoofd gevallen?

Er was nog iets raars: het begon al donker worden, dus miste ik een paar uur. Ik moest echt naar huis, maar ik was nog duizelig en er was een prachtige zonsondergang – allerlei tinten roze en violet rond een halve vuurbol. Ik staarde er een paar minuten naar terwijl ik het probeerde te begrijpen. De vuurbol werd groter en er schenen warme stralen door de bomen. Ik keek op mijn telefoon en mijn hart ging sneller kloppen van verbazing. Het was zes uur 's ochtends. Het was geen avond, maar ochtend. Ik was daar blijkbaar de hele nacht geweest en dat was geen regen op het gras, maar dauw. Ik was twaalf uur kwijt.

Opeens voelde ik een groot verdriet in me opkomen. Ik had gedroomd dat ik daar jarenlang geprobeerd had James terug te vinden. Alle jaargetijden gingen voorbij en ik zocht in verzengende hitte, slagregens, stormen en sneeuwbuien. De grond onder mijn voeten was zacht van voorjaarsbloesem en later zo hard als beton door de vorst. Patrick kwam ook in de droom voor. Ik voelde hem zo duidelijk alsof hij voor me stond. Hij droeg een brandende fakkel, die uitdoofde toen hij verdween door een reeks tunnels. Hij had geprobeerd me de weg te wijzen, eerst met aanmoedigingen en daarna steeds bozer omdat ik niet deed wat hij wilde. Hij hield stevig mijn arm vast en het voelde aan als een bankschroef, terwijl de tunnel lager werd. Ik probeerde me los te trekken en zijn vingers drongen in mijn vlees. Ik stikte bijna van paniek en klauwde naar zijn mooie gezicht. Ik trok diepe voren in zijn wangen en nek, alsof hij was aangevallen door een wild dier.

Huiverend bij de herinnering aan mijn droom stond ik moeizaam op. Ik wilde naar het huis gaan om te kijken of James wakker was. Misschien kon hij uitleggen hoe ik die uren was kwijtgeraakt. Ik wilde weten wat er was gebeurd. Er moest een verklaring zijn. Ik probeerde mijn groeiende angst te onderdrukken dat er geen gewone verklaringen meer waren en dat deze plek niet behoorde tot de werkelijkheid die ik kende. Ik slikte een panische snik weg. Mijn hand raakte blindelings het gezicht van Eurydice aan en voelde volmaakte marmeren tranen die me nog niet eerder waren opgevallen. Op een boom zaten strepen die leken op gedroogd bloed, en ik bleef staan om beter te kijken. Ik was bang dat het mijn eigen bloed was. Toen ik eraan krabde, bleven er rode schilfers onder mijn nagels zitten, maar ze hadden niet de kleur en structuur van bloed. Ik begreep er niets meer van. Ik liep struikelend verder. James' auto stond voor het huis en ik herinnerde me de vorige avond en mijn verlangen om bij hem te zijn. Het was niet minder geworden, eerder sterker. Ik wou dat hij weer het balkon op kwam, warm van de slaap.

De voordeur stond open, maar er was niemand. Ik liep de hal in en luisterde. Mijn nekharen stonden recht overeind. Het gezucht klonk in de stilte nog klaaglijker dan anders, en af en toe herkende ik vaag een woord. Ik liep behoedzaam naar de geheime deur en bleef gespannen staan luisteren. Een diepe stem gromde: 'Sinead.' Het was de stem van Patrick en hij klonk net zo streng als in mijn droom. Mijn hart bonsde. Ik wist dat hij dichtbij was, ik had dit gevoel al eerder gehad. Op dat moment ging de smalle spleet in de lambrisering open. Eindelijk had ik mijn broer ingehaald en zou hij zich laten zien. Ik had zijn voetstappen lang genoeg gevolgd. Het spel was afgelopen.

Er verscheen een magere hand, vol rimpels en levervlekken, met lijkbleke nagels. Ik wilde wegrennen, maar bleef aan de grond genageld staan. In doodsangst staarde ik naar de spleet die langzaam wijder werd. Een oude vrouw met verwilderde ogen en een bos grijs haar, gekleed in een lange ivoorkleurige nachtjapon, kwam de gang op. Haar gezicht bestond uit diepe

plooien gelige huid, met ingevallen wangen en haar mond in een o van verrassing. Ze liep op blote voeten en in één hand droeg ze een olielamp. Ze
kwam naar me toe en ik onderdrukte de neiging om ervandoor te gaan. Een
kromme vinger wees beschuldigend in mijn richting.

'O, je bent er al,' stootte ze uit, en het leek of haar borst reutelde van in-
spanning. 'Ik had je niet zo vroeg verwacht.'

'Mevrouw Benedict?' vroeg ik aarzelend. 'Ik ben Sinead. Zuster Catherine heeft me aangenomen.'

Ze stak haar hand uit naar mijn gezicht. Instinctief deinsde ik terug om
mezelf te beschermen, maar de hand viel langs haar zij. Ze draaide zich om
naar de brede trap en het leek of haar lichaam zich voorbereidde op de klim.
Ik gaf haar een arm en nam de lamp van haar over zodat ze de leuning kon
vasthouden. Ze ademde zo zwaar dat ik me zorgen ging maken, maar ze
haalde het. Toen we in haar appartement waren, herstelde ze zich en haar
gezicht ontspande. Dit was mijn kans om naar Patrick te vragen.

Ik liet haar de foto zien. 'Dit is mijn broer. Hebt u hem wel eens hier in
Benedict House gezien?'

Ze schudde haar hoofd, maar leek niet verbaasd over mijn vraag. 'Het
spijt me. Vraag het maar aan zuster Catherine. Ik krijg de mensen die worden uitgenodigd niet te zien.'

*De mensen die worden uitgenodigd. Dus zuster Catherine was niet de enige
die het zo noemde.*

Teleurgesteld stopte ik mijn telefoon weg.

'Je hebt vast wel zin in een ontbijt,' zei ze.

Ik hief afwerend mijn handen op. 'Nee, dank u. Doe geen moeite.'

'Ik zal roerei maken,' hield ze vol. Ze bekeek me van top tot teen. 'Je hebt
een fris gezichtje, maar je bent veel te mager.'

'Ik verbruik een heleboel energie,' verdedigde ik me, terwijl ik mijn gezicht bekeek in een spiegel aan de muur. Ze had gelijk: mijn huid straalde
alsof ik had gebaad in ochtenddauw. Dat had ik trouwens echt gedaan. En
mijn haar zag er niet uit alsof ik de hele nacht in het natte gras had gelegen.
Het zat beter dan na een nacht op een donskussen.

Dit was de eerste keer dat ik boven kwam. Er hingen hier en daar olielam-
pen en de warmte had vlamvormige vlekken gemaakt op het jutebehang,
die leken te flakkeren in de zon. Afwezig pakte ik een foto van een zijtafeltje.
Ik herkende James' vader onmiddellijk. Hij hield zijn armen bezitterig rond

een vrouw met een krulletjeskapsel uit de vorige eeuw en een blond jonge-tje, dat aarzelend glimlachte. Dat moesten James en zijn moeder zijn. Ze hadden dezelfde grote lichtbruine ogen, maar er was nog iets anders: ze za-gen er allebei kwetsbaar en bang uit, in die verstikkende greep. James' vader keek met een arrogante glimlach recht in de lens. Ik bekeek zijn gezicht nog eens en vroeg me af of hij echt zo wreed kon zijn als James dacht.

Nu ze in haar eigen appartement was, werd James' grootmoeder heel le-vendig. Ze wenkte dat ik aan een kleine ronde tafel moest gaan zitten. En even later zette ze een reusachtig bord met dampend roerei op dun gesne-den bruine toast en een kop thee voor me neer. Ik snakte naar koffie maar glimlachte dankbaar. Ik nam een slokje. Het smaakte lekker, zonder een spoor van azijn.

'Het is wel sisyfusarbeid die je hier moet doen,' zei ze. 'Kun je dat aan?'

'Sisyfusarbeid?' herhaalde ik vaag.

Ze haalde haar eigen ontbijt en ging tegenover me zitten. Ze leek het fijn te vinden om het te kunnen uitleggen. 'Sisyphus was een slechte koning die de goden had beledigd en in de onderwereld als straf tot in de eeuwigheid een grote steen tegen een heuvel op moest rollen. Als hij bijna boven was, rolde de steen weer terug en moest hij opnieuw beginnen.'

'Ik ben sterker dan ik lijk,' zei ik terwijl ik me afvroeg of de familie altijd zo veel belangstelling had gehad voor mythen.

'Ik heb gehoord dat Benedict House een eigen enge legende heeft,' zei ik, benieuwd naar haar reactie.

Ze nipte nuffig van haar thee. 'Soms is het moeilijk om geschiedenis van legenden te onderscheiden, maar we zorgen ervoor dat de ingang altijd open blijft.'

Dat was echt onzin. Zuster Catherine zorgde er juist voor dat de ingang altijd dicht was en afgesloten met een dikke ijzeren ketting. Maar James' grootmoeder leek wel zin te hebben in een praatje.

'Het huis was vroeger toch een kerk?' vroeg ik zo rustig mogelijk.

Ze legde haar mes en vork neer. 'Dat is niet helemaal waar. De kerk is af-gebroken en daarna is Benedict House gebouwd. Op een andere plek.'

Mijn mond zakte open. 'Er is me verteld dat het huis vroeger een kerk was, en daarom dacht ik dat het min of meer hetzelfde gebouw was. Waar stond de kerk dan?'

Ze schudde haar hoofd. 'Hij kan overal op het terrein gestaan hebben. Het is elf eeuwen geleden.'

Mijn hersenen draaiden op volle toeren om deze nieuwe informatie te verwerken. De eerste kerk waar Patrick over schreef was niet Benedict House zelf, maar kon overal op het landgoed hebben gestaan. Ik knarsetandde van teleurstelling.

'Zijn er oude kaarten of boeken die de precieze plek aangeven?'

'Er is brand geweest in het huis,' zei ze vermoeid, terwijl ze haar hand tegen haar voorhoofd drukte. 'Daarbij is alles verloren gegaan.'

'En in de archieven van de gemeente?'

Ze klakte met haar tong. 'De historische documenten van de familie Benedict zijn nooit aan de gemeente overhandigd. Ze zijn altijd hier gebleven, waar ze thuishoren.'

Om in rook op te gaan, dacht ik nijdig. Even vroeg ik me af wat ik haar nog meer moest vragen. Ik kon het niet laten om weer naar de foto van James' vader te kijken. Door die zelfingenomen glimlach en verwaande blik vond ik het niet leuk dat James op hem leek.

'Mooier dan goed voor hem is,' zei ze lachend, toen ze me zag kijken. 'Net als mijn kleinzoon. Heb je James al ontmoet?'

Ik had opeens heel veel aandacht voor mijn bord en probeerde er niet aan te denken dat James waarschijnlijk in de kamer ernaast lag te slapen. 'Ja, we hebben met elkaar gepraat. James hoopte dat hij zijn vader zou terugzien, nu hij thuis was.'

Met ingehouden adem wachtte ik op haar reactie. 'Ik hoop van niet,' zei ze fel. 'Ik hoop echt van niet, maar ik kan er niets meer aan doen.'

Ik leunde naar achteren op mijn stoel en vroeg me af wat dit betekende. Gaf ze toe dat haar zoon een vreselijke vader was geweest?

'Ik heb gisteren bij de brug een grote zwarte hond gezien. James dacht dat het Cerberus was, de hond van zijn vader.'

'Ach, die arme Cerberus,' zei ze droevig. 'Hij is zo trouw, maar nu hoeft hij niet lang meer te wachten.'

'Waarop?'

'Om herenigd te worden.' Ze keek afwezig om zich heen. 'Ik kan hem niet dicht bij het huis laten komen. Ik weet niet wat er zou gebeuren als hij de stem van zijn baas hoort.'

Ik kreeg kippenvel op mijn armen en benen. 'De stem van zijn baas?'

'Ja, ik heb hem in de hal gehoord, samen met de anderen. Jij niet?'

'Ik weet niet wat ik hoorde,' zei ik met pijn in mijn buik.

'Ik dacht dat zuster Catherine het had uitgelegd en dat je begreep waarom je hier bent.'

Ik liet mijn mes kletterend op mijn bord vallen. Wat had zuster Catherine tegen deze zieke oude mevrouw gezegd? James' grootmoeder wenkte me met een lieve, veelbetekenende glimlach dichterbij. Ik leunde argwanend over de tafel.

'James heeft me een geheimpje verteld,' fluisterde ze. 'Hij zei dat hij een bijzondere jonge vrouw heeft ontmoet. Ik ben zo blij voor hem.'

Mijn hart maakte een vreugdesprong en ik onderdrukte een grote glimlach. James had zijn grootmoeder over ons verteld, toen we nog niet eens samen waren. Hij moest heel zeker zijn van zijn gevoelens.

'Heeft James nog meer gezegd over die jonge vrouw?'

Ze lachte vrolijk. 'Hij zei dat ze heel fel was en dat hij meteen verliefd op haar was geworden toen hij haar zag.'

'Ik wou dat hij langer kon blijven,' zei ik met een zucht van geluk.

'Wat bedoel je?'

Ze keek zo ongelovig dat ik bang was dat ik een vreselijke fout had gemaakt, maar ik kon nu niet meer stoppen. 'Hij zei dat hij terugging naar Australië.'

Ze schudde haar hoofd en glimlachte toegeeflijk. 'Hij had nooit weg moeten gaan. Het was mijn plicht om hem hier uit te nodigen, maar alleen voor zijn beproeving. Voor hem is het te laat, begrijp je?'

Ik staarde haar verbijsterd aan.

'Dat weet je toch, Sinead? Niemand gaat hier zomaar weg.'

Ik deed mijn best om normaal te blijven kijken terwijl ik voorzichtig opstond en achteruit naar de deur liep. Hoe kalmer haar stem klonk, hoe kouder ik het ervan kreeg.

Ze veegde zorgvuldig haar mondhoeken af met haar servet. 'Nee, nee, meisje. Mijn zoon heeft gemerkt dat het onmogelijk is om het landgoed te verlaten. En dat kunnen James en jij ook niet. Jullie komst is een nieuw begin, en voor mij het eind van dit aardse getob.'

Ik moet hier weg! James heeft me gewaarschuwd dat zijn grootmoeder ze niet meer allemaal op een rijtje had. Ik had naar hem moeten luisteren. Dit is doodeng.

Opgelucht bereikte ik de deur en greep dankbaar naar de koperen kruk.

'Ik moet nu echt weg. Bedankt voor het ontbijt.'

Ze was nog niet uitgesproken en om haar krankzinnige opmerkingen kracht bij te zetten stond ze op en hief haar armen in de lucht. Haar ivoorkleurige nachtjapon schitterde in het zonlicht. 'Het is je lot om hier te blijven, in een gevangenis die je zelf hebt uitgekozen. De aarde zal met je wenen en uit je tranen zullen nieuwe loten opschieten...'

Ik vluchtte de kamer uit en rende de trap af.

25

Er kwam een zenuwachtig lachje over mijn lippen en ik zuchtte zacht, terwijl ik neerplofte op de onderste tree. Ondanks de warmte rilde ik. Het was angstaanjagend wat mevrouw Benedict had gezegd, vooral omdat ik 's ochtends ook al Patricks stem had gehoord. *Ik heb hem in de hal gehoord, samen met de anderen.* Dus ik was niet de enige. Wat had Harry me ook alweer over de legende verteld? *Het gekreun van de verdoemden is nog te horen.* Hou op, Sinead. Je bent overspannen. Ik leunde met mijn hoofd op mijn handen. Er gebeurden wel erg veel rare dingen en ik werd steeds banger. Waarom werd James niet wakker? Ik durfde niet onaangekondigd zijn slaapkamer binnen te gaan, maar ik had er zo'n behoefte aan om bij hem te zijn dat mijn verlangen overging in een wanhoop waarvan ik koortsig moest rillen. Ik ging naar buiten en keek naar de voorkant van het huis, maar zijn luiken waren nog dicht.

Blijkbaar had hij erop vertrouwd dat het 's nachts niet zou gaan regenen, want het dak van zijn auto was open. Ik streek met mijn vingers over de bovenrand, maar hield ze opeens stil. In de lak van het linkerportier zaten duidelijke horizontale krassen. De zilveren grondverf was zichtbaar onder het rood en ik voelde ook een kleine deuk. Die schade was er de vorige dag nog niet geweest en James had er niets over gezegd. Ik keek naar mijn nagels. Er zat nog steeds vuil onder, met rode schilfers. Langzaam legde ik een vinger op de lak – het was precies dezelfde kleur.

Ineens kwam er een herinnering in me op, met een gevoel van gloeiende wanhoop. Toen ik naar Eurydice keek, raasde er een auto voorbij. Hij schampte de boom naast me en wierp mij achterover in het lange gras. Maar ik zag nog net James' mooie silhouet. En terwijl ik gras en aarde rook, hoorde ik een meisje lachen. Daarna verloor ik het bewustzijn.

James had een ander meisje bij zich. Terwijl ik daar bewusteloos lag, en vlak nadat hij me had verteld hoeveel hij van me hield, was hij samen met een ander. Hoe had ik zo stom kunnen zijn? Ik klemde mijn kiezen zo hard op elkaar dat het pijn deed. Ik vergiste me in iedereen – behalve Harry. Gelukkig had ik hem de vorige dag niets verteld over James. In al mijn ellende begreep ik dat ik mezelf in bescherming moest nemen. Niemand wist van mijn nacht in het bos en dat zou ik zo houden. Ik haalde diep adem om mijn wanhoop te onderdrukken, maar mijn borst klopte alsof ik met een mes was gestoken. Alles deed pijn en als mijn gevoelens zichtbaar waren, was ik rijp voor een openhartoperatie. *Wat ik voor jou voel is echt, Sinead. Dat kan ik niet spelen.* Dat zei hij vast tegen elk meisje dat hij leerde kennen. Ik moest hier weg terwijl het nog kon. Ik had geen idee wat ik anders zou doen.

'Sinead, wat ben je vroeg.'

Ik draaide me niet meteen om en probeerde mijn woede onder controle te krijgen. James had me gisteren verwoest en verdiende precies dezelfde behandeling. Met woede zou ik niets opschieten.

Ik keek hem met stralende ogen zo lief mogelijk aan, alsof ik hem helemaal vertrouwde.

'Ja, ik ben vroeg.'

'Ik heb bijna geen oog dichtgedaan, tot het al licht werd,' zei hij met een zucht, terwijl hij naar me toe kwam. 'Je leek zo dichtbij dat ik je bijna kon voelen.'

'Toch heb ik als een dode geslapen,' zei ik lijzig, en ik probeerde de minachting uit mijn stem te houden. James droeg een joggingbroek en een t-shirt zonder mouwen, maar het was duidelijk dat hij nog maar net wakker was, want zijn haar zat leuk in de war. Er verscheen een diepe rimpel in zijn voorhoofd. Blijkbaar had hij iets raars gehoord in mijn stem.

'Is alles oké?'

'O, alles is geweldig, James.'

Hij stond nu vlak voor me en ik voelde zijn warme adem als een liefkozing in mijn gezicht. Ik zag geen bedrog in zijn grote bruine ogen en ik aarzelde. Ik kon niet van mijn plaats komen en wilde dolgraag geloven dat ik me vergiste. Hij boog zijn hoofd naar me toe en ik deinsde niet terug. Maar toen we elkaar bijna aanraakten, drong er een onbekende geur in mijn neus – een zwaar parfum, dat beslist niet van mij was. Ik deed een stap achteruit.

'Was het moeilijk om het aan Harry te vertellen?' vroeg hij lief.

Ik keek hem verbaasd aan en deed alsof ik het niet begreep. 'Om Harry wat te vertellen?'

Hij keek gekwetst en ik genoot ervan. 'Over ons,' zei hij onzeker.

Ik sloeg een hand voor mijn mond en trok een geschrokken gezicht. 'Bedoel je dat je het meende?'

James sloeg zijn armen over elkaar, als een soort verdediging. 'Ja, natuurlijk.'

Ik bewoog naar hem toe tot onze neuzen elkaar bijna raakten, en deed of ik een binnenpretje onderdrukte. Toen zoende ik hem op zijn rechterwang, maar ik voelde me een Judas.

'Het was toch maar een spelletje, James. Ik dacht dat je dat begreep.'

'Nu wel,' antwoordde hij zacht. Hij bleef me nog even aankijken. Ik zag verdriet, verwarring en gekwetste trots om voorrang vechten. Toen draaide hij zich om en liep weg.

Het was een vreugdeloze overwinning. Ik was er zo kapot van dat mijn keel dichtzat en ik bewust langzamer moest ademen om wat meer lucht in mijn longen te krijgen. Ik liet mijn hoofd hangen en probeerde iets van mijn trots terug te vinden.

James is weggegaan met het idee dat je een spelletje met hem speelt. Dat is toch beter dan dat hij denkt dat hij je hart heeft gebroken?

Ik schrok van mijn eigen gedachte. Ik had wel degelijk een hart en het was diep gekwetst door een jongen die ik nog geen week kende. Maar dat wist hij niet, en dat wilde ik zo houden. Opeens stond zuster Catherine naast me. Ze had geen slechter moment kunnen kiezen.

'Heb je al bijna gevonden waarvoor je bent gekomen, Sinead?' vroeg ze.

Ik keek haar woedend aan. 'U weet dat ik hier alleen voor Patrick ben gekomen. En u hebt me antwoorden beloofd.'

Ze staarde vreemd voor zich uit. 'Als we geen antwoorden kunnen vinden, zoeken we op een verkeerde plaats.'

'Mijn moeder is doodongerust,' snauwde ik. 'Vindt u dat niet erg?'

'Natuurlijk wel, maar ik heb een bescheiden rol.'

Ik wreef over mijn slapen en dacht weer dat ik gek werd. 'Toen ik hier voor het eerst kwam, zei u dat het landgoed altijd Gods eigendom is geweest. En ik weet dat hier eerst een kerk stond...'

Ze boog bevestigend haar hoofd.

'Ik wil weten waar.'

'Dat kan ik je niet vertellen,' antwoordde ze. 'Je moet het zelf ontdekken.'

'Dat kan ik niet. Het landgoed is zo groot.' Ik wierp mijn handen in de lucht. 'U wilt dat ik net als u eindeloos rondloop over het terrein om iets te zoeken wat verloren is gegaan. Dat vertik ik. Ik... ik ga weg. Nu meteen.'

Het drong tot me door wat ik had gezegd, en het was alsof ik een openbaring had gehad. Natuurlijk moest ik hier weg. Waarom aarzelde ik nog?

'Je hebt beloofd dat je twee weken zou blijven, Sinead.'

'Ik zei dat ik elk ogenblik kon vertrekken, en dat ga ik doen.'

Ik ging er zo snel mogelijk vandoor. Ik greep mijn fiets en sprong erop. Eigenlijk verwachtte ik dat zuster Catherine me zou willen tegenhouden, maar ze deed niets. Op weg naar buiten gluurde ik woedend naar de griffioenen, die me verwijtend leken aan te kijken. Eenmaal terug in Patricks flat verwachtte ik dat ik me opgelucht zou voelen, maar er hing een heel andere sfeer, veel minder vredig. En het rook raar, als vlees dat nog niet gaar is, terwijl het vet smelt. Door de hitte waren er grote, nijdige vliegen binnengekomen. Ik vond ze overal op de vloer, hard zoemend, vechtend tegen de dood. Het felle licht werd me te veel. Ik zocht punaises en hing een laken voor het raam, het dikste dat ik kon vinden. Daarna plofte ik neer op de bank. Het begon tot me door te dringen wat ik had gedaan. Ik had mijn zelfbeheersing verloren en was weggelopen zonder dat ik de oplossing had gevonden voor Patricks aanwijzingen. Ik zou mijn moeder moeten uitleggen waarom ik hem niet had kunnen vinden.

En ik dan? Ik had ook recht op aandacht en begrip. Ik was zo kapot van James' gedrag dat ik bijna moest overgeven. Ik voelde me doodmoe en huilerig. De afgelopen week waren mijn emoties volledig met me op de loop gegaan. Ik wilde met iemand praten en mijn moeder was de enige die ik kon bedenken. Ik wist dat we geen goede band hadden, maar ze was ook jong geweest en moest nog weten hoe het voelde als je voor het eerst liefdesverdriet had. Ik had haar even nodig en Patrick moest voor deze ene keer op zijn beurt wachten. Misschien zou het ons zelfs dichter bij elkaar brengen. Ik dronk bijna een liter koffie voordat ik durfde op te bellen.

Ze zei niet eens hallo, maar ging me meteen te lijf. 'Heb je Patrick gevonden, Sinead?'

'Ik geloof dat zijn spoor doodloopt, mama. Ik weet niet wat ik nog meer kan doen. Ik heb gedaan wat ik kon.'

'Wat zeg je nou?' viel ze uit. 'Dat is niets voor Patrick. Je moet iets gemist hebben. Je moet het spoor nog een keer volgen.'

'Weet je, mama,' begon ik terwijl de tranen over mijn wangen stroomden, 'er is iets gebeurd toen ik in Benedict House was. Ik heb een jongen ontmoet en...'

'Wat?' riep ze uit.

'Ik heb een jongen ontmoet en het was allemaal heel fijn, maar vandaag heb ik ontdekt dat hij nog een ander vriendinnetje heeft. Ik voel me ellendig... en zo stom.'

'Begrijp ik dat goed?' zei ze met een lage, bijna dreigende stem. 'Terwijl je je broer zou moeten zoeken, heb je je belachelijk gemaakt door achter een jongen aan te zitten?'

'Nee, zo was het niet. We hadden een heleboel gemeen en hij kent het landgoed en heeft me geholpen om naar Patrick te zoeken.'

Er viel een onheilspellende stilte. 'Dat is het probleem. Nu begrijp ik het. Patrick heeft het spoor voor jou achtergelaten. Alleen voor jou. Maar jij hebt er een vreemde bij betrokken. Dit is een privézaak van ons gezin. Je kunt het niet zomaar delen met een vriendje. Je moet teruggaan.'

'Dat kan ik niet,' zei ik zwakjes. 'Ik wil hem niet meer zien. Het doet te veel pijn en ik ben doodop van al dat werk.'

'Je moet niet zo egoïstisch doen, Sinead. Het is een harde les, maar die jongen heeft waarschijnlijk begrepen hoe je echt bent. Dat kun je niet lang verborgen houden.'

Ik snoof en viste een pakje tissues uit mijn tas. 'Wat bedoel je... hoe ik echt ben?'

Ze aarzelde niet. 'Het is voor een moeder niet makkelijk om dit te zeggen, maar je hebt iets kils en gestoords in je. Vroeger dacht ik dat het aan mij lag, maar nu begrijp ik dat je altijd zo bent geweest. Ik weet het al sinds je klein was. Het spijt me, Sinead, maar je moet nu zelf toch ook gemerkt hebben dat je anders bent.'

Ik protesteerde niet, omdat ik er zelf ook al bang voor was. Harry had vaak tegen me gezegd dat ik aardig was, maar ik geloofde er niets van.

'Dit is je kans om iets goeds te doen,' ging ze verder. 'Je kunt je broer zoeken. Ik begrijp niet dat je aarzelt.'

Een, twee, drie, vier… Kom op, Sinead, ik ben vlakbij. Vijf, zes, zeven, acht…
Volg mijn voetstappen, zo moeilijk is het niet.

'Goed, ik zal teruggaan,' zei ik moedeloos. Hier kon ik niet tegenop. 'Zullen we samen eten? Als ik nu naar huis kom, dan…'

Mijn moeder viel me hard en kil in de rede. 'Ik wil niet dat je thuiskomt, Sinead. Niet voordat je je broer hebt gevonden. Eerst moet je Patrick bij me brengen.'

Dus ik moest toch terug naar Benedict House. Maar het idee om me los te maken van Patrick leek geen bevrijding meer. Wat voor leven zou ik daarna hebben? Sara had gelijk: het was mijn eigen schuld dat iedereen een hekel aan me kreeg, en ik zou helemaal alleen en eenzaam eindigen. *Die jongen heeft waarschijnlijk begrepen hoe je echt bent.* Net als alle anderen. Ik kon het niet meer ontkennen. Zo was ik. Ik kroop op de bank en rolde me op tot een bal, met mijn armen om me heen geslagen, snakkend naar vergetelheid.

Ik zweefde weg en had het rare gevoel dat ik tegelijk droomde en wakker was. Ik stond bij de witte kamer van zuster Catherine en probeerde de trap af te lopen, maar hij verschoof onder mijn voeten. Ik drukte mijn handen plat tegen de muren, maar die bewogen ook en er steeg hete lucht op, die langs me woei. Vol afschuw keek ik in de diepte, en ik merkte dat ik steeds verder afdaalde in een zwart gat. Er dwarrelde warme as omhoog en de stemmen fluisterden niet meer, maar huilden van pijn. Onder aan de trap wachtte Patrick me op, zijn ogen waanzinnig van haat. Wanhopig probeerde ik de trap op te lopen, maar ik zakte steeds verder weg, naar hem toe. Ik voelde dat ik zwakker werd, overweldigd door de dampen. Ik haalde een tissue uit mijn zak om hem tegen mijn mond en neus te houden. Maar ik voelde nog iets anders. Het was de Christoffelpenning. Ik gooide hem in de put en opeens liep ik het zonlicht in. Het was zo fel dat het me verblindde.

De bel van de flat liet me schrikken. Hij klonk hard en lang. Ik drukte op het knopje en wist bijna zeker dat het Harry was. Toen ik de stem van James hoorde, maakte mijn hart een vreugdesprong en zonk toen diep weg. Ik controleerde snel mijn haar en gezicht in de spiegel voor ik hem binnenliet. Hij zag er fantastisch uit, maar ook vijandig. Zijn gezicht leek van steen, zijn lichaamstaal was heel afwijzend en zijn stem klonk kortaf. Hij begon aan een duidelijk voorbereid toespraakje, met een gezicht alsof hij hier alleen uit pure goedheid was.

'Zuster Catherine vindt het jammer dat je niet bent gekomen. Je moet niet wegblijven vanwege mij, Sinead. Ik weet waar ik aan toe ben, en zal je niet meer lastigvallen.'

Ik werd verscheurd door tegenstrijdige emoties en sloot mijn ogen. James leek niet goed te weten wat hij nu moest doen.

'Is dat de muurschildering?' vroeg hij en hij liep erheen. 'Het lijkt op de negen kringen van Dante, samengevoegd tot één geheel.'

'Negen kringen?'

'Van de hel,' vulde hij aan.

'Waarom zeg je dat?'

'Al die kronkelende lichamen en de reuzenslang...'

Ik keek verbaasd. 'Er waren mensen met slangen in hun haar, maar ik herinner me geen reuzenslang.'

Hij wees met zijn vinger. 'Daar. Een lelijk beest met een mannenkop en een gespleten tong.'

'Laat mij eens kijken.'

Ik duwde James opzij en staarde naar de slang. Ik kreeg het koud en warm tegelijk en voelde me opeens ontzettend slap.

'Die was er nog niet. Ik weet het zeker.'

James keek me niet aan of ik gek geworden was, maar fronste zijn wenkbrauwen. 'Is dit weer dat slangenprobleem van je?'

Ik knikte vaag. 'Misschien, maar het betekent dat er iemand in de flat is geweest. Het moet Patrick zijn. Dus is alles goed met hem, toch?'

James liep naar de deur en bekeek de ketting. 'Die zit helemaal verkeerd. Iedereen kan zijn hand naar binnen steken en hem losmaken. Wie heeft dit gedaan?'

'Harry,' zei ik zacht. 'Hij is niet zo handig.'

Er landde een vlieg op James en hij trok een vies gezicht. 'Je kunt hier niet blijven, Sinead,' zei hij. 'Het poortgebouw staat leeg. Kom met me mee en blijf een paar dagen, tot alles normaler is geworden.'

Na wat er tussen ons was gebeurd, keek ik hem argwanend aan. Alsof hij mijn gedachten las, zei hij: 'We kunnen toch vrienden blijven.'

Ik knikte dankbaar. Ik kon niet naar huis en wilde ook niet hier blijven. Het voelde alsof ik een reddingsboei kreeg toegeworpen. Ik begon druk rond te lopen, maar deed eigenlijk niks. Toen ik een tas pakte en er op goed geluk dingen in begon te proppen, voelde ik zacht vingers op mijn arm die me tegenhielden.

'Je hebt niets nodig, Sinead.'

Ik was emotioneel zo uitgeput dat ik hem zonder nadenken geloofde, en liep de flat uit met niets anders dan de kleren die ik aanhad. Zijn auto stond buiten en ik stapte dankbaar in. James boog zich voor me langs en maakte zorgzaam mijn gordel vast alsof ik ziek was of pijn had. Hij keek me nog even onderzoekend aan voordat hij zich in het drukke verkeer stortte.

26

Na een nacht waarin ik ongewoon vast had geslapen, werd ik uitgerust wakker. Het dunne dekbed lag nog bijna recht, alsof ik niet had bewogen. James had 's avonds tegen me gezegd dat ik moest controleren of alle deuren en ramen dicht waren, maar op deze heldere zomerochtend leken die angsten erg overdreven. Het poortgebouw was vanbinnen net een poppenhuis. Na de hoge, galmende plafonds van Patricks flat dacht ik dat ik me hier opgesloten zou voelen, maar het was alsof er een warme deken om me heen was geslagen. Ik liep op blote voeten over de tegelvoer, die al was opgewarmd door de zon. Er lag nergens stof en ik vroeg me af of hier tot voor kort iemand anders had gewoond. Het kon Patrick niet zijn, want er hing een ouderwetse vrouwelijke bloemetjesgeur.

Algauw merkte ik dat ik een probleem had. James had me overgehaald om niets mee te nemen uit de flat. Maar voor één keer betreurde ik nu dat ik niet de goede raad van mijn moeder had opgevolgd om altijd schoon ondergoed bij me te hebben voor onduidelijke rampen. Ik dacht erover om kleren te lenen van zuster Catherine, maar dat had weinig zin, tenzij ik in haar reservehabijt wilde rondlopen.

Iemand moest een briefje onder de deur door geschoven hebben toen ik een douche nam. ONTBIJT was het enige wat erop stond. Ik deed de deur open en zag op de stoep een mandje met broodjes, jam, boter en koffie. James was nergens te zien, maar ik ging op de koele stenen zitten en brak de harde broodjes in stukken, die ik in de jam doopte. Algauw kreeg ik gezelschap. Een paar vogeltjes kwamen heel dichtbij en pikten gretig naar de kruimels die ik morste. Ik haalde diep adem en pakte mijn telefoon. Ik moest Harry iets laten weten over mijn onverwachte vertrek. Moeizaam legde ik in een sms uit dat ik ruimte nodig had om mijn gedachten te ordenen en Patricks verdwijning op te lossen. Ik schreef dat ik gauw weer contact zou opnemen.

Op weg naar Benedict House keek ik uit naar Eurydice en bleef met een ruk staan. Ze was weer zichtbaar, maar deze keer aan de andere kant van de struik. Het was vast een grap van James. Hij wilde dat ze herenigd werd met Orpheus en had ze dichter bij elkaar gebracht. Of wilde hij ze naar de brug brengen, waar ze thuishoorden? Volgens James was het voor mij te gevaarlijk om daarheen te gaan, maar ik moest weten of Patrick daar iets voor me had achtergelaten. En dan kon ik beter nu meteen gaan kijken, voor James het me uit mijn hoofd praatte. Ik liep naar de treurwilg en vandaar naar de open plek. Ik bleef op een veilige afstand van de brug en klom op de onderste tak van een boom om beter te kunnen kijken.

Ik schrok. Cerberus liep heen en weer en leek nog groter dan ik me herinnerde. Ik was de bijtwond in James' hals niet vergeten. Honden vliegen iemand meestal naar de keel als ze willen doden, en ik wist van mijn vader dat dit ras een bijzondere eigenschap heeft. Als ze hun tanden in hun slachtoffer hebben gezet, gaan hun kaken als het ware op slot en kunnen ze bijna niet meer losgemaakt worden. Ik kon de brug echt niet oversteken. Waarom was die hond hier gebleven? Het klopte niet. James was ervan overtuigd dat Cerberus altijd bij zijn vader zou blijven, dus moest zijn vader hem met opzet hebben achtergelaten. En het betekende ook dat zijn vader niet in de buurt woonde. Misschien was mevrouw Benedict toch niet in de war geweest toen ze zei dat Cerberus erop wachtte om herenigd te worden met de vader van James. Ik moest het hem vertellen. Toen ik terugliep naar het huis, bedacht ik opeens dat Patrick zo ook de brug niet over kon. Dus daar hoefde ik in elk geval niet te zoeken.

Het was precies tien uur toen ik bij het huis kwam. Zuster Catherine was voor haar doen heel spraakzaam.

'Dus je bent teruggekomen,' zei ze.

Ik keek haar aan. 'Ja, ik ben teruggekomen.'

'Ben je bereid je proeftijd af te maken?'

Dit ergerde me, omdat ze blijkbaar dacht dat ze had gewonnen. 'Heb ik een keus?'

'Je hebt altijd een keus, Sinead. Dat heb ik je al uitgelegd.' Ik zei niets terug en mijn stilte beviel haar blijkbaar. Ze wreef tevreden in haar handen. 'Weldra ben je terug bij het begin.'

Terug bij het begin? Wat bedoelde ze? Ik ging niet alles opnieuw doen. Verwachtte ze echt dat ik, nadat ik het hele huis had schoongemaakt, weer met de eerste kamer zou beginnen? Ze was niet goed bij haar hoofd.

Ik wachtte op haar uitleg. 'Domus dei,' mompelde ze.

'Dat van de eerste kerk weet ik al. Maar u hebt me nog steeds niet geholpen.'

Ze kreeg een zachtere uitdrukking op haar gezicht. 'Als het zover is, zal ik er voor je zijn.'

Als het zover is. Zuster Catherine had echt gewonnen. Ik had gedacht dat ik tijd kon sparen en een deel van haar stomme proeftijd kon overslaan, maar nu begreep ik dat het niet zou lukken. Ze zou me geen antwoorden geven voor de twee weken voorbij waren.

'Je kunt boven gaan werken, Sinead.'

Zuster Catherine liet me alleen bij de eerste deur boven aan de grote trap. Ik wilde James' grootmoeder liever niet tegenkomen en ging snel naar binnen. Het was een grote slaapkamer en er stond een hemelbed met veel houtsnijwerk. Ik werkte weer een ochtend stug door, stikkend in het stof. Tussen de middag nam ik mijn lunch mee naar buiten. Ik dacht hard na. De slangen en de beelden hadden niets opgeleverd. En de sleutel ook niet. James had hem boven zonder succes overal geprobeerd. Was Patrick van tactiek veranderd en had hij zich verstopt? Zuster Catherine was ook veranderd. Het leek wel of ze het jammer vond dat ze me niet beter kon helpen.

Ik schopte in het stoffige grind. Ik begon hetzelfde gevoel te krijgen als James – dat ik op schimmen joeg in deze vreemde omgeving. De eerste kerk was nog steeds mijn belangrijkste aanwijzing, en dat had zuster Catherine op haar eigen rare manier bevestigd. Ik zou mijn zoektocht dicht bij het huis beginnen en vandaar naar buiten toe werken. Misschien was er nog ergens een teken dat in de loop der eeuwen was bedekt, of misschien zou Patrick me een zetje in de juiste richting geven. Ik hield mijn hoofd schuin. Meestal was het hier heel stil, maar nu hoorde ik fluiten en het was geen vogel. Ik stond op en ging op het geluid af, langs de achterkant van het huis naar de hoek waar zo veel wilde bloemen groeiden. Ik liep door een sierpoortje. In tegenstelling tot het bos waren alle planten en bloemen hier licht, luchtig en iets te ver doorgegroeid. Ze zwaaiden zonder een zuchtje wind.

Ik verschool me achter een latwerk en keek voorzichtig om de hoek. Het was James, die fluitend in de tuin aan het spitten was. Hij wist niet dat er iemand naar hem keek, en leek plezier te hebben in zijn werk. Hij droeg een opgerolde spijkerbroek en een gerafeld overhemd dat open was tot aan zijn navel. Zijn haren glansden in de zon. Ik zuchtte en ergens in mijn hoofd klonk een symfonie. Ik had niet zo mogen gluren, maar betrapt worden terwijl ik wegsloop was nog erger. Ik kuchte zacht.

'Sorry, James. Ik wist niet dat je hier was.'

'Heb je goed geslapen?' vroeg hij terwijl hij zich loom uitrekte.

Ik lachte. 'Als een blok.'

Hij wees naar zijn schop. 'Ik probeer een mooi plekje te maken voor mijn grootmoeder om buiten te zitten. Ze komt bijna de deur niet uit.'

'Ik heb haar ontmoet,' zei ik. 'Ze heeft een keer een ontbijt voor me klaargemaakt.'

James leek een beetje verlegen en knielde om onkruid uit te trekken. 'Was ze oké?'

'Ja hoor, het ging best. Weet je, James, ik ben vanochtend terug geweest naar de brug en Cerberus liep daar nog steeds rond. Je grootmoeder zei dat hij erop wacht om herenigd te worden met zijn baas. Ze klonk alsof hij er al lang was.'

'Is Cerberus er nog steeds?'

Ik knikte. 'Ik denk dat je vader hem heeft achtergelaten en zelf weg is gegaan, misschien wel naar het buitenland.'

James keek me verrast aan. 'Je hebt gelijk. Hij zou Cerberus nooit alleen hebben gelaten, tenzij het niet anders kon. Hij hield zo veel van die hond, meer dan van...'

Hij maakte zijn zin niet af.

'Maar waarom hangt hij rond bij de brug?' vroeg ik. 'Het lijkt wel of hij hem bewaakt.'

James rolde met zijn ogen. 'Mijn vader heeft het hem waarschijnlijk lang geleden geleerd om ervoor te zorgen dat ik daar niet kwam.' Zijn gezicht betrok. 'Ik wist bijna zeker dat mijn vader in de buurt was. Ik heb nog meer dromen over de witte ridder gehad...'

Ik knikte om hem aan te sporen.

'Als ik hem zie, zit hij onder het hazenbloed en staart me beschuldigend aan. Dan word ik badend in het zweet wakker.'

Ik had zo'n medelijden met hem. 'James, dat begrijp ik zelfs. Je voelt je schuldig omdat je vader dieren doodde en wilde dat jij meedeed. Onbewust denk je dat hun bloed ook aan jouw handen kleeft.'

'Ik wou dat het ophield,' zei hij ongelukkig.

'Het houdt op als je je vader terugziet en erover praat.'

'Maar zal dat ooit gebeuren? Gisteren dacht ik dat ik een spoor had, maar het leverde niets op.'

'Wat dan?' vroeg ik afwezig.

Hij trok een scheve mond. 'Ik deed navraag in het dorp, en een meisje met wie ik op school heb gezeten zei dat ze iets wist over mijn vader en het zou vertellen als ik haar mee uit nam.'

'Zijn jullie gaan rijden in je auto?'

'Ja, hoe weet je dat?'

'O, dat raad ik. Ben je iets van haar te weten gekomen?'

James schudde zijn hoofd. 'Nee, ze giechelde telkens en zei dat ze vroeger verliefd op me was, toen we tien waren. Het was pure tijdverspilling.'

Hij schoof zijn mouwen omhoog en ging op een vervallen bank zitten, waarvan het hout verweerd en gebarsten was. Hij hield zijn handen achter zijn hoofd, zodat zijn shirt verder openging en ik nog meer van zijn borst zag. Ik ging naast hem zitten en het bankje kraakte angstaanjagend. Ik kon maar aan één ding denken: als James me over dit meisje had verteld, zouden we nu nog samen zijn. Dat wist ik zeker. Waarom had hij het niet gedaan? Dacht hij dat ik jaloers zou worden, of was hij het gewoon vergeten? Ik had het akelige gevoel dat ik het had verprutst en veel tijd had verspild.

'Heb je nog nieuwe sporen van Patrick gevonden, Sinead?'

Ik probeerde zo gewoon mogelijk te praten. 'Toen ik je grootmoeder vroeg of Benedict House eerst een kerk is geweest, zei ze dat de kerk is afgebroken en dat het huis op een heel andere plek is gebouwd. Maar het landgoed is zo groot. Ik zoek nu naar een teken waar de kerk gestaan kan hebben. In zijn briefje beschreef Patrick het als een soort poort.'

James keek me van opzij aan en ik wist niet zeker of hij het me al had vergeven.

'Zou je me toch willen helpen?' vroeg ik. 'Je kent het terrein zo goed.'

Hij knikte maar leek nog steeds afstandelijk. We bleven een paar minuten ongemakkelijk zitten. Ik hield mijn armen stijf over elkaar en James pulkte aarde van onder zijn nagels.

'Heb je alles wat je nodig hebt in het poorthuis?' vroeg hij ten slotte.

Was dat een grapje? Hij wist toch dat ik niets had meegenomen uit Patricks flat. 'Nou ja, ik heb geen kleren en toiletspullen, en ook geen ondergoed.'

James grijnsde. 'We zijn bijna even groot. Je kunt wel wat kleren van mij lenen.'

Ik probeerde me niet voor te stellen dat James zijn kleren uittrok en aan mij gaf. 'Wie zou daar vóór mij gewoond hebben? Het is brandschoon en ik ruik nog een vaag parfum.'

'Zuster Catherine,' zei hij.

Ik schrok me rot. 'Zuster Catherine?' stamelde ik. 'Waarom heb je dat niet gezegd?'

James keek verbaasd. 'Waarom zou ik?'

Ik was helemaal in de war. 'Nou ja, toen we in die witte kamer van haar waren, had je het toch kunnen vertellen?'

Hij fronste. 'Zo belangrijk leek het me niet.'

Hij had gelijk. Het was niet belangrijk. Toch vroeg ik: 'Wanneer is ze weggegaan uit het poorthuis? Weet je dat?'

James zuchtte. 'Een paar dagen geleden. Ze zei dat het tijd was, en ik heb haar geholpen met het verhuizen van een paar spullen.'

'Zei ze waarom?'

'Ze zei dat we een nieuwe gast kregen. Daarom moest zij plaatsmaken voor haar.'

Mijn hart klopte snel. 'Zei ze *voor haar*?'

'Is dat een probleem?'

'Nee hoor,' fluisterde ik hees.

27

Zuster Catherine had niet geweten dat ik in het poorthuis kwam logeren. Dat kon niet. Ik was gewoon paranoïde. Ze nodigde vast wel vaker gasten uit en het had niets met mij te maken. Toch kreeg ik er pijn van in mijn buik.

En hoe zat het nu met James? Ik had vreselijk stom gedaan, maar het was nog niet te laat. Waarom ging ik niet gewoon naar hem toe? Mijn hart klopte wild. Ik legde er een hand op, maar het bonsde meedogenloos verder en onderstreepte mijn eenzaamheid, mijn verlangen om bij James te zijn en mijn verdriet over elke seconde dat ik niet bij hem was. Waarom kwam James niet naar mij? Omdat hij niet wist waarom ik hem zo naar had behandeld, en me waarschijnlijk een kreng vond. Ik kon nu in het maanlicht naar buiten gaan, naar het grote huis lopen en steentjes tegen zijn raam gooien. Als het zo makkelijk was, waarom deed ik het dan niet?

Pas na twaalven viel ik eindelijk in slaap. Ik droomde dat ik met Patricks sleutel voor een rij gelijke houten deuren stond. Ik stak hem in het eerste slot en de deur ging open, maar erachter was alleen een spierwitte, lege kamer. Wanhopig rende ik naar de volgende. Toen ik in de verte keek, hadden de deuren een cirkel gevormd die alsmaar ronddraaide, en ik was weer terug bij het begin. Maar ik kon niet stoppen met kijken. Het leek of dit zinloze zoeken de hele nacht doorging. Radeloos ranselde ik met mijn vuisten op het hout.

Ik zat rechtop in mijn bed en mijn hart hamerde nog door de droom. Ik huiverde. Maar er werd echt op de deur gebonsd en James riep mijn naam. Ik zocht iets om aan te trekken en merkte dat ik niets had. Ik sloeg het laken om me heen en liep struikelend naar de badkamer om mijn mond te spoelen. Daarna liep ik snel naar de deur.

'Je lijkt op Eurydice,' zei James met een glimlach toen hij mijn gewaad zag. Hij gaf me weer een mand met eten. 'Het is al na negenen, maar je sliep nog als een blok.'

Ik vroeg niet hoe hij dat wist. Het poorthuis was klein en de dunne gordijnen sloten niet goed. Hij had vast naar me gekeken terwijl ik sliep. Ik zette de mand neer en rekte me uit. Ik ving het laken nog net op voor het van me af gleed. 'Ik heb geen badjas of handdoek meegenomen,' zei ik verlegen.

James hield een plastic tas in de lucht. 'Hier is een handdoek, plus de andere dingen die ik heb beloofd.'

Ik mompelde een bedankje. Hij liep een meter of tien weg en kon het toen niet laten om om te kijken, met zijn ogen halfdicht tegen de zon. Dit was het moment om iets te zeggen. Ik kon naar hem toe rennen en in zijn armen vliegen, terwijl ik wel het laken vasthield. Maar ik verlangde zo naar hem dat ik geen woord kon uitbrengen en als een idioot naar hem stond te staren. James glimlachte treurig en draaide zich om. Ik keek hem na, met pijn in mijn keel. Zo zou het voelen als hij terugging naar Australië, en ik nam me voor om daar niet bij te zijn. Mijn hart zou stilstaan van verdriet.

Maar hij ging nog niet terug naar Australië. Hij liep alleen naar het grote huis. Weer een grote kans verprutst. Waarom was ik zo sloom? Waarom liet ik het geluk door mijn vingers glippen? Ik wist dat hij nog verliefd op me was. Dat was zo duidelijk als wat. Hoe zat het met mijn voornemen om van elk moment te genieten?

Opeens had ik haast. Ik smeet de deur dicht, leegde de plastic tas op de vloer en pakte een afgeknipte spijkerbroek en een sportief shirt. Binnen dertig seconden had ik ze aan, en ook mijn gympen. James had maar een kleine voorsprong, ook al zag ik hem niet meer. Met mijn lange benen had ik altijd goed kunnen sprinten, en ik wist zeker dat ik hem binnen een paar minuten zou inhalen. Ik rende en rende, duizelig van opwinding, tot ik aan de rand van het bos kwam en het huis kon zien. Maar James liep niet voor me. Ik keek rond en zag hem nergens. Mijn longen deden pijn en ik was weer woedend op mezelf. Hij had blijkbaar een ander pad genomen.

Ik strompelde terug naar het poorthuis en voelde me diep ellendig. Opeens stond ik recht voor Eurydice. 'Ik ben hem weer kwijt,' zei ik. Het was vreemd: ik raakte haar gezicht aan, maar voelde geen tranen. Het marmer was volmaakt glad.

'Waarom heb ik hem laten gaan?' kreunde ik. 'En waarom vraag ik dat aan jou? Je bent van steen.'

Ik keek naar haar lege ogen en hoopte op een reactie. Ik hield mijn neus tegen die van haar, en probeerde haar te dwingen om te antwoorden. 'Jij weet niet eens wat het is om een hart te hebben,' zei ik minachtend.

'Nee, maar ik wel.'

Ik sprong bijna in de lucht toen James dit zei. Ik draaide me om en zag hem van achter een boom komen.

'Wat doe je hier?' vroeg ik beverig.

'Ik wacht op jou, Sinead. Waarom rende je zo hard?'

James kwam naar me toe en keek me heel aandachtig aan. Ik week achteruit en zei met gesmoorde stem: 'Je hebt geen melk meegebracht.'

'Kwam je me daarom achterna?'

'Ja,' zei ik.

'Wie ben je kwijt, Sinead?'

Ik gaf geen antwoord en botste achteruit tegen het beeld. Met mijn handen pakte ik haar koude gewaad vast. 'Haar tranen zijn weg,' zei ik verbaasd. 'Gisteren waren ze er nog.'

'Dat kan toch niet.' James stond nu vlak voor me. 'Je bent me niet kwijt,' fluisterde hij. 'Ik wacht al vanaf het moment dat ik je voor het eerst zag.' Hij sloeg zijn armen rond Eurydice, met mij tussen hen in. 'Stuur me nou niet meer weg.'

Ik schudde mijn hoofd en keek omlaag naar haar voeten met prachtige tenen. Hij nam mijn kin in zijn hand en dwong me om hem aan te kijken.

'Blijf je bij me?'

'Ja, ik blijf bij je,' echode ik.

'Hoe lang?'

'Voor altijd,' antwoordde ik luchtig.

'Dat wilde ik horen,' zei James volmaakt ernstig. Hij boog zijn hoofd naar me toe en hield me vast tegen het marmeren beeld. Ik had niet weg gekund als ik had gewild. Deze keer was het anders: er was nu geen afstand of onzekerheid tussen ons. Het was niet alleen de zoen die mijn lichaam deed smelten – de eerlijkheid ervan raakte me diep in mijn vermoeide ziel. Ik had mijn instinct al eerder moeten vertrouwen. Dit moest echt zijn. Ik probeerde hem uit te leggen dat ik hem samen met dat meisje had gezien, maar hij luisterde amper en zoende tussen de woorden gretig mijn lippen.

Ik voelde een vreselijke steek toen ik besefte hoe weinig tijd we hadden. 'Ik wil je niet zien vertrekken,' zei ik heftig. 'Ik wil je niet zien weglopen.'

James pakte mijn hand en legde die op zijn hart. 'Ik kan je niet verlaten, waar ik ook naartoe ga en wat ik ook doe. Begrijp je dat?'

Ik verdronk weer in zijn ogen en zag alles wat ik ooit van het leven had gewild, zonder te weten dat het echt bestond. Dit was van mij en ik zou het bewaken met alles wat ik in me had. Niemand zou onze tijd samen kunnen verkorten. Als iemand het probeerde, kregen ze met mij te maken.

De rest van de dag ging in een soort dromerig waas voorbij. Denken was onmogelijk en praten lukte niet. Misschien gaf zuster Catherine me een opdracht, maar het kon ook dat ze alleen haar lippen bewoog. Ik werkte als een machine zonder te weten hoe. Wat ik deed had niets met mijn gedachten te maken. Zelfs mijn armen en benen leken niet bij mijn lichaam te horen en ik keek er verbaasd naar. De scheiding van James begon al pijn te doen, maar er was een troost. Ik had kleren van hem aan, die nog naar hem roken. Elke keer dat ik ademde, was hij bij me. Zo voelde liefde, of waanzin, of misschien allebei.

Zodra het kon, liep ik het huis uit naar de bloementuin. Ik kreeg een heerlijk gevoel, maar ergens halverwege veranderde er iets en ik werd overweldigd door een diep verdriet, zoals ik nog nooit had gehad. Ik rende het laatste stuk, doodsbang dat James was weggegaan. Maar hij stond er nog, prachtig in zichzelf gekeerd en druk aan het spitten. De opluchting werd me bijna te veel en ik bleef even naar hem kijken. Ik maakte geen geluid, maar hij voelde blijkbaar dat er iets was veranderd, en keek op. Toen hij mij zag, zette hij zijn schop neer. We zeiden niets en bleven op een afstandje staan als twee blokken steen. Ik hield het niet zo lang vol als hij en vloog in zijn armen.

We gingen op de wankele bank zitten en raakten elkaars gezicht aan voordat we aan een lange zoen begonnen. In de diepe stilte van die plek had de zomer een eigen geluid dat niet van de vogels kwam – een zware, zwoele zoemtoon. Ook de warmte leek te trillen. Het was zo'n zachte avond dat we buiten bleven en niet aan eten dachten. Hoeveel we ook zoenden, ik kon geen genoeg van hem krijgen en het was hier zo beschut dat al mijn remmingen wegvielen. Ik streek met mijn vingers langs zijn ruwe kin en voelde de harde lijn van zijn kaak. Mijn lippen zochten zijn wangen af en liefkoosden het mooie kuiltje boven zijn lippen, voordat ze afdaalden naar zijn hals. Ik zoende hem van zijn oor tot zijn schouderblad en proefde zout. Mijn haren streelden zijn borst en ik voelde hem rillen. Ik moest een andere houding zoeken, omdat mijn lichaam ernaar snakte om dichterbij te komen. Ik ging met mijn lange benen over hem heen zitten en leunde met een holle rug naar achter toen hij mijn keel zoende. We waren samen zo warm dat de vlammen er bijna uitsloegen. Ik boog mijn hoofd opzij en hij blies zacht langs mijn nek terwijl mijn lichaam naar hem toe draaide. Mijn T-shirt was naar boven geschoven en ik hoorde hem kreunen toen we elkaar aanraakten met onze blote huid. Door de zwoele lucht werd mijn verlangen alleen maar groter. Ik was dronken van geluk en gaf me volledig over.

James keek heel intens naar me en de spanning was ondraaglijk. Ik streek met een vinger over zijn arm en stopte bij zijn pols. Ik voelde zijn snelle hartslag. Alles in me snakte ernaar dat hij de grens zou oversteken tussen wat we nu deden en wat we gingen doen. Ik wist zeker dat ik had laten merken wat ik wilde, maar ik had het gevoel dat hij een nog duidelijker teken nodig had. Ik vroeg me af of ik het durfde te zeggen.

'We zouden naar het poorthuis kunnen gaan,' zei ik ten slotte hees, met mijn gezicht tegen zijn borst gedrukt. 'Je hoeft vanavond niet weg te gaan. Je kunt bij mij blijven.'

James stond opeens op. Ik trok mijn kleren recht en probeerde nonchalant te kijken, maar ik schaamde me dood.

Hij keek me niet aan en zei zonder enige twijfel in zijn stem: 'Dat is geen goed idee, Sinead. Ik weet niet of ik me kan beheersen.'

28

Ik stompte zo hard op mijn kussen dat er allemaal hobbels in kwamen en ik niet lekker meer lag. *Hij wist niet of hij zich kon beheersen.* Dat was zo ongeveer het ergste wat hij had kunnen zeggen, behalve misschien dat hij te veel respect voor me had. Ik had mezelf aan hem aangeboden en hij wilde niet omdat hij te veel fatsoen, goede bedoelingen en andere bloedirritante eigenschappen had. Ik kon niet in slaap komen en toen ik eindelijk toch sliep, had ik koortsige dromen over James waarin hij helemaal geen remmingen had. Ik snakte ernaar om hem weer te zien en stond vroeg op. Ongeduldig wachtte ik voor het raam tot hij kwam aanlopen, en ik deed de deur open voordat hij er was. We waren allebei een beetje verlegen en toen hij hoorde dat ik weer wou gaan werken, keek hij sip.

'Dat meen je toch niet?' zei hij. 'Blijf vandaag bij me, Sinead. We hebben niet veel...' Hij zweeg opeens en slikte het woord *tijd* in. Daar was ik blij om.

Ik legde mijn wang tegen zijn gezicht aan en woelde met mijn vingers door zijn haar. Ik werd verscheurd door plichtsgevoel en verlangen. 'Ik kan Patrick niet vergeten,' zei ik. 'Zuster Catherine heeft gewonnen en dat weet ze. Ze heeft gezegd dat ik twee weken moet werken voordat ik antwoorden krijg. Zonder andere aanwijzingen van Patrick heb ik geen keus.'

James streelde mijn nek en er liep een rilling langs mijn ruggengraat. Hij trok een vastberaden gezicht. 'Dan zal ik je helpen. Samen gaat het twee keer zo snel.'

'Ik moet dit alleen doen,' zei ik zacht. 'Het is mijn taak.' Ik fronste omdat ik het zelf niet begreep.

Ik verwachtte dat James het er niet mee eens zou zijn en zou proberen me over te halen, maar hij nam mijn hoofd in zijn handen en trok me naar zich toe. Het moment voordat we zoenden was altijd het fijnst. Door het verlangen voelde het alsof alles in slow motion gebeurde. Toen onze lippen elkaar raakten, legde ik mijn handen op zijn achterhoofd en drukte mijn lichaam tegen hem aan. We pasten precies bij elkaar, als twee delen van een geheel. Ik glimlachte in mezelf en dacht dat hij spijt had gekregen van gisteravond en het nu anders wilde doen. Zacht drukte hij me tegen de muur, met onze benen tussen elkaar. Het was een heerlijk gevoel. Ik liet een hand zakken en stak hem onder zijn T-shirt. Mijn vingers kropen over zijn rug en voelden hem huiveren. In gedachten zag ik al hoe James me in zijn armen nam en naar de slaapkamer droeg. Hij zou me aankijken met zijn mooie bruine ogen en dan…

Maar de droom eindigde net zo plotseling als de vorige keer. James maakte zich los en kuchte. 'Ik vergeet helemaal hoe laat het is, Sinead. We moeten naar het huis. Zuster Catherine staat waarschijnlijk al te wachten.'

Zuster Catherine staat waarschijnlijk al te wachten. Nou en. Ze deed niets anders dan wachten.

Wat had James toch? Kwam het door mij? Misschien deed ik alles fout. Ik zoog mijn wangen in terwijl ik erover nadacht op weg naar het huis. Bij de voordeur ging James ergens anders naartoe. Zuster Catherine ontving me merkwaardig vriendelijk. Ik begreep er niets van.

'Goedemorgen, Sinead.'

Dit was de eerste keer dat ze me beleefd begroette. Misschien genoot ze nog na omdat ze mij hier terug had gekregen. Vreemd genoeg gaf ze me geen opdrachten en dus kon ik werken waar ik wilde. Maar het kwam niet in me op om kalm aan te doen. Ik vloog door het huis alsof ik vleugels had. Als dit de enige manier was om te ontdekken wat er met Patrick was gebeurd, was ik bereid er flink tegenaan te gaan om het karwei af te maken. Ik liet me niet klein krijgen.

Tussen de middag liep ik samen met James over het terrein om plekken te zoeken waar de kerk kon hebben gestaan. Ik denk dat we eigenlijk wel wisten dat er weinig kans was om nog overblijfselen te vinden. De eeuwen hadden alle sporen uitgewist. Maar ik keek goed uit naar aanwijzingen, want ik was het met mijn moeder eens: Patrick zou nooit zomaar het spoor afbreken. Dat stond zijn ego hem niet toe.

De zon stond hoog aan de hemel en James had zichtbaar moeite met de hitte.

'Ben je nog moe?' vroeg ik bezorgd.

'Hier gaat het veel beter,' antwoordde hij traag. 'Thuis hing ik maar wat rond en wachtte op... mijn herstel.'

Ik keek hem weifelend aan. Hij begon zijn bruine kleur te verliezen en het leek wel of hij elke dag bleker werd.

'Heb je zin om te zwemmen?' vroeg hij terwijl hij zijn voorhoofd afveegde. 'Ik weet een goede plek.'

Ik dacht dat hij een grapje maakte, maar hij streek over mijn wang en liet me het vuil op zijn hand zien. Ik was zo smerig als een zwerver. Toen we tussen de bomen door liepen, pakte ik zijn hand vast en ik voelde zijn duim tegen mijn palm drukken. Het was het smalste pad waar we tot nu toe hadden gelopen, en er groeide heldergroen mos op de grond. We probeerden naast elkaar te blijven en botsten met onze heupen tegen elkaar. Ik rook het water voor we er waren, het was die vochtige geur van rottende planten. De bodem werd zachter en mijn gympen bleven af en toe vastzitten.

'Het is niet echt een meer,' zei hij. 'Eerder een vijver. Maar het is oké om even af te koelen.'

'Ik wist dat er water was,' riep ik uit. 'Ik zag stoom opstijgen en hoorde een borrelend geluid.'

'Nee hoor,' zei hij lachend. 'Dit is de koelste plek van het landgoed. Vroeger kwam de beek hier uit, maar die is opgedroogd. Nu komt er alleen nog regen bij en de zomer is zo droog geweest dat het waterpeil is gezakt.'

Ik aarzelde. Hoe moest ik het doen met mijn kleren? Ik had een sportbeha aan en een boxershort van James, die goed zat. Toch was ik verlegen. James bukte en wreef wat modder tussen zijn duim en wijsvinger. Daarna maakte hij twee vegen op mijn wangen.

'Nu moet je er wel in komen.'

Hij waadde door het stille oppervlak. Het was dieper dan ik had gedacht, het water kwam tot zijn middel. Toen hij zijn rug naar me toe had, trok ik snel mijn T-shirt en korte spijkerbroek uit en ging hem achterna. Mijn tenen zochten onzeker naar plekjes tussen stenen en waterplanten, maar het was verrassend koel en verfrissend. Ik zakte door mijn knieën om mijn naaktheid te verbergen, maar James trok me overeind en bekeek me bewonderend. Hij bukte om mijn huid te zoenen, van mijn hals tot mijn navel. Daarna schepte hij water over mijn haar en streek het naar achteren. Er stroomden druppeltjes over mijn gezicht en in mijn mond toen ik hem zoende.

'Wat ben je mooi,' zei hij ademloos.

Sinds ik in het poorthuis logeerde had ik niet meer in een spiegel gekeken, maar het vreemde was dat ik hem opeens geloofde: ik was geen lange
stuntel, maar mooi. Mijn lichaam was niet houterig, maar sterk en elegant.
Zo veel zelfvertrouwen had ik nog nooit gehad, en ik was vast van plan om
James zijn braafheid te laten vergeten. Ik hield mijn armen om zijn nek, met
mijn handen in de lucht. Ik wist zeker dat James niet deed alsof. Hij had zijn
ogen stijf dicht, ademde snel en zijn lichaam was vol verlangen.

Alsof hij mijn gedachten raadde, trok hij zich opeens los. Het was een
vreselijk gevoel.

Hijgend staarden we elkaar aan. Ik sloeg mijn ogen neer naar het water
en keek weer op. Mijn ogen gingen schichtig heen en weer. 'Dat ik het… nog
niet eerder heb gedaan,' stamelde ik, 'betekent niet… dat ik het nu niet wil.'

Ik zag dat zijn spieren zich spanden en hij keek weer net zo koppig als de
vorige avond. 'Het zou niet eerlijk zijn.'

'Waarom niet?' vroeg ik klaaglijk.

'Je weet dat ik niet kan blijven, hoe graag ik het ook wil.'

'Het leven is niet eerlijk,' zei ik. 'Hebben ze je dat nooit verteld?'

James beet hard op zijn lippen en balde zijn handen tot vuisten. 'Tot ik
jou ontmoette, wist ik niet dat het zo ontzettend oneerlijk was. Het is alsof
ik een blik heb geworpen in het paradijs maar niet naar binnen mag.'

Ik bewoog naar hem toe en keek hem smekend aan. 'Ik ben hier nu. Het
gaat om dit moment.'

Ik zag dat hij probeerde te slikken, maar het niet kon. Het was een mar-
teling. Ik wilde me aan hem vastklampen tot we allebei onze laatste adem
uitbliezen, maar hij leek vastbesloten om afstand te bewaren.

'Ik zal een handdoek halen,' mompelde hij ten slotte.

Ik staarde naar zijn rug terwijl hij weer van me wegliep. Het was om gek
van te worden. Toch begreep ik zijn aarzeling nu beter. Hij wilde me beschermen tegen iets waartegen ik niet beschermd wilde worden. Toen ik op
weg ging naar de oever, borrelde er iets onder het oppervlak. Het verraste
me, maar voelde ook als een kleine triomf. James had me niet willen geloven
toen ik hem over het vreemde geluid vertelde. Het klonk steeds harder en er
ontstonden overal om me heen kleine draaikolken.

Ik vond het eng en haastte me naar de oever. Ik gleed uit en ging voor het
eerst met mijn hoofd onder water. Het was een ondoordringbare zwart-

groene muur. Alleen vlak voor mijn ogen zag ik wat algen drijven. Ik richtte me proestend op, maar mijn benen schoten meteen weer onder me vandaan. Zonder te kunnen ademen verdween ik voor de tweede keer onder water. Deze keer kon ik niet overeind komen. Het voelde alsof ik boeien rond mijn enkels had. Ze hielden me vast, hoe hard ik ook rukte. Het water was niet veel meer dan een meter diep, maar ik lag op de bodem van de vijver te draaien en te worstelen, en probeerde me aan iets vast te grijpen. Het water liep mijn longen in en ik begon te stikken.

Uit het duister kwam een licht, maar alleen in mijn gedachten. Mijn vader boog zich over me heen en blies lucht in mijn mond. Hij riep dat ik moest ademen, maar zijn gezicht zweefde verder weg. Met mijn laatste krachten hief ik mijn hoofd op en stak een hand uit het water. Iemand nam hem in een ijzeren greep en sleurde me uit mijn watergraf. James draaide me op mijn zij en ik braakte als een waterspuwer.

'Wat is er gebeurd?' vroeg hij, terwijl hij over mijn haar streek en mijn gezicht zacht afveegde met de handdoek.

'Ik gleed uit en raakte met mijn voet vast in waterplanten,' zei ik hijgend.

'In zulk ondiep water?' vroeg James ongelovig. Maar hij leek te begrijpen hoe geschokt ik was, en depte mijn huid als bij een baby. Dit was het ergste en gevaarlijkste voorval tot nu toe. Als James niet was teruggekomen, was ik vast verdronken. Mijn keel en mijn borst deden nog pijn. Ik wilde niet bij het water blijven en krabbelde overeind.

'Ik wil hier weg.'

James steunde mijn arm en ik leunde tegen hem aan terwijl we wegliepen. Hij was ongewoon stil. Ik plofte neer in de schaduw van een eik en ging op mijn rug liggen.

'Wat is er nou echt gebeurd?' vroeg hij.

'Ik zou het niet weten.'

'Er is iets wat je me niet vertelt, hè?'

Ik zoog nog steeds lucht naar binnen alsof ik vergeten was hoe ik moest ademen. Het duurde een tijdje voor ik weer echt kon praten. 'Herinner je je nog de zwerm libellen die ik volgens jou had verzonnen? Zo zijn er nog meer rare dingen gebeurd. Dingen die ik heb gezien of gevoeld, maar die niet echt kunnen zijn, net als daarnet in de vijver.'

James zuchtte. 'Heb je dat ook aan iemand anders verteld?'

'Alleen aan Harry. Hij denkt dat ik overspannen ben.'

'Maar je bent het niet met hem eens?'

Ik lachte bitter. 'Misschien moet ík naar de psychiater, en niet Patrick.'

'Volgens mij niet,' zei James vol overtuiging. 'Je lijkt heel normaal.'

Ik ging op mijn knieën zitten. 'Heb jij nooit gedacht dat hier iets onverklaarbaars is?'

'Wat bedoel je?'

'Niet van deze wereld.'

'Bovennatuurlijk?' Hij glimlachte een beetje spottend. 'Het landgoed is zo oud en heeft zo veel geschiedenis dat mensen dingen gaan verzinnen die niet echt zijn.'

Dat had me gerust moeten stellen, maar ik kon het akelige voorgevoel niet van me afzetten. Mijn haar was al gedroogd in de zon. Ik schudde het ongeduldig uit en schraapte mijn keel. 'Ik heb het gestoorde idee dat dit allemaal een soort griezelige test is. Ik moet niet alleen in het huis werken om Patrick te vinden, maar ook mijn bezetenheid van tijd en angst voor de dood overwinnen.'

'Dat klinkt diepzinnig,' zei James.

Ik haalde een schouder op. 'Zuster Catherine is om gek van te worden, maar ze heeft tegen me gezegd dat ik moet afrekenen met mijn verleden...'

James keek opeens somber. Ik besefte wat ik had gezegd, en greep naar zijn hand. 'Het spijt me. Ik weet hoe moeilijk het voor jou was om hierheen te komen en op zoek te gaan naar jouw verleden.'

Hij schudde zijn hoofd. 'Als ik dat niet had gedaan, zou ik jou niet ontmoet hebben, Sinead. Ik was dood vanbinnen.' Hij volgde zacht de omtrek van mijn gezicht met zijn vingers. 'Voor jou heb ik alles over. Ik ga voor je door het vuur.'

'Echt?' zei ik met een weifelende glimlach.

'Ik verkoop mijn ziel aan de duivel voor één uur langer met jou,' voegde hij er roekeloos aan toe.

'Dat hoeft niet,' zei ik. 'Er is niets wat me hier houdt. Ik ga overal met je mee naartoe.' Ik meende het. Niemand zou me echt missen en ik voelde me nergens thuis.

Er gleed een diep verdriet over James' gezicht. 'Op sommige plaatsen kun zelfs jij niet komen.'

'Dan ken je me nog niet. Ik ben hardnekkiger dan de duivel.'

Ik schuifelde dichterbij en begon zijn schouders te masseren. Zorgvuldig kneedde ik de spanning weg. Hij praatte verder, maar het was alsof hij vergeten was dat ik naast hem zat. 'Weet je, Sinead, als je eenmaal tot je bewustzijn hebt toegelaten dat je tijd eindig is, kun je nog zo hard en ver lopen, maar niets kan je redden, het verslindt je als een wild dier. Vraag je daarom nooit af hoeveel tijd je nog hebt.'

Hij draaide zijn hoofd om me aan te kijken en in zijn ogen zag ik een gekwelde wanhoop die ik niet begreep.

29

Ik deed wat James had gezegd. Ik vroeg me niet meer af hoeveel tijd we nog hadden. Seconden, minuten, uren – als ik ze niet telde, konden ze niet opraken voor ons. Ik weigerde op mijn horloge te kijken, of te zien hoe hoog de zon 's middags aan de hemel stond en hoe lang de schaduwen werden aan het eind van de dag. Ik rekende niet uit hoeveel uren zonder eind ik werkte in Benedict House, of hoe lang ik op het terrein naar nieuwe aanwijzingen van Patrick zocht. En ik weigerde bij te houden hoeveel nachten ik in mijn eentje lag te woelen terwijl ik wilde dat James bij me was. Benedict House had een soort macht waardoor de tijd aan onze kant kon staan. Het was onlogisch, maar ik probeerde het niet meer te begrijpen. Als we nog maar een paar dagen overhadden, zouden we ervoor zorgen dat ze een heel leven duurden. En we zouden een manier vinden om weer samen te zijn, al wist ik niet hoe.

Ik begon zelfs een beetje een triomfantelijk gevoel te krijgen. Hoeveel ik hier ook moest doorstaan, om wat voor reden dan ook, er was één ding wat niemand had verwacht: dat ik James zou ontmoeten. Hierdoor was alles veel minder een beproeving. Ik keek Eurydice liefdevol aan, en ze leek het met me eens te zijn. Ik vond het fijn om in het warme gras te liggen terwijl zij over me waakte. James had er niets over gezegd dat ze verplaatst was, en daarom was ik er nog meer van overtuigd dat hij het had gedaan.

'Waarom heb je Eurydice verplaatst?' vroeg ik terwijl ik hem met een grasspriet in zijn gezicht kietelde.

Hij keek me verbaasd aan. 'Dat heb ik niet gedaan. Waarom zou ik?'

Ik stompte tegen zijn arm. 'Om mij te laten denken dat ze naar Orpheus toe wil.'

'Het moet iemand anders zijn geweest.'

Ik glimlachte ongelovig. 'Zuster Catherine zeker?' zei ik lachend.

'Ja, vast.'

'Misschien is ze hopeloos romantisch en wil ze dat ze weer samen zijn.'

'Ze mag niet romantisch zijn,' zei James.

'Ze is ook maar een mens,' antwoordde ik, min of meer tot mijn eigen verbazing. Het begon avond te worden en de ondergaande zon scheen fonkelend door de bladeren van de bomen. Ik wist niet eens dat ik mijn ogen dichtdeed, maar ik dommelde even weg. Toen ik wakker werd, keek ik verbouwereerd voor me uit.

'Wat is er?' vroeg James.

'Ik heb een ongelooflijke droom gehad,' zei ik ademloos. James ging verliggen, maar mijn hoofd rustte nog steeds op zijn borst, vlak bij zijn hart. 'We waren oud. Ik zag ons hand in hand door het bos lopen. Ik droeg een oudevrouwenbroek en had een uitgezakt gezicht.' Ik stootte James tussen zijn ribben, maar hij glimlachte niet. 'En jij was nog altijd even knap met je witte haren, je grijze broek en instapschoenen.'

Ik trok speels aan zijn T-shirt, maar hij reageerde nog steeds niet en ik voelde dat zijn lichaam helemaal gespannen was. Ik verplaatste me een beetje om hem te zoenen en voelde iets nats op zijn wang, wat ook op mij terechtkwam. Ik deed of ik het niet merkte. Hij zag er ontzettend droevig uit en keek me heel aandachtig aan, alsof hij elke millimeter van me wilde onthouden. Hij kuste mijn vingers en bestudeerde ze een voor een alsof ze kunstwerken waren. Hij streek mijn haren uit mijn gezicht en begon mijn voorhoofd te zoenen, omlaag tot aan mijn neus, met het door de zon verbrande plekje, mijn kin, mijn hals en toen mijn oorlelletjes. Zijn lippen gleden over mijn armen, mijn buik en navel, en omlaag naar mijn knieën en enkels. Toen hij bij mijn tenen kwam, lachte ik en draaide mijn voeten naar binnen.

'Zullen we naar de zonsondergang blijven kijken?' stelde ik voor.

James trok een bedenkelijk gezicht. 'Ik heb liever de zonsopgang.'

'Ik ook,' zei ik terwijl ik me afvroeg waarom hij zo stil was. Eigenlijk vond ik het wel fijn, omdat je sommige dingen nu eenmaal niet kunt zeggen. Het duurde een paar minuten voor hij weer wat zei.

'Zullen we dat doen, Sinead?'

'Wat?'

'Naar de zonsopgang kijken.'

'Maar…' begon ik met een krakende stem, 'om naar een zonsopgang te kijken… moet je bij me blijven…'

'Hoe lang?' viel hij me in de rede.

'Tot morgenochtend,' zei ik ademloos.

James stond met een snelle beweging op en trok me met twee handen overeind. 'Dat kan geregeld worden.'

'Denk je dat je je kunt beheersen?' fluisterde ik, bijna overstemd door de zware geur van wilde rozen. Ik wist niet zeker of James het had gehoord, tot hij vastberaden antwoordde: 'Natuurlijk niet.'

Toen we in het poorthuis kwamen, deed James gelukkig geen lampen aan. Ik wist dat ik dit wilde; toch was ik bang, omdat het zoveel voor me betekende. Mijn hart klopte zo hard dat het alles overstemde. Ik leidde James naar de kleine slaapkamer en toen ik opeens bleef staan, botste hij tegen me op. Zijn borst ging op en neer, en ik begreep dat hij ook gespannen was. Dat vond ik fijn. We stonden elkaar voor het raam onzeker aan te kijken en probeerden rustiger te ademen. Ik kon bijna niet wachten. Ik deed een stap naar hem toe en legde mijn hoofd tegen zijn borst. Ik wilde van elke seconde genieten, maar mijn verlangen naar James was te groot. Hij sloeg zijn armen om me heen en ik trok hem mee op het bed. Ik lag op mijn rug en keek naar hem op. Zijn ogen leken mooier dan ooit, bijna amberkleurig en prachtig helder wit. Ik wist dat ik nooit zou vergeten hoe hij me nu aankeek.

De warmte was blijven hangen als een deken van mist. We sliepen boven op het dekbed, zelfs zonder laken over ons heen. Ik was me alleen bewust van James die naast me lag, en zijn huid tegen me aan. We bleven met onze gezichten tegen elkaar liggen en ik verzette me tegen de slaap, omdat ik hem dan niet meer zag. De angst sloeg me om het hart. Het was niet mogelijk om zoveel van iemand te houden. De liefde brandde in me en verteerde me. Ik had het altijd moeilijk gevonden om iemand te vertrouwen, maar nu had ik me helemaal overgegeven: mijn leven lag in James' handen. Het was beangstigend om zo kwetsbaar te zijn. James wees naar het raam. We hadden de gordijnen expres opengelaten en zagen de staalgrijze nachtwolken uiteenwijken alsof de hemel barstte.

Blijkbaar dommelde ik toch in slaap. Opeens deed ik mijn ogen weer open en zag dat James nog steeds naar me keek. Nu glimlachte hij wel en drukte zijn lippen op mijn oogleden zodat ik ze moest sluiten. De volgende keer dat ik wakker werd, stroomde het zonlicht naar binnen, en ik was alleen. Loom rekte ik me uit en keek om me heen. Ik verwachtte dat ik elk ogenblik de deur zou horen slaan en dat James zou binnenkomen met zijn armen vol eten. Ik verlangde er zo naar om hem in mijn armen te houden dat het pijn deed. Ik had nu het volste vertrouwen dat James zou blijven. Geld was geen probleem, leek het. Zijn grootmoeder en zuster Catherine hadden toch ook gezegd dat hij voorgoed naar huis was gekomen.

Ik werd helemaal koortsig van verlangen en kon niet meer wachten. Nadat ik me even had gewassen, trok ik wat kleren aan en ging hem zoeken. Hij was niet op het pad naar het grote huis en niet in de bloementuin, ook al zocht ik hem overal en verwachtte ik dat hij opeens tevoorschijn zou komen. Ik kwam op het grind voor het huis en keek omhoog naar James' raam. Ik dacht aan de keer dat hij slaperig het balkon op gekomen was. Toen hoorde ik achter me een geluid, en mijn hart maakte een vreugdesprong. Hij probeerde me te verrassen.

Ik wachtte even voor ik me omdraaide, om zoveel mogelijk te genieten van het moment dat we elkaar zagen. Langzaam keerde ik me op één voet om, met een brede glimlach op mijn lippen. Toen stortte mijn wereld in elkaar. Zuster Catherine keek me aan en in haar ogen lag iets angstaanjagends wat ik daar nog niet eerder had gezien. Het was medelijden. Ik deed mijn mond open om iets te zeggen, maar vond geen woorden. Ik probeerde te slikken, maar mijn keel zat dicht. Mijn ademhaling ging haperend en angstig, terwijl ik de gang van Benedict House in rende, de trap op, naar James' kamer. Het was alsof ik een klap met een moker kreeg, en ik stond met een ruk stil – de kamer was leeg en het bed was al afgehaald. James was weg. Mijn ogen schoten alle kanten op om de waarheid niet te hoeven zien. Ik haalde diep adem. Ik rook hem nog en wilde hier blijven om mijn gezicht te begraven in het dekbed en de kussens, en te janken als een dier. Het was nog geen tijd voor hem om te vertrekken. Dat wist ik zeker.

Je wilde niet weten dat er een nieuwe dag begon, en dacht dat je kon winnen van de tijd. Maar het heeft niet geholpen. Niemand kan de klok stilzetten. Je hebt jezelf voor de gek gehouden.

Zuster Catherine was achter me aan gekomen.

'Heeft hij een briefje voor me achtergelaten?' vroeg ik ademloos.

Ze schudde haar hoofd. Door mijn tomeloze verdriet begon ik te hyperventileren. Ik ging op het bed zitten en probeerde te stoppen met gieren. Voor één keer kon het me niet schelen hoe zielig ik eruitzag. Het was mijn eigen schuld. James had me geloofd toen ik zei dat ik hem niet wilde zien vertrekken. Daarom was hij weggegaan zonder afscheid te nemen. Misschien zat hij nu al in het vliegtuig. Ik had niet eens zijn adres of telefoonnummer.

Ik liep struikelend de trap af en rende naar buiten, het bos in. Hete tranen stroomden over mijn gezicht en ik zag alles wazig, maar ik moest en zou alle plekken terugzien waar we samen geweest waren. Elk pad en elk stukje grond was belangrijk geworden omdat we daar samen hadden gelopen. Ik had nog niets gegeten of gedronken en voelde me slap, maar ik sleepte me voort. Op de grond bij de tempel lag de ketting van madeliefjes die James had gemaakt. Ik raapte de verwelkte bloemetjes op en deed ze om mijn pols.

Dit was zelfkwelling, maar ik wist geen andere manier om mijn verdriet te verminderen. Doelloos stortte ik me in donker struikgewas vol scherpe doorns die door mijn kleren prikten en mijn huid openhaalden. Ik wist dat ik hier weg moest, maar waarheen? Hier had ik tenminste het gevoel dat James dicht bij me was. Mijn voeten voelden aan alsof ik vijftig kilometer had gelopen. Ten slotte moest ik het opgeven en proberen uit te rusten. De enige weg terug naar het poorthuis was langs Eurydice en ik zag er vreselijk tegenop om haar te zien.

Ik kon mijn ogen niet geloven. Ik kneep ze stijf dicht en deed ze knipperend weer open. Er stond iemand naast haar. Het voelde alsof er een kogel terugkaatste van mijn hart. Het kon niet. Dit was een nieuwe hallucinatie. Ik wilde gaan rennen, maar dwong mezelf om langzaam te lopen. Ik was ervan overtuigd dat het een gestoorde vorm van zelfbedrog was. Toen ik vlak voor hem stond, had hij nog steeds niet bewogen. Ik stak mijn handen uit om te voelen of hij echt was.

'Ik wist dat je niet weg kon gaan,' fluisterde ik.

'Natuurlijk kon ik dat niet,' zei James.

'Waar is je bagage?' vroeg ik, nog steeds doodsbang dat hij van gedachten zou veranderen.

Hij haalde onverschillig zijn schouders op en ik glimlachte, slap van vreugde. Hij ging niet weg. Ik hoefde niet meer bang te zijn dat de uren ons ontglipten. Nu hadden we alle tijd van de wereld. Ik sleepte James mee naar het poorthuis. Maar ik bleef voortdurend naar hem kijken, alsof ik bang was dat hij in rook zou opgaan.

'Ik had niet weg moeten gaan,' zei hij telkens.

Hij had twee koortsige plekken op zijn wangen en verder was zijn huid bleek en klam. Ik legde een hand op zijn voorhoofd en vroeg me af of hij door de stress van die dag weer last had gekregen van zijn virus.

'James, je moet even gaan liggen,' drong ik aan.

Hij pakte mijn hand vast en ik moest mijn oor bij zijn lippen houden om hem te verstaan. 'Nee, dat kan niet. Laat me niet slapen, Sinead. Ik mag niet slapen.'

Ik was dolblij dat ik hem terug had, en besteedde verder geen aandacht aan dit vreemde gedrag. Een uur later wilde hij naar buiten omdat de warmte zo drukkend was. Ik begreep er niets van dat het al avond was. Ik moest urenlang door het bos hebben gezworven.

James' toestand werd er niet beter op. Toen ik hem omhelsde, was hij koortsig en rillerig.

'Het spijt me, Sinead. Het zou zo niet moeten eindigen.'

Ik stompte hem zacht. 'Het eindigt niet. Dit is nog maar het begin.'

Hij leek niet te luisteren. 'Jij bent de vervulling van al mijn wensen, Sinead. Ik wilde van iemand houden voordat... ' Hij zweeg opeens.

'Jij bent het middelpunt van mijn bestaan,' zei ik eerlijk. 'Ik heb de hele dag over het terrein gezworven en besefte dat er verder niets is waar ik echt om geef.'

James leek diep onder de indruk en sloeg zijn handen voor zijn gezicht. 'Zeg dat niet, alsjeblieft.'

Ik trok zijn vingers weg en pakte zijn hoofd vast om hem te dwingen me aan te kijken. 'Je hebt een keer tegen me gezegd dat er plekken zijn waar ik je niet kan volgen, maar dat is niet waar. Ik ga overal mee naartoe om bij je te zijn. Geloof je me?'

James keek diep in mijn ogen en knikte, maar ik zag geen blijdschap en vroeg me af waarom hij zulke tegenstrijdige emoties had. Terwijl het langzaam donker begon te worden, gingen we zwijgend verder. Zijn ademhaling werd rustiger en hij beefde niet meer. De roodoranje gloed van de ondergaande zon weerspiegelde in zijn ogen. Ten slotte liepen we onder een donkere nachthemel. Er waren nog geen sterren te zien en ook de maan verborg zich achter een wolk, die alleen wat schijnsel doorliet. Het bos zag er nu anders uit: vol duistere schimmen, kromme en gebogen bomen. 's Nachts waren de geuren sterker; het werd me bijna te veel. Bij de treurwilg stond ik opeens stil.

'Daar is Orpheus,' zei ik en greep James bij zijn arm.

Het beeld was uit de schaduwen gekomen, het gordijn van takken hing achter hem. De maan sloop stil langs de hemel en kwam precies op dat moment tevoorschijn om het beeld te verlichten. Orpheus leek te gloeien en de aderen staken scherp af.

'De witte ridder,' riep James met een gezicht vol afschuw.

Hij liet zich op de grond vallen en sloeg zijn armen rond het koele gepolijste marmer.

30

Ik probeerde James te kalmeren, maar zijn borst ging zwaar op en neer en hij praatte heel snel.

'Mijn vader wilde dat ik schoot, Sinead. Om de haas uit zijn lijden te verlossen. Hij gilde vreselijk, als een mens. Ik moest een man zijn en niet huilen, me niet achter mijn moeders rokken verbergen.'

'Het is goed,' prevelde ik, terwijl ik hem over zijn haren streek. 'Hij was gemeen, maar hij kan je niets meer doen.'

'Een echte man weet hoe hij moet doden. Het werd tijd dat ik het leerde. Ik moest groot worden, zoals hij... Ik haalde de trekker over.'

'Je deed het alleen omdat hij je dwong, James. Je moet je niet schuldig voelen.'

'Orpheus zat onder het bloed en ik ook.'

'Het was goed bedoeld. Anders zou je vader de haas gedood hebben. Het beest had pijn.'

Hij drukte met zijn handen tegen mijn slapen en rolde wild met zijn ogen. 'Je begrijpt het niet, Sinead. Je begrijpt het niet. Het was zíjn bloed. Het was niet mijn bedoeling, maar ik richtte het geweer op hem.'

Ik trok me los. 'Nee, James. Dat denk je maar. Je wilde het en stelde je voor dat je het deed. Maar het is niet waar. Het kan niet waar zijn.'

Hij greep naar zijn hoofd. 'Ik heb het gedaan. Ik weet het zeker. Hij lag op de grond en toen sprong Cerberus me naar de keel. Mijn moeder moest hem met een stok slaan om hem van me af te krijgen.'

Mijn ogen waren groot van ontzetting en ongeloof. 'Maar wat is er daarna gebeurd? Wat deed je moeder?'

James schudde zijn hoofd. 'Dat weet ik niet. Ik denk dat ik ben flauwgevallen. Mijn moeder probeerde me wijs te maken dat het niet was gebeurd. Ze zei dat mijn vader na een ruzie was weggelopen. En daarna is ze blijven liegen. Ze heeft een fantastische vader voor me verzonnen.'

Het drong langzaam tot me door en ik begreep dat het waar was, wat hij zich nu herinnerde. 'Je kon er niets aan doen, James. Je was een kind.'

'Ik heb mijn vader doodgeschoten, Sinead. Ik heb mijn vader gedood.' Hij bleef het maar zeggen, tot ik een vinger op zijn lippen legde.

Ik streelde hem over zijn wang en hield hem in mijn armen tot de vreselijke uitbarsting eindelijk stopte. Ik was helemaal kapot van wat hij had gezegd, maar het veranderde niets aan mijn gevoelens voor hem. Zelfs niet even. Hij was een lieve jongen die ertoe gedreven was om iets zo verschrikkelijks te doen dat je het niet kon begrijpen. Geen wonder dat hij er zo ongelukkig uit had gezien. Ik was vastbesloten hem te helpen om te leren leven met wat hij had gedaan. Ik zou hem duidelijk maken dat het zijn schuld niet was, al had ik er een eeuwigheid voor nodig.

James vocht om wakker te blijven, maar hij was uitgeput en kon zijn ogen niet openhouden. Ik probeerde hem te helpen om eraan toe te geven.

'Het spijt me zo,' zei hij, voordat hij eindelijk in slaap viel. 'Denk niet te slecht over me, Sinead. Ik heb echt mijn best gedaan om niet van je te houden... voor jou... maar het lukte niet.'

We lagen zo dicht bij elkaar dat onze blote huid geen grens meer leek. Ik wilde nergens liever zijn dan hier, op een zacht bed van bladeren, helemaal om James heen gewikkeld. Hij bewoog en ik trok hem nog dichter naar me toe. Hij was eindelijk rustig, maar nu leek ik aan de beurt om me in mezelf te verdiepen. Mijn proeftijd zat er bijna op. Zuster Catherine had me antwoorden beloofd en ik zou Patrick kunnen vinden. James' liefde zou me bevrijden en samen konden we alles aan. Ik had eindelijk een toekomst. Ik streek James over zijn haren en genoot van dit nieuwe gevoel van vrede en voldoening. Met een glimlach op mijn gezicht viel ik in slaap.

Het was aardedonker. Iets had me gewekt en ik schrok: op een tak van een grote eik recht voor me zat een spookachtige uil naar me te kijken. Hij vloog op en stortte zich geruisloos omlaag naar de grond, met zijn klauwen in de aanslag. Ik keek vol bewondering naar zijn grote vleugels en prachtige zweefduik, maar was tegelijk verdrietig omdat ik aan zijn prooi dacht. Ik had een stijve nek, maar kon me niet bewegen zonder James te storen. Ik voelde zijn huid tegen me aan en hij leek een stuk koeler. Moeiteloos dommelde ik weer in.

'James?'

De ochtendschemering begon bijna en mijn arm was helemaal gevoelloos. We hadden de hele nacht geslapen en nu wilde ik opstaan en me uitrekken. Ik lachte terwijl ik me probeerde los te maken uit zijn omhelzing, maar het lukte niet. Ik schudde hem zachtjes.

'James? Word eens wakker.'

Hij sliep ontzettend vast en ik kon nog steeds geen beweging in hem krijgen of zijn gezicht zien. Maar mijn vrije hand kon zijn wang strelen, en de koorts en zweterigheid van de vorige avond waren verdwenen. Ik streek met mijn vingers over zijn lippen en wilde dat hij zich omdraaide en me zoende. Ik kreeg geen enkele reactie en legde mijn hand over zijn mond om zijn warme adem te voelen. Mijn hart begon wild te bonzen.

Snel trok ik me los en boog me over James' lichaam. Hij lag op zijn rug en had een polsslag, maar die was zo zwak dat ik hard moest drukken met mijn vingers om iets te voelen. Zijn gezicht was lijkbleek en zijn lippen begonnen al blauw te worden. Ik moest snel lucht in zijn longen blazen, maar ik was zo zenuwachtig dat ik drie keer opnieuw moest beginnen voor het een beetje lukte. Het leek of mijn verstand stilstond, en ik moest afstand nemen en doen alsof dit James niet was, maar een pop zoals bij de EHBO-cursus. Als ik eraan dacht hoeveel ik van hem hield, zou het niet lukken. Langzaam kwam er weer kleur op zijn wangen, en zijn ogen gingen knipperend open. Ik was zo opgelucht dat ik hysterisch lachte, of huilde – dat wist ik niet zeker.

'Je hebt me zo laten schrikken, James. Je ademde bijna niet.'

Hij was versuft en in de war, en dat was heel normaal, maar ik zag iets in zijn ogen waardoor mijn hart nog sneller ging bonzen. Hij leek bijna teleurgesteld, alsof hij niet blij was dat hij leefde.

'James? Zeg eens wat.'

Hij sloeg zijn ogen neer. 'Het spijt me zo,' mompelde hij ten slotte, maar het was niet duidelijk waarvoor hij zich verontschuldigde.

'Je moet naar het ziekenhuis,' zei ik vastberaden.

Ik pakte mijn telefoon om het alarmnummer te bellen, maar James pakte mijn pols vast en kneep hard. 'Niet doen, als je van me houdt.'

'Onzin,' zei ik fel. Ik ging naast hem liggen en dwong hem om me aan te kijken. 'Ik heb je nog maar net gevonden en nu… Ik begrijp het niet. Het lijkt wel of je dood wilt.'

Ik kreeg pijn in mijn buik toen ik aan een paar van onze ernstige gesprekken dacht. Was James echt zo wanhopig? Al het licht leek uit zijn ogen verdwenen. Ik kon het niet aanzien. Ik keek omhoog naar de zacht ritselende bomen en de plekken lichtblauwe hemel. Het leek of alles tolde, of anders was het mijn hoofd.

'Wil je niet bij me blijven?' vroeg ik koel.

'Dat weet je best,' antwoordde hij ontdaan. 'Ik wil niets liever.'

'Vertrouw me dan.' Ik leunde op een elleboog en keek hem smekend aan. 'Ga met me mee naar een dokter. Je bent erg bleek.'

Dat was zacht uitgedrukt. Hij ademde onregelmatig en er was een vreemd raspend geluid in zijn keel dat me helemaal niet beviel.

Het leek een eeuwigheid te duren voor James antwoordde. 'Ik wil niet meer naar het ziekenhuis, Sinead.'

'Niet meer? Wat bedoel je?' zei ik hard en ongeduldig, om mijn groeiende angst te verbergen.

'Je weet het,' ging hij bedroefd verder. 'Dat is het vreemdste. Je weet het al vanaf het begin, maar je wilde het niet toegeven.'

'Dat slaat echt nergens op, James,' zei ik zo nuchter mogelijk. 'Dit is een belachelijk gesprek.' Ik ging rechtop zitten om hem niet te hoeven zien en draaide alsmaar mijn horloge in het rond. 'Ik zou haast gaan denken dat je echt ziek bent.'

De diepe stilte dreunde in mijn oren, of misschien was het mijn bloed dat als een razende werd rondgepompt toen de doodsangst toesloeg. Het was alsof ik eindelijk de waarheid onder ogen zag die ik had willen verdringen – de oude littekens, de sporen van injectienaalden, de bleekheid, vermoeidheid en slechte conditie. Zijn vreemde bezetenheid en bijna fatalistische aanvaarding van de dood. *Dan kan ik in jouw armen sterven, Sinead.*

Ik kon me niet omdraaien, want dan zou ik misschien opeens de uitdrukking in zijn ogen begrijpen, en de echte reden waarom hij niet kon blijven.

'Vanaf het moment dat ik hier vertrok, ben ik dood aan het gaan.'

Ik hield mijn handen voor mijn oren en hoopte dat het niet waar was als ik het niet hoorde. James stond nu achter me, met zijn borst tegen mijn rug. Hij sloeg zacht zijn armen om mijn nek om te verhinderen dat ik ervandoor ging. De pijn was fysiek, alsof er een mes werd gestoken in alle zenuweinden van mijn lichaam.

'Ik ben al zo lang aan het sterven, Sinead. Bijna mijn halve leven.'

'Stil nou,' smeekte ik.

'Chronische myeloïde leukemie,' zei hij zacht.

Mijn tong drukte tegen mijn gehemelte en ik draaide me met een ruk om. 'Wou je het me niet vertellen?' zei ik boos om nog geen andere emoties te hoeven toelaten.

'Het zou makkelijker zijn geweest om niets te zeggen.'

'Voor jou misschien,' snauwde ik.

'Echt niet,' antwoordde hij ontdaan. 'Maar het was wel belangrijk voor me om te weten dat je niet alleen medelijden met me had.'

Ik wreef in mijn ogen, die pijn deden alsof ze nog nooit eerder daglicht hadden gezien. 'Beenmergtransplantatie?'

Hij lachte bitter. 'Ja, die heb ik gehad. Net als stralingstherapie, chemo, bloedtransfusies, en zelfs stamceltransplantatie. Uiteindelijk werkte het allemaal toch niet en konden we opnieuw beginnen. Alleen hebben we nu alles geprobeerd.'

'Doe niet zo stom,' viel ik wanhopig uit. 'Er is altijd wel iets nieuws.'

'Acht jaar,' zei hij doodongelukkig. 'Zo lang word ik al behandeld. De tijd ervoor, toen ik niet ziek was, kan ik me nauwelijks herinneren.'

We zwegen een tijdje. Ik ademde nu net zo onregelmatig als hij. Radeloos zocht ik naar strohalmen om me aan vast te klampen. Artsen maken vaak fouten. Ze hadden vast vanaf het begin een verkeerde diagnose gesteld. James zag er helemaal niet uit alsof hij elk ogenblik zijn laatste adem kon uitblazen.

'Ik heb doodzieke mensen gezien, James. Daar lijk je niet op.'

'Ik weet het,' zei hij trots. 'Deze tijd met jou is de reden waarom ik hier ben teruggekomen. Om me te herinneren hoe het voelt om echt te leven en verliefd te worden.' Dit had hij al eerder gezegd, maar ik had het toen niet begrepen. 'Maar vanaf het moment dat we elkaar ontmoetten, was ik afscheid aan het nemen. Ik probeerde naar huis te gaan, om jou dit te besparen.'

Ondanks de schok kon ik nog wel nadenken. Ik drukte mijn handen tegen elkaar. 'Is er nog iets wat de geneeskunde voor je kan doen?'

James begon plukjes gras uit te trekken om niet meteen te hoeven antwoorden. Zijn voorhoofd zat vol rimpels. 'Met heel zware ingrepen kunnen ze het misschien een paar weken rekken. Ze kunnen me meer tijd geven, maar geen fijne tijd.' Zijn ogen zochten die van mij. 'Ik ben al dood, Sinead.'

Ik had tijd nodig om dit te verwerken. Mijn vader had een keer gezegd dat een goede arts ook moest weten wanneer hij moest stoppen: op een gegeven moment is goed sterven net zo belangrijk als goed leven. Ik wilde egoïstisch schreeuwen en met mijn voeten stampen, tekeergaan tegen de wereld. Ik wilde James smeken om nog meer behandelingen te ondergaan en elke seconde te pakken die ze hem boden. Maar toen ik het eindelijk kon opbrengen hem diep in zijn ogen te kijken, wist ik wat hij me vroeg: dat ik het zou aanvaarden. Als je van iemand houdt, moet je hem vrijlaten, had Harry gezegd. En dat vroeg James me nu. Maar ik was niet van plan hem zonder mij te laten gaan.

'Ik ga met je mee.'

James beefde zichtbaar en sloeg zijn armen strak om zijn lichaam. 'Jij mag je leven niet opgeven voor mij.'

Ik trok aan mijn haren. 'En als ik dat nou wil?' riep ik uit. 'Er is hier toch niets meer voor me.'

'Je kiest een fijn beroep, leert iemand anders kennen en...'

'Ik heb geen toekomst,' viel ik hem koppig in de rede.

'Beloof dat je niet probeert me te volgen. Beloof het me.' Zijn ademhaling ging steeds moeizamer.

Dit was helemaal verkeerd. Ik had James nog meer van streek gemaakt. Ik moest me beheersen en sterk zijn voor hem. Mijn enige troost was dat ik hem niet zonder mij zou laten gaan, al zou ik dat heftig ontkennen. Ik maakte sussende geluiden om hem gerust te stellen. De wreedheid van dit moment trof me als een mokerslag. Ik was in slaap gevallen terwijl ik plannen maakte voor onze toekomst, en toen ik wakker werd, bleken we nog maar een paar uur te hebben voordat we voorgoed afscheid moesten nemen.

Ik glimlachte door niet-vergoten tranen heen. 'We zijn oud geworden. Herinner je je mijn droom? We hebben meer dan twee weken gehad. Het was een heel leven.'

'Het was een heel leven.' Hij glimlachte en zijn gezicht was weer jongensachtig.

'Sommige mensen bereiken een hoge leeftijd,' fluisterde ik met dichtgeknepen keel, 'maar ze leven niet echt. Ze zijn er alleen maar.' Ik trok hem mee omlaag op het gras, met onze gezichten dicht bij elkaar, onze ogen knipperend in het ochtendlicht. 'De zon is nog niet op. Heb je ergens pijn?'

'Niet als ik bij jou ben,' mompelde hij dankbaar. 'Je hebt geen idee hoe belangrijk dit voor me is. Ik heb het me altijd voorgesteld met infusen en slangetjes, een beademingsmasker, machines die mijn hartslag maten. Als ik had geweten dat het zo kon, zou ik niet bang zijn geweest.'

'Waarom zou je?' zei ik, en het was alsof ik met elk woord verder stierf. 'Er valt niets te vrezen.'

'Nu jij dat zegt, geloof ik het opeens.'

Ik moest mijn laatste moed verzamelen om verder te praten. 'Ik had je bijna niet teruggezien, James. Het scheelde niet veel of ik was doodgevallen in Patricks flat. Het was heel raar: aan het eind aanvaardde ik het.' Ik ving een traan van me op voordat hij op James viel. 'Eén dag met jou is een heel leven.'

'Wat lief,' antwoordde hij met een vermoeide zucht.

Opeens schoot me iets akeligs te binnen en ik begon te beven. 'James? Je moeder…'

'Ik heb al met haar gepraat,' zei hij met veel moeite. 'Ze had een soort voorgevoel dat het niet goed ging, en ze is nu op het vliegveld. Ik heb haar over jou verteld.'

'Maar als ze nou…' Mijn keel werd dichtgeknepen.

'Als ze te laat is?' maakte James voor me af, en zijn ogen werden glazige poelen van verdriet. 'Ze heeft me iets heel vreemds verteld, Sinead. Ze zei dat ze sinds ik ziek ben, elke dag afscheid van me heeft genomen en dat elke seconde extra een geschenk was.'

De zoute tranen stroomden over mijn gezicht. Ik had zo graag een hart willen hebben, en nu wist ik hoe het voelde als het in duizend stukken brak. Na een tijdje zei James niets meer, maar ik bleef praten. Het laatste zintuig dat wegvalt, is je gehoor, had mijn vader me verteld. Ik wilde dat James mijn stem kon horen en meenam naar waar hij naartoe ging. Ik vertelde hoe de wolken er vandaag uitzagen en hoe het zonlicht voelde op mijn huid. Ik beschreef de bomen en de bloemen waarvan hij zoveel hield. Ik was bijna blind geweest voor de schoonheid om me heen, maar nu zag ik alles door zijn ogen en kon elk blaadje of bloem beschrijven. Ik zei telkens dat ik van hem hield. Hij zag er niet alleen vredig uit – dat vond ik een verschrikkelijk woord als het gebruikt werd voor stervende mensen. Nee, hij leek intens gelukkig en ontspannen.

Ik huilde geluidloos. '*Wat heeft liefde voor zin als die niet eeuwig is?*'

Dat was het laatste wat ik tegen hem zei. Hij deed zijn ogen open en haalde diep en haperend adem. Ik had geen hartmonitor nodig om te weten dat het afgelopen was. Ik voelde dat ik instortte en gilde lang en geluidloos, maar ik bleef zitten met James in mijn armen, streelde zijn goudkleurige haar en hield mijn wang tegen hem aan tot ik voelde dat hij koud werd. Tot het laatst bad ik om een wonder, maar dat gebeurde niet.

31

Het leek onmogelijk, maar het was een prachtige nieuwe dag. Ik kon de onverklaarbare waarheid nauwelijks bevatten: de zon zou opkomen en ondergaan, de maan wassen en afnemen, en de wereld blijven ronddraaien, ook al was James er niet meer. Ik liet hem achter op een bed van bladeren, en hij zag er nog steeds uit als een engel. Maar deze keer sliep hij niet. Wanhoop sloot me in als een verstikkende zwarte wolk. Ik kon niet wachten met mijn plan om hem te volgen. Anders zou ik misschien te ver achter raken. Ik wist niet hoe de dood werkte, maar ik nam geen risico. Ik liep verder het bos in, tot ik de vochtige aardgeur rook. Ik strompelde verder, op weg naar de vijver. Ik wist precies wat ik deed. De dood had me al eerder opgeëist en nu gaf ik me zelf over. Ik waadde het water in zonder mijn kleren uit te doen, in de hoop dat ze me omlaag zouden trekken, zodat het makkelijker werd. Vandaag zou er niemand zijn om me te redden. Ik zou zelfs mijn longen niet volzuigen voor ik onder getrokken werd.

Gespannen luisterde ik of ik het eerste geborrel onder water al hoorde, maar niets verbrak het gladde oppervlak. Ik stak zelfs mijn hoofd in de troebele diepten, maar het maakte geen verschil. Mijn lichaam wachtte onbeweeglijk en wilde dat het eind snel kwam. Het leek een eeuwigheid te duren. Ten slotte wankelde ik het water uit. Mijn dwaasheid maakte plaats voor woede toen ik begreep hoe zinloos het was. Er was hier niets wat we me kwaad kon doen. Het was altijd mijn eigen geest geweest die trucjes uithaalde. Maar nu er geen manier was om naar James toe te gaan, trof zijn dood me opnieuw als een mokerslag.

Ik gilde diep van binnenuit. Het voelde als een opluchting. Ook de bomen leken het te begrijpen: hun dichte bladerdek smoorde mijn kreet niet maar leek zich te openen om mijn razernij en machteloosheid te laten ontsnappen. Mijn tanden sloegen op elkaar en ik beet blijkbaar op mijn tong, want ik proefde bloed. Ik sloeg met mijn vuist tegen een boom en de schors barstte open als een gekraakte noot. In mijn huid bleef een diepe afdruk achter. Waar moest ik heen en wat kon ik doen zonder James? Ik kon Benedict House niet verlaten; hier had ik het gevoel dat ik dicht bij hem was. Ik was gedwongen rond te dwalen over het landgoed en om hem te treuren, met hete tranen op mijn wangen, levenslang. Er liep een rilling over mijn rug.

'Het is je lot om hier te blijven, in een gevangenis die je zelf hebt uitgekozen. De aarde zal met je wenen en uit je tranen zullen nieuwe loten opschieten…'

De grootmoeder van James had geweten hoe ziek hij was, en bijna spottend mijn verdriet voorspeld.

De stem van zuster Catherine liet me schrikken. 'Dit is niet de oplossing, Sinead.'

Ze stond dicht bij me, met haar handen gevouwen voor haar schoot. Blijkbaar had ze me horen gillen, maar ze vroeg niet waarom ik dat deed. Het was alsof ze het al wist van James, en hoe ik naar hem toe probeerde te gaan.

Ik voelde met mijn vinger aan de wond op mijn vuist. 'Wat dan wel?' vroeg ik fel.

'Ware liefde vergaat niet.'

Ik voelde me niet getroost. 'Ik heb niet zo veel vertrouwen als u. En ik heb geen idee waar James is.'

Ze glimlachte gelukzalig. 'Hij wacht op je.'

'Hoe kan dat?' vroeg ik gesmoord. 'Ik heb hem zien sterven.'

Ze schudde bedroefd haar hoofd maar legde het niet uit. 'Je proeftijd is voorbij, Sinead. Nu moet je doen waarvoor je bent gekomen, en je broer zoeken.'

'Natuurlijk, maar ik kan James niet vergeten. Ik kan niet zomaar van hem weggaan.'

'Dat hoeft niet. Het antwoord ligt op dezelfde plaats.'

Nu begreep ik er niets meer van. 'We hadden een afspraak,' riep ik uit. 'U beloofde dat u het zou vertellen.'

'Nee, dat ik je zou leiden als de tijd gekomen was,' verbeterde ze me.

'Vertel me dan waar de eerste kerk stond.'

Ze kneep haar lippen samen. 'Het land is gezegend, Sinead,' zei ze zorgvuldig. 'Dat zou genoeg moeten zijn.'

'Wat moet ik doen als ik de plek van de kerk vind?'

'Ga niet haastig of vijandig naar binnen. Ontlast eerst je geweten.'

'Hoe kan ik naar binnen gaan? De kerk is eeuwen geleden afgebroken.'

'De funderingen van de kerk zijn onverwoestbaar. Je zult de weg vinden.'

'En als het niet lukt?'

'Zie je angsten onder ogen. Je vrijheid is bijna binnen bereik. Maar stel het niet uit. Je hebt weinig tijd.'

Wanhopig kneep ik mijn ogen dicht. Toen ik ze weer opende was ik alleen.

Ik ging terug naar de treurwilg, maar het lichaam van James lag er niet meer. Ik zag wel nog de afdruk in het gras. Zuster Catherine kon hem niet weggehaald hebben en er was hier niemand anders om haar te helpen. Mijn knieën knikten en ik zakte op de grond. *Hij wacht op je.* Maar James kon alleen op me wachten als hij niet dood was. Ik was geen arts, misschien had ik me vergist en had zijn hart niet stilgestaan. Kon het dat zijn polsslag door zijn lange ziekte zo zwak was geworden dat hij dood leek? Maar zo wreed kon zuster Catherine niet zijn. Als hij nog leefde, zou ze dat gezegd hebben, en me niet weer een soort raadsel hebben opgegeven. Toch?

Ik voelde me draaierig en ademde kalm door mijn mond om mijn versnelde hartslag af te remmen. Stelde zuster Catherine mijn liefde voor James op de proef, of mijn plichtsgevoel tegenover mijn broer? Was hun lot nu met elkaar verbonden? Ik begreep er niets van, maar klampte me vast aan het idee dat James ergens in de buurt was en dat ik met hem herenigd zou worden als ik Patrick vond. Alles hing ervan af of ik de eerste kerk kon vinden, maar de afgelopen dagen hadden James en ik bijna het hele terrein uitgekamd. Zuster Catherine wilde me alleen vertellen dat het land gezegend was. Volgens haar zou dat genoeg moeten zijn. Maar als ze zich nou vergiste en ik het niet kon? Er stond zoveel op het spel. Het was angstaanjagend.

Ik liep en liep, maar elk pad leidde terug naar de treurwilg, leek het. Ik sloeg mijn armen rond Orpheus en was blij dat ik iets had om vast te houden. Ik glimlachte verdrietig toen ik eraan dacht hoe James hem voor de grap had verplaatst. Volgens James hoorde Orpheus bij de doden aan de overkant van de brug. Het inzicht kwam niet als een lichtflits, maar groeide langzaam in me. Ik dacht bijna dat James het in mijn oor fluisterde. Hij had vroeger niet bij de graven mogen spelen omdat het land daar gezegend was. De eerste kerk had op de plek gestaan van de begraafplaats. Zuster Catherine had gewacht tot mijn proeftijd voorbij was, en me toen het laatste stukje van de puzzel gegeven. Ik beefde als ik dacht aan wat er komen ging.

Ik liep naar de open plek in het bos en tuurde vooruit naar de brug. Ik hoorde een laag, dreigend gegrom en ik kreeg pijn in mijn buik van angst. Zuster Catherine had me niet verteld hoe ik langs Cerberus kon komen, maar ze had me gewaarschuwd dat ik niet veel tijd had. Ik moest dit doen en mocht niet aarzelen. Ik liep naar de grote hond toe en probeerde zo kalm en ongevaarlijk mogelijk te lijken. Cerberus legde onmiddellijk zijn oren plat en ontblootte zijn tanden. Mijn benen leken wel van pudding en mijn hart hamerde zo hard dat het gegrom er bijna door overstemd werd. Voorzichtig zette ik een voet op de eerste plank, terwijl er allerlei vreselijke gedachten door mijn hoofd flitsten. James' vader was al acht jaar weg en zijn hond had al die tijd waarschijnlijk konijnen en ander wild gegeten. Nu was hij gewend te doden en zijn prooi rauw te verslinden. Hij zakte dreigend door zijn voorpoten in de houding die meestal voorafgaat aan een aanval. Het grommen ging over in een soort opgewonden janken, alsof hij bloed rook. Ik begon wazig te zien en deed een stap achteruit. Hiervoor was ik niet dapper genoeg. Maar opeens hoorde ik een stem in mijn hoofd: 'Zie je angsten onder ogen, Sinead.'

Honden kunnen ruiken dat je bang bent. Ik ging langzamer ademen en dacht aan James' mooie gezicht. Toen liep ik vastberaden op Cerberus af en riep zo autoritair mogelijk zijn naam. Er gebeurde iets heel vreemds: hij week piepend achteruit tot hij aan de overkant van de brug was. Daar ging hij koppig zitten en hij kwam niet meer van zijn plaats. Ik zette de ene voet voor de andere en deed mijn best om nergens anders aan te denken. Cerberus reageerde niet toen ik dichterbij kwam, maar ik probeerde hem niet aan te kijken. Hij liet me erlangs zonder me aan te vallen. Ik was nog doodsbang en verbeeldde me dat ik zijn hete adem tegen mijn kuiten voelde.

De cirkelvormige muur van hulst torende boven me uit. Hij was meer dan vier meter hoog. Toen ik opkeek duizelde het me even. Ik liep er helemaal omheen voordat ik een kleine doorgang ontdekte. Het leek bijna een deuropening die speciaal was uitgehakt. Ik glipte naar binnen en had het gevoel dat ik een heel andere wereld betrad. Er was een cirkel blauwe hemel te zien, maar het daglicht werd gedempt en de lucht was zwaar en zwoel, alsof de plek zijn adem inhield. Ik keek in de kalmerende stilte om me heen. Er waren geen grafstenen, maar ik zag wel een soort monument dat waarschijnlijk gebouwd was om eer te bewijzen aan de doden. Ik liep er nieuwsgierig naartoe.

Het monument was verrassend massief, met bakstenen muren, een deur en een puntdak. Ik las het opschrift en er ging een schok van angst en vervoering door me heen: *Ik zal u de sleutels geven van het hemelse koninkrijk.* Die woorden kende ik. Ze brachten me in één keer terug naar de eerste dag van mijn zoektocht naar Patrick, toen ik bijna uit de klokkentoren was gevallen. Het briefje waarvoor ik mijn leven had gewaagd, had me naar de Sint-Petruskerk geleid. Daar had de priester me verteld dat Sint-Petrus de sleutels van het hemelse koninkrijk had gekregen. En hij hoopte dat Patricks sleutel mij ook daarheen zou brengen. Ik herinnerde me de fleur-de-lisversiering van de sleutel en zag die nu ook op het slot in de deur voor me.

Er ging een rilling door me heen. Alles viel op zijn plaats. Ik had dolblij moeten zijn, maar ik dacht aan wat zuster Catherine had gezegd: 'Ga niet haastig of vijandig naar binnen. Ontlast eerst je geweten.'

Ik moest ergens naartoe en ik had niet veel tijd.

32

Ik stond aan de kant van de weg, met mijn duim in de lucht. Nadat er vijf auto's voorbijgereden waren, remde de volgende en deed zijn knipperlichten aan. Voorin zaten twee oude dames, die even met elkaar praatten voordat ze het raampje opendeden. Ik vertelde een zielig verhaal dat ik ruzie had gehad met mijn vriend en hier zonder geld was achtergelaten. Ze maakten afkeurende en sussende geluidjes, en ik voelde me vreselijk schuldig dat ik ze voor de gek hield. Ze weigerden me zomaar ergens in de stad af te zetten en brachten me tot aan mijn eigen voordeur.

Het was een vreemd gevoel om hier terug te zijn. Het huis leek heel vertrouwd en toch ook helemaal niet. Mijn moeder deed snel open en keek me aan alsof ik een onbekende was. Opeens vroeg ik me af of ze me altijd dat gevoel had gegeven.

'Je hebt zeker geen nieuws over je broer?' zei ze.

Ik werd niet eens razend, maar alleen erg verdrietig. Ik liep naar de woonkamer en ging op de bank zitten. Door de hoge leuning werd ik in een kaarsrechte houding gedwongen alsof ik ondervraagd werd. Zoals gewoonlijk was de kamer onberispelijk opgeruimd en schoon.

Mijn moeder kwam me achterna en wachtte nog op een antwoord.

Ik reageerde met een eigen vraag: 'Was je ongerust toen ik niet meer belde?'

Ze maakte een handgebaar alsof ze een vlieg verjoeg. 'Ben je teruggegaan om Patrick te zoeken?'

'Ja, ik heb gezocht.'

Ze trok haar neus op alsof ze niet dacht dat ik mijn best had gedaan.

'Ik geloof dat ik weet waar hij is, maar eerst moet ik jou iets vragen.'

Mijn moeders dunne wenkbrauwen schoten omhoog. Ik likte nerveus met mijn tong langs mijn lippen. 'Wat bedoelde je toen je zei dat ik gestoord ben? Dat moet ik weten. Het is belangrijk.'

Ze zuchtte. 'Waarom begin je daar nu over? De schade is al aangericht.'

'Wat voor schade?'

'Aan je broer, Sinead.'

'Ik begrijp het niet,' zei ik hoofdschuddend. 'Hoe heb ik Patrick dan beschadigd?'

Mijn moeder masseerde met een pijnlijk gezicht haar nek. 'Wil je dat echt weten?'

Ik kneep mijn ogen tot spleetjes. 'Ja, dat wil ik echt weten.'

Ze sloeg haar armen over elkaar. 'Als jij niet altijd alle aandacht had opgeëist, zou Patricks leven misschien heel anders zijn gelopen.'

'Ik alle aandacht?' riep ik verbaasd uit. 'Je zag me niet eens. Je hebt jarenlang gedaan alsof ik niet bestond. Je legde zelfs een deken over me heen.'

Het werd steeds gekker. Ik was naar huis gekomen om het uit te praten en wilde een eind maken aan onze ruzie. In plaats daarvan kreeg ik weer de schuld, maar er was iets veranderd: ik hoorde een nieuwe bitterheid in haar stem.

'Laten we geen ruziemaken, mama,' zei ik sussend. 'Dit is moeilijk uit te leggen. Ik weet dat je je meestal geen zorgen over me maakt, maar er zijn rare dingen gebeurd.'

'Er zijn rare dingen gebeurd,' deed ze me spottend na, met een vreselijke schelle stem. 'Je bent niets veranderd. Als klein meisje zoog je ook verhalen uit je duim om belangrijk te lijken. Daardoor...' Ze zweeg en keerde me de rug toe. Maar in de spiegel zag ik de opgekropte woede op haar gezicht.

'Wat?' zei ik niet-begrijpend.

'Daardoor is Patrick zo kwetsbaar.'

Ik kreunde zacht. Ik vond het vreselijk als ze deed alsof Patricks problemen wel meevielen en het allemaal niet zijn schuld was. 'Dus volgens jou is het mijn schuld dat hij een manische junk is?'

Daar schrok ze even van. 'Denk eens terug, Sinead, en vraag je af wat je hebt gedaan.'

Mijn geweten had het druk genoeg, maar niet met de manier waarop ik Patrick had behandeld. Ik had niet verwacht dat ze het me makkelijk zou maken, maar ik was verbijsterd door deze woedende aanval.

'Ik begrijp het nog steeds niet, mama.' Ondanks mijn voornemen om kalm te blijven, begon ik geïrriteerd te raken. 'Vertel het maar.'

Haar ogen schoten vuur. 'Die kinderachtige leugen die je over Patrick hebt verteld, Sinead.'

Ze moest echt flink in de war zijn door Patricks verdwijning. Ik had nooit kinderachtige leugens over hem bedacht, omdat ze me toch niet zou hebben geloofd. Ze had zelfs niet willen geloven dat hij verslaafd was, toen we daarvoor toch harde bewijzen hadden. Mijn vader had haar moeten overtuigen en ik had me vaak afgevraagd of ze daarom uit elkaar gegaan waren.

'Die nacht dat je niet kon ademen,' ging ze met een afgeknepen stem verder.

Ik had het gevoel dat mijn moeder haar woede lang had onderdrukt en dat de sluizen nu opengingen.

'Ik was vijf,' begon ik aarzelend, 'en ik had een astma-aanval. Dat weet je.'

Ze schudde vastberaden en zegevierend haar hoofd. 'Je had geen astma.'

'Wel. Ik had een inhaler.'

'Daar zat niets in. Het was een placebo.'

Ik voelde weer de paniek in mijn keel alsof ik steeds minder lucht kreeg. 'Waarom zeiden jullie dan dat ik astma had en dat papa het zou genezen?'

Ze gaf geen antwoord op mijn vraag. 'Die leugen van je heeft Patricks leven verwoest,' verkondigde ze met een heftigheid waarvan ik schrok.

Ik begreep het echt niet, maar het moest belangrijk zijn want ik had mijn moeder nog nooit zo duister opgewonden gezien. Ik sloot mijn ogen en ontwaakte lang geleden uit een diepe slaap. Het was een stormachtige nacht en de takken van de kastanjeboom tikten tegen het raam van mijn slaapkamer. De regen kletterde tegen de ruiten en door een kier tussen de gordijnen scheen een dunne streep licht naar binnen van de straatlantaarn. Ik bleef heel stil liggen, omdat ik wist dat er iets niet klopte. Opeens drukte er vanuit het niets een zacht donskussen op mijn neus en mond. Wild probeerde ik in te ademen, maar ik kreeg geen lucht, alsof ik gesmoord werd door de duisternis. Toen blies mijn vader in mijn mond en smeekte me om te ademen.

'Ik heb het niet verzonnen. Papa gaf me mond-op-mondbeademing.'

Ze staarde me ijzig aan en er liepen koude rillingen over mijn rug. Patrick had mijn moeders ogen en opeens zag ik hem en herinnerde me iets anders over die nacht.

'Er was nog iemand in de kamer,' fluisterde ik. 'Iemand die zich verborg in de schaduwen. O, mijn god.' Ik sloeg mijn handen voor mijn gezicht en moest bijna overgeven. 'Het was midden in de nacht,' bracht ik moeizaam uit. 'Patrick hield een kussen op mijn gezicht. Hij drukte steeds harder en ik kon hem niet van me af duwen. Hij was te sterk en toen gaf ik het op. Ik vocht niet meer.'

'Het was een spelletje,' siste mijn moeder met opeengeklemde tanden. 'Patrick vertelde me dat jij het ook bij hem deed. Het was niet gemeen bedoeld.'

Ik keek haar vol afschuw aan. 'Hij vermoordt me bijna en jij gelooft een slappe smoes dat we een spelletje deden midden in de nacht?'

'Jullie waren kleine kinderen,' zei ze. 'Je had niet zo'n drukte moeten maken.'

Nu ze dit zei, kwam er langzaam een andere herinnering in me naar boven. Ik bleef haar aanstaren, zonder te kunnen knipperen. 'Ik heb je verteld wat er is gebeurd. Ik heb je de waarheid verteld, maar jij zei dat Patrick, als ik niet mijn mond hield daarover, in een zwart gat zou verdwijnen en er nooit meer uit zou komen.' Ik snikte. 'Ik heb mijn hele leven nachtmerries gehad over wat hij heeft gedaan, en altijd maar de tijd afgeteld omdat ik dacht dat ik gauw zou sterven.'

Mijn moeder keek alsof ze zich schaamde. Toch had ze haar gewone pantser van zelfingenomenheid niet afgelegd. *Ik weet dat je moeilijke keuzes moet maken en op je instinct moet vertrouwen om je kind te beschermen.* Dat had ze de vorige keer gezegd toen ik thuis was. Maar ze had mij niet beschermd. Ze had altijd alleen Patrick beschermd. Ik voelde me helemaal slap worden. Ik stond versuft op en liep als een slaapwandelaar naar haar toe. 'Je geloofde hem niet, hè?' zei ik met een bittere smaak in mijn mond. 'Je wist wat hij had gedaan. Toch gaf je mij de schuld. Dat doe je nog steeds. Hoe kan een moeder zoiets doen?'

Ze probeerde het niet eens te ontkennen. 'Patrick is na jouw beschuldiging nooit meer zichzelf geweest. Al het licht verdween uit zijn ogen, alsof er iets in hem gestorven was.'

En nu stierf er iets in mij. Ik had zin om te gillen. Opeens dacht ik aan mijn vader. Wat was zijn rol geweest? In een flits zag ik zijn lachende gezicht terwijl hij me hoog in de lucht tilde om me rond te zwieren. Hij was altijd zo vrolijk en lief geweest. Hij zou het allemaal niet hebben laten gebeuren als hij had geweten wat Patrick had gedaan.

'Je hebt het papa nooit verteld, hè? En je hebt mij zo bang gemaakt dat ik ook mijn mond hield.'

Mijn moeder rimpelde haar neus. 'Je vader wist hoe nerveus je was, en dacht dat je een soort angstaanval had gehad. Om je gerust te stellen zei hij tegen jou dat het astma was.'

Ik keek even naar de grond om mijn gedachten te ordenen. Alles was afschuwelijk duidelijk geworden, maar de grootste schok was het gevoel dat het mij gaf. Ondanks de afkeer en walging over wat mijn moeder had gedaan, was het een bevrijding voor me. Ze had me opgeofferd voor Patrick en had geen recht op mijn liefde of trouw. Door hierheen te komen had ik mijn grootste angst onder ogen gezien.

Mijn moeder kwam dichterbij om mijn gezicht te bestuderen en voor één keer deinsde ik niet terug. 'Je hebt altijd alleen het kwaad in de mensen gezien, Sinead.'

'Ik was vijf,' zei ik, en staarde terug. 'Ik wist niet dat het kwaad bestond. Jij had Patrick moeten helpen om over zijn jaloezie heen te komen, maar je hebt het juist erger gemaakt. Misschien komt het wel door jou dat hij zo geworden is.'

Mijn moeder richtte zich in haar volle lengte op en draaide haar gezicht van me weg. 'Als klein jongetje hield hij zoveel van me. Hij kon er niet tegen om me te moeten delen. Hij wilde gewoon dat alles bleef zoals het was toen we nog met ons tweeën waren.'

'Patrick heeft me mijn kindertijd afgepakt, mijn leven, en jij liet het gebeuren.'

Ze fronste licht, alsof ze het allemaal niet goed begreep. 'Jij kwam tussen ons in. Daarom heb ik een moeilijke keus moeten maken. Maar het was goed. Patrick had me harder nodig.'

'Je hebt mij nooit de kans gegeven om je nodig te…' Ik zweeg, omdat ik begreep dat het hopeloos was. Het had geen zin om verwijten te blijven uitwisselen. Ik moest mijn krachten sparen. We zouden ons toch nooit met elkaar kunnen verzoenen.

Ze keek langs me heen in de verte en zei bijna onverschillig: 'Ik heb er vaak spijt van dat je bent geboren, Sinead.'

Dit leek me een logische afronding van zestien jaar van mijn leven – mijn moeder die wenste dat ik nooit had bestaan. Haar bekentenis maakte het zelfs makkelijker. Ik had hier niets meer te zoeken, en niets om afscheid van te nemen. Maar ik moest wel op een of andere manier terug naar Benedict House. Ik had zo weinig van haar gevraagd dat ze nu toch wel één ding voor me kon doen.

'Mag ik geld voor een taxi, mama? Ik moet ergens naartoe.'

Ze pakte haar portemonnee en gaf me een paar bankbiljetten. Ik keek voor het laatst om me heen in het huis waar ik was opgegroeid, en mompelde dat ik weg moest. Mijn moeder wreef in haar handen alsof ze ze waste.

'Dat doe je dan maar in je eentje, Sinead.'

Ik keek haar met een treurig glimlachje aan en zei zacht: 'Ja.'

33

Het zou nu veel moeilijker zijn om Patrick te ontmoeten. Wat moest ik in hemelsnaam tegen hem zeggen? Zou hij zelf weten wat hij had gedaan of had onze moeder zijn herinnering ook gewist? Ik liet me door de taxi afzetten bij de Sint-Petruskerk en dacht er even over om naar binnen te gaan, maar zag er toch van af. Al die drukke versieringen waren niets voor mij. Ik had Harry ge-sms't om me daar buiten te ontmoeten en trapte zenuwachtig met mijn gympen tegen de muur terwijl ik wachtte tot hij er was. Toen hij me zag, begon hij te hollen – het was aandoenlijk, vond ik. Ik omhelsde hem en kneep hem bijna fijn. Hij rook lekker en leek zo onschuldig, alsof hij geen idee had van alle rottigheid in de wereld.

'Is alles goed met je?' vroeg hij bezorgd. 'Je bent lijkbleek.'

Er prikten tranen in mijn ogen. Ik had geen tijd om van onze ontmoeting te genieten en dat was misschien maar goed ook, omdat het tegelijk pijnlijk was.

'Ik heb niet veel tijd,' zei ik zwakjes.

'Dat heb ik vaker gehoord,' grapte hij.

Ik beet op mijn lip en staarde naar de grond om moed te verzamelen voor mijn bekentenis. 'Er is iets wat ik je al veel eerder had moeten vertellen, Harry. Sara is ontzettend verliefd op je en ik heb het verzwegen.'

Hij probeerde mijn wang aan te raken, maar ik deed een stap achteruit. 'Ik zal altijd van je blijven houden, maar alleen als vrienden. Zij houdt zoveel van je dat ze het gevoel zal hebben dat haar hart breekt als jullie niet bij elkaar zijn, en haar gezicht zal oplichten als ze je ziet...'

'Ik wil jou,' viel hij me in de rede, maar ik snoerde hem sussend de mond.

Ik herinnerde me hoe James naar me keek, en het duurde even voor ik verder kon praten. 'Wanneer iemand je liefde beantwoordt, is dat zo'n fantastisch gevoel. Je hart jubelt en de hele wereld krijgt andere kleuren. Je wilt dat het moment eeuwig duurt. Dat verdien jij ook en je kunt het krijgen. Verpruts het niet, maar grijp het met twee handen. Je weet niet hoeveel tijd je hebt.'

Harry gaf geen antwoord, maar ik hoorde hem oppervlakkig ademen. Ik keek expres niet naar zijn gezicht, want ik wilde me hem niet herinneren zoals hij er nu uitzag.

Ik probeerde te slikken en maakte een vreselijk geluid met mijn keel. 'Ga alsjeblieft weg, voordat je me ziet huilen.'

'Zorg goed voor jezelf, Sinead,' fluisterde hij. Daarna trok hij de verlegen, scheve glimlach waarvan ik zo hield, en draaide zich om.

Ik stapte snel naar voren en sloeg mijn armen van achteraf om hem heen. Ik trok hem stijf tegen me aan, met mijn hoofd tegen zijn rug. Toen waren mijn armen opeens leeg en omhelsde ik alleen nog lucht. Ik keek niet op voordat ik zeker wist dat hij uit zicht verdwenen was.

Toen ik bij Benedict House uit de tweede taxi stapte, voelde het alsof ik thuiskwam. De lucht was elektrisch geladen en de schaduwen begonnen al lang te worden. Ik ging sneller lopen. Ik wilde met zuster Catherine praten om erachter te komen of ik op het goede spoor zat, maar ze was nergens in de buurt van het huis. De voordeur was open en ik ging naar binnen. Ik schrok ontzettend van wat ik daar te zien kreeg. De schitterende hal die ik helemaal schoongemaakt en gepoetst had, zat weer onder het vuil. Het marmer was smerig en gebarsten. De grote trap was vaal en ingesleten. Ik liep naar de zitkamer en daar was het een ongelooflijke puinhoop. De meubels en gordijnen waren versleten en beschadigd en de ruiten waren amper doorzichtig. Zo was het op de hele benedenverdieping, en op allerlei plaatsen zaten er vochtplekken in de muren. Het huis was er veel erger aan toe dan toen ik hier de eerste keer kwam. Het rook naar verwaarlozing en verval, alsof het al tijdenlang leegstond.

Hoe kon dit? En waar was zuster Catherine? Ik ging naar buiten om daar te kijken en stond even voorover met mijn handen op mijn knieën alsof ik net een marathon had gelopen. Ik wierp een blik omhoog naar de gevel en zag dat die afgebrokkeld was. De ramen waren rot en er ontbraken stukken van het dak. Er waren zwartgeblakerde balken zichtbaar, alsof het huis in brand had gestaan. Misschien was het allemaal niet vreemder dan wat ik eerder had meegemaakt. Toch duizelde het me. Ik moest teruggaan naar het grafmonument. Dat was nu mijn enige houvast.

Het werd avond en de hemel was in een paar minuten veel donkerder geworden. Loodgrijze wolken joegen langs en de zon ging onder. Na de lange hitte en vochtigheid was onweer bijna onvermijdelijk en in de verte klonk nu een donderslag als een klap van cimbalen. De wind stak op en herinnerde me aan de dag dat ik mijn zoektocht naar Patrick was begonnen, James voor het eerst had ontmoet en bijna uit de klokkentoren was gevallen. Het leek bijna een vorig leven. Tegen de tijd dat ik de open plek bereikte, kletterde de regen op de grond. Ik liep tegen de harde wind in en het voelde of ik een berg beklom. Ongelovig wreef ik in mijn ogen. De grond was blijkbaar zo droog geweest dat de regen eraf stroomde. De opgedroogde beek was nu een kolkende stroom die bijna tot aan de brug kwam. Ik moest snel naar de overkant.

Ik stapte op de eerste plank, maar die schudde hard op en neer en ik greep me met twee handen vast aan de leuningen. Mijn voeten slipten weg en ik zakte op mijn knieën. De wind huilde als een orkaan in mijn oren en smeet me als een lappenpop heen en weer. Ik wilde me zo klein mogelijk maken, maar als ik losliet zou ik gauw in het water liggen. Ik drukte mijn kin tegen mijn borst om mijn gezicht te beschermen en schuifelde blindelings naar voren. Er vloog iets langs mijn oor en het raakte mijn wang. Het voelde hard als steen, alsof ik werd bekogeld. Het water steeg nog steeds en stroomde over mijn voeten en enkels. Het is maar een beek van amper twee meter breed, zei ik tegen mezelf, geen woeste rivier, maar het voelde als een echte beproeving.

Eindelijk was ik aan de overkant. Ik had ervan langs gekregen en was uitgeput, maar ik had het niet opgegeven. Er was meer voor nodig om me tegen te houden, dacht ik trots. Ik zag Cerberus als een donkere schim naast het grafmonument. Hij gromde niet, toch was ik bang voor hem. Het zou vreselijk zijn als hij me nu tegenhield terwijl ik zo dichtbij was. Ik probeerde kalm en doelbewust te lopen, maar ik was blij toen ik de harde bakstenen voelde. Met trillende vingers viste ik de zware sleutel uit mijn zak en stak hem in het slot. Hij paste precies en draaide moeiteloos rond. Ik kreeg weer een beetje moed en keek over mijn schouder naar Cerberus. Het licht van de zonsondergang weerspiegelde als dansende vlammetjes in zijn ogen, maar hij leek niet meer agressief. Hij lag languit op de grond en lette goed op alsof hij het bevel had gekregen om de wacht te houden.

De deur was van oud, knoestig hout, dat minstens tien centimeter dik was en nog heel stevig. Ik trok hem achter me dicht en stond meteen in diepe duisternis. In mijn natte kleren beefde ik als een riet. Na een paar minuten wenden mijn ogen en leek de duisternis te bestaan uit verschillende tinten groen, paars en donkergrijs. Ergens was een puntje wit licht dat een vlek achterliet op mijn netvlies. Ik keek omlaag en was blij dat ik niet verder was gelopen, want ik stond boven aan een trap. Ik had geen keus en moest afdalen, in de angstaanjagende zekerheid dat het altijd de bedoeling was geweest dat ik hier zou komen.

De steile treden voelden aan alsof ze uit de aarde zelf waren gehouwen. Zo onder de grond kreeg ik vreselijke last van claustrofobie. De lucht was klam en het leek wel of ik watten in mijn oren had. Als kind had ik al een afkeer van kleine ruimten. Toen ik verder afdaalde, zag ik een kamertje van hooguit drie bij drie meter, en ik zag nu ook waar het licht vandaan kwam: op een eenvoudig altaar stond een kleine glazen kandelaar met één kaars. Erboven hing een houten crucifix. De muren en het plafond waren van roestbruine aarde die omhooggehouden werd door stenen bogen. Verder was er maar één ding in de kamer: een in wit leer gebonden boek. Ik had het eerst niet gezien omdat het leer dezelfde kleur had als het altaar. Ik sloeg het open bij het begin en er was een volle pagina in het Latijn met versierde letters. Sommige woorden kwamen me vaag bekend voor en opeens begreep ik dat Patrick hier zijn tekst vandaan had. Het woord *infernus* sprong van de bladzijde. De priester had verteld dat het *onderaards* kon betekenen, of de *hel*. Als Patrick me bang probeerde te maken, was dat goed gelukt.

Ik was bang en teleurgesteld. Er was hier verder niets. Ik had de voetstappen van mijn broer zorgvuldig gevolgd en kon niet veel langer blijven, omdat ik last begon te krijgen van zuurstofgebrek. Als ik verder wilde moest ik terug naar boven en zuster Catherine zoeken om te vragen waarom het niet was gelukt. Ik had alles goed gedaan en had toch nog steeds niet de antwoorden die ze had beloofd. Op de terugweg leek het of er geen eind kwam aan de trap. Mijn ogen waren nu aan het donker gewend en ik kon vaag iets zien. Boven hield ik mijn oor tegen de deur om te luisteren, maar mijn oren leken nog steeds dicht te zitten. Ik duwde zacht tegen het hout, maar er kwam geen beweging in. Ik duwde harder en toen met volle kracht, maar de deur zat vast en kraakte niet eens. Ik raakte in paniek. Dit was een graftombe voor me geworden. Niemand wist waar ik was, en er zou niemand komen zoeken. Ik had mezelf opgesloten en zou hier langzaam doodgaan van honger en dorst. En het was ontzettend warm hier onder de grond.

Ik weet niet zeker of ik een tijdje bewusteloos was of dat ik door de paniek in een eigen wereld terechtkwam, los van alles. Maar toen hoorde ik een stem roepen, die echt leek. Ergens in de verte galmde een stem, die luider werd. Ik hield mijn hoofd scheef. Het kwam niet van buiten. Het leek onmogelijk, maar het geluid klonk ergens beneden. Ik liep zo snel de trap af dat ik een paar keer struikelde.

Er stond iemand in de schaduwen. Ik zou hem overal hebben herkend.

34

Patrick had een grote grijns op zijn gezicht en ik was zo geschokt om hem daar te zien dat ik geen woord kon uitbrengen. Hij zag er heel knap uit, veel beter dan de laatste jaren. Zijn huid straalde bijna en zijn stem klonk warm en enthousiast. Ik verwachtte dat ik me opgelucht zou voelen, maar ik werd verteerd door angst.

'Ik wist dat je me zou vinden, Sinead. Goed gedaan.'

Ik legde mijn handen met gespreide vingers tegen mijn wangen. 'Maar waar... Ik bedoel: hoe ben je langs me gekomen?'

Patrick deed een stap opzij en hield zijn handpalm naar me op alsof hij me op een ouderwetse manier ten dans vroeg. Ik staarde dom naar de muur, tot hij er met een ondeugend gezicht dwars doorheen stapte. Mijn mond zakte open. Het was gezichtsbedrog. Het leek een wal van aarde, maar was een doorgang. Zuster Catherine had me verteld dat de funderingen van de kerk er nog waren. Blijkbaar vormden ze een reeks tunnels, of misschien een soort catacomben. Patrick had nu een flakkerende toorts in zijn hand om ons bij te lichten. Het was onwezenlijk. Ik wreef in mijn ogen en vroeg me af of het weer een hallucinatie was.

'Hoe komt het dat je er zo lang over hebt gedaan?' vroeg Patrick.

Hij deed of er niets aan de hand was, en daardoor werd ik nog veel banger.

'Je aanwijzingen waren zo vreemd,' zei ik. 'Ik maakte me echt zorgen over je.'

'Maar je hebt alle oplossingen gevonden, Sinead. Behalve de slang. Die heb ik voor het laatst bewaard.'

'Ik hoef het niet te weten,' zei ik, en ik kreeg het koud van angst.

'Jawel, je moet het weten,' drong hij aan. 'Het is belangrijk. Ik heb erop gewacht.'

Ik probeerde mijn blik los te rukken van Patrick, maar bleef hem met grote ogen aanstaren. Hij trok zijn shirt open en ik zag een rood-zwarte slang die diagonaal van zijn middel tot aan zijn schouder was getatoeëerd. Zijn spieren bewogen en het leek of de slang tot leven kwam en met zijn geschubde lichaam over Patricks borst kroop. Het was doodeng.

'Mama heeft een hekel aan tatoeages,' zei ik aarzelend. 'Waarom heb je het gedaan?'

'Het is mijn nieuwe ik,' antwoordde hij. 'Heb jij er nooit naar verlangd om jezelf te bevrijden en te worden wie je altijd hebt willen zijn?'

'Ik ben de afgelopen weken ook veranderd.'

'Niet achterblijven,' riep hij terwijl hij met grote stappen voor me uit liep.

Mijn ademhaling ging traag en moeizaam. 'Waarom heb je me dit laten doen, Patrick? En waarom hier in Benedict House?'

Hij gaf geen antwoord. Ik werd steeds banger, maar kon het niet laten om hem te volgen. 'Patrick! Niet zo snel! Ik kan je niet bijhouden.'

De tunnel werd lager zodat ik moest bukken en nog meer last kreeg van mijn claustrofobie. Ik voelde me opgesloten en het leek of mijn mond vol zat met iets waardoor ik stikte, alsof het plafond naar beneden kwam. Nu hoorde ik boven me voetstappen. Ze gingen op en neer. Het kon alleen zuster Catherine zijn met haar rusteloze heen-en-weergeloop. Opeens bleef ik staan, omdat ik nog een geluid hoorde. Mijn hart maakte een vreugdesprong.

'Ik moet terug,' riep ik. 'Ik hoorde de stem van James.'

Patrick draaide zich half om. Ik kon maar een deel van zijn gezicht zien, dat roodoranje leek in het licht van de fakkel. 'Het is hem niet, Sinead. Hij is dood. Dat weet je.'

'Niet waar,' riep ik. 'Zijn lichaam was weg en zuster Catherine zei dat hij op me wachtte.'

'Ze heeft tegen je gelogen,' zei Patrick fel. 'Als je me nu alleen laat, zie je me nooit meer terug.'

'Doe niet zo raar. Ik kom straks wel achter je aan en dan zie ik je weer bij het huis.'

Patrick kwam woedend teruglopen. 'Je kunt me niet weer in de steek laten, Sinead.'

Ik was gewend aan zijn heftige stemmingswisselingen en probeerde hem te kalmeren. 'Ik laat je niet in de steek.'

Hij keek me honend aan en ik deinsde een stukje terug. Hij had er nog nooit zo dreigend uitgezien. 'Je weet nu wat ik heb gedaan toen we klein waren. Wat moet je wel niet van me denken?'

Dat kon hij alleen weten als hij net nog met onze moeder had gepraat. Ze moest hem verteld hebben dat ik wist wat er jaren geleden was gebeurd, en hij was vol berouw. Elke vezel van mijn lichaam snakte ernaar om James te gaan zoeken, maar door mijn gebruikelijke trouw aarzelde ik toch.

'Ik vergeef het je,' zei ik snel. 'Wat je hebt gedaan, is niet alleen jouw fout. Mama had het op tijd moeten zien.'

Patrick greep mijn pols en het voelde alsof zijn vingers in mijn huid brandden. Ik gilde van pijn.

'Je gaat niet terug, Sinead. Je bent al te ver gekomen en je bent al te lang verloren.'

Ik had geen speeksel in mijn mond, zodat mijn stem dik en stroef klonk. 'Ik was misschien in de war en doelloos, maar niet verloren. En sinds ik James heb ontmoet...'

'Hij kan je niet redden,' viel Patrick me in de rede.

Ik kreeg het ijskoud. 'Ik ben veranderd,' schreeuwde ik, alsof ik mezelf wilde overtuigen. 'Sinds ik James heb ontmoet, ben ik heel anders.'

'Je bent niet genoeg veranderd,' zei Patrick zelfvoldaan, en zijn ogen gloeiden als hete kolen.

James riep weer mijn naam. In een opwelling draaide ik me om en ik wilde wegrennen. Maar ik werd tegengehouden door een muur van vlammen.

'Het is hem niet,' zei Patrick weer. 'Hij bedriegt je. Alleen bij mij ben je veilig.'

In mijn hoofd hoorde ik de kalme stem van James. 'Luister niet naar Patrick,' zei hij. 'Ga niet met hem mee. Dan raak je echt de weg kwijt. Loop door het vuur. Je hoeft niet bang te zijn dat je je zult branden.'

Ik kon toch niet door vuur heen lopen? Dat was onmogelijk. Zelfs als dit niet echt was, zoals de andere keren, en mijn lichaam ongedeerd zou blijven, zou ik wel de pijn voelen. En als Patrick nu gelijk had en het bedrog was? Ik had James nog niet gezien.

'Je moet geloven dat je het kunt, Sinead. Concentreer je. Je hoeft nergens bang voor te zijn.'

Ik ademde met horten en stoten, en mijn gedachten waren een mist van twijfels. Patrick beweerde dat ik hier thuishoorde. Waarom zou ik me er dan tegen verzetten? Ik had hem al zo lang gevolgd.

Er was iets wat me afleidde: een bewegend wit vlekje in de donkere tunnel. Ik keek op en zag een veer die door de lucht dwarrelde en op mijn schouder landde, zacht en fluwelig tegen mijn hals. Meteen voelde ik me sterk. Met mijn ogen stijf dicht, terwijl de vlammen nog flakkerden in mijn bewustzijn, deed ik een stap naar voren.

Het vuur was nu zo dichtbij dat mijn wenkbrauwen verschroeiden en de huid van mijn gezicht leek af te bladderen. Het was alsof er gloeiende kooltjes knetterden in mijn haren, en ik rook zwavel. Mijn trillende hand ging als eerste de vlammen in, maar door de verzengende hitte werd mijn lichaam juist ijskoud, zodat ik helemaal verkleumd raakte. Ik hield mijn ogen dicht terwijl ik door het vuur liep. Er kwam zelfs geen rook van mijn kleren, maar voor de zekerheid klopte ik mijn hele lichaam af.

Toen ik een oog durfde te openen, kon ik James nog steeds niet zien. Ik hoorde alleen zijn stem.

'Ga naar de ingang. Kijk niet meer om.'

Gehoorzaam begon ik te lopen. Ik zou me niet omdraaien. Hoe graag ik hem ook wilde zien, ik zou me niet omdraaien. Het voelde alsof mijn hoofd door een grote onzichtbare kurkentrekker van mijn nek geschroefd werd, terwijl ik een strijd moest leveren om niet om te kijken. James was zo dichtbij dat ik de warmte van zijn lichaam door mijn kleren heen kon voelen, en zijn adem in mijn nek. Als ik mijn hand uitstak zou ik hem kunnen aanraken, en als ik mijn hoofd maar een heel klein beetje draaide zou ik misschien stiekem een glimp van hem kunnen opvangen. Maar ik zei telkens als een mantra tegen mezelf: *Kijk niet om, Sinead. Kijk niet om.*

Ik kwam boven aan de trap en stond voor de zware oude deur. Wat moest ik doen als ik hem weer niet open kreeg? Maar het lukte meteen en ik strompelde naar buiten, het licht in. Ik sloeg mijn armen voor mijn gezicht, tegen het schijnsel. Het was heel stil, de storm was gaan liggen.

'James? Ik... Is dit allemaal echt?' stamelde ik.

'Ja, het is echt, Sinead.'

Er was één belangrijke vraag die ik moest stellen: 'Ben je... dood?'

Hij aarzelde even. 'Ja,' zei hij toen.

'Hoe is je lichaam dan verplaatst?'

'Zuster Catherine kan meer dan je denkt,' antwoordde James zacht. 'Ik wist dat je niet zou omkijken,' voegde hij er zacht aan toe, en ik hoorde een lach in zijn stem.

Ik keek nog steeds niet en vroeg me angstig af hoe hij eruit zou zien. Hij blijft James, beloofde een stem in mijn hoofd. Hoe hij er ook uitziet, hij blijft James. Je houdt van zijn ziel. Hij rook naar warme regen en zomervruchten. Zijn vingers liefkoosden mijn wang, en ik legde mijn hoofd in zijn hals, maar ik durfde hem nog niet aan te kijken. Ten slotte pakte hij mijn schouders vast en dwong me om me om te draaien. Mijn hart bonsde zo van vreugde en angst dat ik bang was dat het zou blijven stilstaan. Een deel van me wilde het ook.

Hij was nog even mooi als altijd. Nee, mooier. Zijn huid glansde van levenskracht en zijn haar schitterde als de zon. Ik sloeg mijn armen om hem heen en we omhelsden elkaar zo lang dat ik in die houding verstijfde. Als hij wegging zou ik vast zo blijven staan en eeuwig rouwen om de leegte waar zijn lichaam was geweest. Alsof hij het begreep, nam hij mijn armen van zijn nek en bracht ze voorzichtig langs mijn zij.

Ik voelde een golf van geluk. Zuster Catherine had gezegd dat hij op me wachtte. Blijkbaar konden we op een of andere manier samen blijven. Op deze vreemde plek moest het mogelijk zijn te ontsnappen aan de dood.

'Kun je nu bij me blijven?' vroeg ik hoopvol.

Zijn gezicht betrok. 'Zo eenvoudig is het niet.'

'Ik heb alle proeven doorstaan,' zei ik bijna struikelend over mijn woorden. 'Ik zal van je houden tot alle bergen zijn vergaan, de sterren aan de hemel uitdoven en de zon sterft.'

James' kaken verstrakten en hij staarde wanhopig in de verte. 'Ik zal tot in de eeuwigheid van je houden, Sinead, maar ik moet ergens naartoe voordat ik bij jou kan zijn.'

'Doe niet zo raar,' zei ik trillerig. 'We hebben elkaar teruggevonden. Dit laat ik me niet meer afpakken.'

'Maar jij leeft nog.'

'O, is dat alles?' antwoordde ik nonchalant, terwijl ik zijn hand vastpakte. 'Ik heb altijd het gevoel gehad dat ik in extra tijd leefde. Ik heb al geprobeerd vooruit te lopen op mijn dood.'

'Beloof me dat je dat niet meer doet,' zei James dringend. 'Dan kan ik je misschien niet vinden.'

Ik zuchtte. 'Ik beloof het. Maar waar moet jij naartoe?'

Hij gaf geen antwoord, maar hield zijn gezicht tegen dat van mij. 'Je weet dat ik bloed aan mijn handen heb.'

'Nee, het was jouw schuld niet.'

Hij hield zijn hand tegen mijn lippen. Het duurde even voor ik besefte dat hij me weer ontglipte.

'Niemand is volmaakt,' jammerde ik. 'Wie het hier voor het zeggen heeft, zou dat moeten begrijpen.'

James keek me met één oog aan en glimlachte. 'Ik ben niet de enige. De meesten die hierheen komen, hebben tijd nodig.'

'Bedoel je dat ik je alleen heb teruggevonden om afscheid te nemen?' zei ik gesmoord.

Hij knikte bedroefd.

'Hoeveel tijd hebben we?'

James keek op een niet-bestaand horloge en glimlachte wrang. 'Ik ben al te laat.'

Hij kon grappen maken tot het eind. Ik wilde me aan hem vastklampen, smeken om me mee te nemen, en zeggen dat we ons allebei tot in de eeuwigheid konden verdoemen om samen te blijven. Maar James had een kans op verlossing. Die kon ik hem niet ontnemen.

Hij hield waarschuwend een hand op. 'Kijk niet als ik wegga, Sinead. Dat mag je echt niet doen. Je ogen zouden er niet tegen kunnen.'

Ik sloot meteen mijn ogen om duidelijk te maken dat ik het begreep. Blijkbaar aarzelde hij nog even, want ik zag een schaduw voor me en zijn lippen raakten de mijne. Een paar tellen later drong het tot me door dat hij echt wegging. Deze keer wilde ik niet laf zijn. Ik wilde hem zien weggaan en een laatste glimp van hem opvangen. Mijn oogleden gingen trillend open en ik zag zijn haren glanzen, maar er scheen een felle lichtstraal recht in mijn ogen, zodat ik op mijn knieën zakte.

'Gaat het?' vroeg zuster Catherine.

Ik stak mijn handen uit en legde ze op haar arm toen ze naast me neerhurkte. In het midden van mijn gezichtsveld zat een gaatje, waardoor de wereld vormeloos werd.

'Ik heb James teruggevonden, maar ook weer verloren,' zei ik.

'Zijn tijd zal kort zijn, Sinead.'

'Hoe kort?'

'Dat is niet te zeggen. Vier minuten kan aanvoelen als vierhonderd jaar, als je je geliefde moet missen.'

'Hoe moet het dan met mij?' vroeg ik heftig.

Het kwam vast door de vlekken voor mijn ogen, maar het leek of zuster Catherine er heel anders uitzag: ze had zwarte haren, volle lippen en bijna violetkleurige ogen.

'Je hebt een keus,' antwoordde ze. 'Ga terug naar je oude leven. Of blijf hier en wacht op James.'

'Wat kan ik hier doen zonder James?'

'Hetzelfde als ik,' zei ze. 'Maar als wachter heb je een zware taak. Je moet sterk zijn.'

'Mag ik af en toe weg of iemand ontmoeten?'

'Je mag niet buiten de muur komen. En de enige mensen die je zult zien, zijn dicht bij hun dood. Het is jouw taak om hen te helpen, en hen uit te nodigen om de juiste keus te maken.'

'Dus daarom is Patrick hier gekomen. U hebt hem een persoonlijke uitnodiging gestuurd.'

'Hij was al zo vaak op de rand geweest,' zei ze treurig. 'Het kon niet lang meer duren.'

Langzaam drong het tot me door wat ze eigenlijk van me vroeg. Was ik bereid mijn leven op te geven? Het leek of de hele zoektocht tot dit punt had geleid. Toch aarzelde ik nog. Er was één ding dat me kon helpen een besluit te nemen. 'James lijkt al zo ver weg,' zei ik. 'Hoe kan ik hem bereiken?'

Ik hoorde haar habijt zacht ruisen, en haar stem klonk mild als een zuidenwind. 'Hij is niet ver weg, Sinead. Jij bent al halverwege. Vergeet dat niet.'

Toen ik dat hoorde, leek het of er in mijn hoofd iets op zijn plaats viel. Het voelde alsof al mijn herinneringen en de toekomst die ik nooit zou meemaken, samenkwamen in één prachtig ogenblik. Mijn hart barstte bijna van emotie, maar ik wilde niet terug. Ik haalde diep adem en wist nu wat ik moest doen.

'Ik zal uw plichten overnemen,' zei ik vol overtuiging. 'James is het waard dat ik op hem wacht.'

'Ik ga nu, Sinead.' Aan haar stem hoorde ik dat ze glimlachte.

Ik kneep mijn ogen samen en probeerde scherp te zien. Zuster Catherine was niet alleen. Ze liep hand in hand met een man, die iets langer was dan zij, en de zon scheen door zijn haren als een kring van licht. Ze verdwenen naar de horizon. Toen werd alles zwart.

Epiloog

Harry schoof de klimop opzij die als een waterval omlaag kwam, en staarde verbaasd naar wat hij erachter te zien kreeg. Een wirwar van bramen, kamperfoelie en winde sloot de geheime ingang van het landgoed volledig af. Daarlangs kon hij niet naar binnen zonder overal schrammen te krijgen. Hij tuurde eroverheen. Het terrein was onverzorgd en overwoekerd, al was het pad vreemd genoeg open alsof iemand er vaak liep. Hij begreep niet wat Sinead hier de afgelopen twee weken had gedaan. Volgens de dorpelingen was Benedict House helemaal vervallen. Jarenlang, tot aan haar dood nog niet zo lang geleden, had mevrouw Benedict er in haar eentje gewoond.

Harry leunde met een ongelukkig gezicht tegen de afbrokkelende muur. Hij voelde zich verantwoordelijk voor Sineads vermissing. Als hij Patricks flat beter had doorzocht, was alles misschien anders afgelopen. In elk geval was de gruwelijke ontdekking van het lichaam van haar broer dat in de klokkentoren hing, haar bespaard gebleven. Het was een vreselijk idee: terwijl Sinead in de verbouwde kapel logeerde om Patrick te zoeken, was hij vlakbij geweest. Harry's telefoon piepte. Het was een bericht van Sara, die vroeg hoe laat hij terugkwam. Ze hoefde niet te zeggen wat ze echt bedoelde, want dat wist hij zo ook wel. *Het is tijd om Sinead los te laten en bij mij te komen.*

Hij wierp nog een laatste blik naar binnen. Het landgoed had iets spookachtigs. Het was er bijna griezelig stil. Opeens schrok hij. Een vrouwengezicht keek hem aan, leek het. Maar het was een marmeren beeld dat droevig in de verte staarde. Het was vreemd: hij kreeg het gevoel dat Sinead dichtbij was. Hij plukte een uitgebloeide paardenbloem en blies zacht de pluisjes eraf. Hij keek hoe ze wegzweefden door de lucht. Hij hoopte dat Sinead had gevonden wat ze zocht.

Hij hoopte dat ze nu alle tijd van de wereld had.